희곡 창작의 길

희곡 창작의 길

이 원 희 저

한국학술정보(주)

세상 속으로 난 길

희곡은 작가가 쓰는 게 아니다. 세상만사 인간사가 작가로 하여금 희곡을 쓰게 한다. 세상 속으로 난 길을 따라가면서 느끼는 어긋난 감정들과 모순의 미학이 희곡을 존재하게 한다. 차고 비움의 달의 논리, 밀물과 썰물의 조수의 논리, 높고 낮은 산의 논리, 사랑과 증오의 심리의 논리, 에로스와 타나토스의 본능의 논리가 희곡의 잉태자이다. 작가는 이를 언어화하고 생명을 부여해서 그럴 듯한 또 하나의 환상세계를 창조할 뿐, 희곡쓰기는 세상 속에 난 길에서 숨어버린 보물을 찾는 일인지도 모른다. 그래서 숨은 진실과 진정성을 발견하는 보물찾기가 바로 희곡쓰기라고 말하고 싶다.

누구나 그러하듯이 사람은 타인과 사회에서 자기인식을 갖는다. 대상에 대한 자기인식의 형상화가 문학이요 예술이듯, 예술의 한 구성원으로서 희곡도 마찬가지다. 희곡은 인식된 내용과 이를 표현하는 형식이 아우러져 마음의 움직임으로 제시되어야 한다. 마음의 움직임은 몸을 부려 행동으로 나타난다. 자기인식의 결과를 행동으로 제시한다는 점에서 희곡쓰기는 다른 문학적인 글쓰기와 차이가 있다. 그리고 이러한 차이가 희곡쓰기를 머뭇거리게 하고 독자 역시 접근하기에 수월치 않음을 느끼게 된다. 하지만 용도에 따라 그릇도 달리 있듯이, 세상을 제시하는 방식이 다르면 글쓰기도 달라야 한다. 희곡만의 독자적인 얼굴이 무엇인지 정확히 인식해야 그 표현술을 무장할 수 있다.

이 책은 희곡을 창작하고자 하는 독자를 위해 집필되었다. 창작의 길을 안내하기 위해 이론과 실제를 아우르는 형식으로 서술하였다. 아울러 이해를 쉽게 하고 실질적인 도움을 주기 위해 글쓰기의 순서에 입각해 창작 과정을 밟도록 하였다. 어느 장르를 막론하고 글쓰기는 동일한 패턴을 지닌다. 착상과 구상, 집필과 수정, 이러한 과정이 희곡쓰기에서도 예외는 아니다. 희곡 창작을 꿈꾸는 작가 지망생들이 이러한 과정을 밟아가면서 좋은 작품이 탄생되기를 간절히 기대한다.

희곡 창작 과정에서 밟아야 하는 하나의 노정을 제시했을 뿐, 이 책은 완벽한 창작 안내서라고는 할 수 없다. 또한 완벽하게 이론화해서 제시할 수도 없는 게 창작이기도 하다. 문제는 이론이나 이치에 빠지지 않고 또 언어의 감옥에 갇히거나 그물 속에 걸려들지 않고 자유롭게 글을 쓰는 일이다. 언어에 끌려 다니지 않고 언어를 주재하는 생생한 글이 생명이 있어 소중하다. 희곡 창작에서 생생함이 도는 대사는 언어를 가지고 노는 인물, 관념의 시체가 뒹구는 언어가 아니라 관념에 살을 입혀 살아 있게 하는 인물과 언어가 희곡의 생동감을 만들어낸다.

에드가 엘렌 포우는 행복의 4가지 조건으로 창조행위를 꼽았다. 글쓰기는 하나의 창조행위다. 특히 희곡쓰기는 무대 위에 작가가 꿈꾸는 세계를 제시한다는 점에서 살아 있는 세계 창조라고 해도 무리하지 않을 듯하다. 창조된 세계 속에다 독자가 꿈꾸는 푸른 목소리를 심어놓고 독자가 창조한 인물들을 통해 마음껏 외치게 해보자. 그래서 세상이 조금이라도 움직인다면 그 얼마나 가슴 벅찬 일인가. 부디 독자 여러분들의 창조적인 글쓰기를 통해 행복한 현재와 미래를 여시길 바란다.

이 한 권의 책을 아름답게 만드시느라 만산홍엽이 눈짓하는 계절에도 애오라지 원고와 나누었던 그 사랑을 잊을 수 없다. 그 사랑 더욱 깊게 하여 한국학술정보(주) 출판사 관계자 여러분께 드린다.

2006. 11
만산홍엽을 적시는 가을 하늘빛 아래서

‖ 목 차 ‖

희곡이란 무엇인가 1장

우리들은 그림자. 우리들 그림자가 때때로
여러분을 속상하게 하더라도,
그것은 연극이 꾸며낸 꿈속의 일이라 생각하세요.
그러면 너그러이 용서가 될 것입니다.
―셰익스피어, 〈한여름 밤의 꿈〉 5막 2장―

1. 희곡이 존재하는 이유

우리는 살면서 보통 한두 개 정도의 내면적 고통을 안고 산다. 이상과 현실의 괴리, 자기 욕망의 좌절, 현재 처해 있는 사회적, 경제적 불만, 인간관계의 부적절함에서 오는 불편함 등 여러 이유가 우리를 고통의 바다로 몰아넣곤 한다. 그래서 인생을 고해(苦海)라고 하지 않는가. 우리를 슬픔과 절망의 나락으로 밀어내는 건 이뿐만이 아니다. 생명이 있는 모든 것이 예외 없이 소멸해 버리는 생자필멸의 법칙에서 자유롭지 못한 것도 우리를 우울하게 한다. 어디 그뿐이랴. 초월적인 자연의 힘 앞에서 인간은 한없이 무력한 존재일 수밖에 없음을 인도네시아 반도를 뒤덮은 쓰나미에서도 보았지 않았던가. 자연으로부터 인간이 멀어질수록, 자연을 정복하고자 하는 인간의 오만함이 커질수록 자연은 인간에게 혹독한 고통을 준다. 이성의 힘이 자라지 못한 탓도 있겠지만 우주와 자연에 비춰 인간의 삶이 어떠해야 한다는 통찰이 부족한 탓이다. 우리는 눈앞의 욕망에 사로잡혀 미구의 일을 애써 눈 밖에 두는 아둔함이 있다. 그래서 인간은 비극적인 존재인지 모른다.

인간은 두 사람 이상이 모여 있을 때 존재적인 가치가 있다. 사람 '人'자는 두 사람이 서로 비스듬히 의지가지한 모습의 형상이며, 사이 '間'자는 복수의 개념을 갖기 때문이다. 인간은 혼자 살 수 없다는 뜻이다. 남과 더불어 살아야 하는 건 참으로 아름답고 소중한 삶의 모습이다. 그래서 사랑과 관용이 인간사회에서는 반드시 필요하다. 하지만 그렇지 못한 데 문제가 있다. 자신의 욕망을 위해 정의와 의리를 헌신짝처럼 버리기 일쑤여서 종종 우리의 삶에서 도덕과 윤리가 먼 길을 걷곤 한다. 또한 타인을 배려하지 않은 욕망추구는 삶을 힘들게 한다. 인생이 살기 어려움을 느끼는 순간은 자신과 세상이 거리가 생길 때다. 타협과 조정, 역지사지의 정신적 여유가 없이 숨가쁜 자기중심의 욕망화는 세계와 타인을 피곤하게 할 따름이다. 그래서 동서양을 막론하고 철학의 중심이 중용에 있음은 주지의 사실이다. 중용은 타인과의 접촉에서 발생할 수 있는 마찰을 최소화할 수 있는 유일한 심리적 자세인지 모른다. 영어로 good sense라고 표현하는 중용은 인간사회에서 도덕적 힘이 분명하지만 현실에서는 그렇지 못하다. 다툼과 분열, 갈등과 대립이 끊이지 않고 인류사에서 발생한 것은 바로 이 점을 말해 준다.

문학과 연극을 포함한 모든 예술이 존재하는 이유가 바로 여기에 있다. 복닥대는 삶에서 자기위안과 욕망의 대체행위가 바로 예술을 통해 가능하기 때문이다. 그러므로 모든 예술은 현재적인 의미를 갖는다. 뿐만 아니라, 인간 자체에 관심을 둔다. 예술이 인간을 도외시한다든가, 인간가치를 황폐하게 한다면, 그건 이미 예술이 아니다. 그러므로 예술은 곧 인간론에 대한 미학적 표현이라고 할 수 있다.

연극의 1차 텍스트이자 문학작품이기도 한 희곡은 대립되는 인간관계에 초점을 둔 문학양식이다. 생물학적으로 인간은 개체의 보존과 번식이라는 필연적 욕망을 갖는다. 또한 소유와 집착에 대한 욕망은 원만한 인간관계를 파괴하는 주범이다. 이때 욕망의 주체와 욕망의 객체가 분리되어 상호 대립 관계가 형성된다. 희곡은 바로 이 점에서 출발한다. 희곡은 이항대립의 대결구도로써 구축된다. 이것이 희곡만이 갖는 독자적인 원리다. 그러므로 희곡은 문제적인 인간과 문제적인 상황이 뼈대를 이루는 글이라 할 수 있다.

2. 세계원리의 반영

글쓰기는 우주와 자연을 반영한다. 그런데 우주와 자연은 이항대립적 쌍개념으로 이루어졌다. 분리된 두 이질의 요소가 결합될 때 비로소 온전한 전일체가 된다. 남성과 여성, 낮과 밤, 여름과 겨울, 계곡과 능선, 이성과 광기, 밝음과 어둠 등 서로 상반관계에 있으면서 하나로 통합되어 인간, 하루, 일년, 산, 인간성, 사물의 실재성 등으로 나타난다. 어디 그뿐이랴.

플라톤은 인간의 영혼은 두 마리의 말이 끄는 수레에 있다고 했다. 그중 흰말이 끄는 수레의 영혼은 '흰말'의 이미지처럼 긍정적인 영혼이라면, 검은 말이 끄는 수레의 영혼은 말 그대로 검은 영혼이다. 한 인간이 지니고 있는 두 색의 영혼은 자연히 서로 상반적인 입장에 놓이면서 인간 내면을 이원화시켜서 분열과 갈등을 낳게 하였다. 이 같은 인간의 이중성은 도스토예프스키의 '양'과 '늑대'로, 니체의 '아폴론'과 '디오니소스'로, 프로이트의 '현실원리'와 '쾌락원리'로 각기 다양한 표현층위를 형성하고 있지만 이 모두는 인간의 야누스적 이중성을 말하고 있다는 점에서 동일한 목소리다.

이러한 인간의 이중성에 주목한 문학작품은 동서를 막론하고 숱하게 많지만 헤르만 헤세의 〈지와 사랑〉이 대표적일 만하다. 나르치스와 골드문트, 두 인물의 행각은 한 인간의 내면에 도사리고 있는 두 본능을 형상화하고 있기 때문이다. 지적이고 사려가 깊으며 매사를 논리와 이성으로 풀어가는 나르치스, 반면에 골드문트는 끝없는 방랑의 길에서 육체를 탐닉하며 조각상을 만든다. 사상가 나르치스와 예술가 골드문트. 냉정한 현실원리와 이상적이고 초월적인 사유를 갖는 두 인물이다. 사실 우리는 내부에 나르치스적 지적 사유의 본능과 골드문트적 예술가의 유랑의식을 함께 지니고 있지 않는가.

이처럼 한 인간의 존재 내면에는 두 얼굴의 모습이 한 자리에 모여 있는 것이다. 바로 상호 대립과 다툼의 씨앗이 마음속에서 자라고 있는 셈이다.

14

분열된 두 자아는 항존성을 잃고 얼마든지 충돌할 수 있기에 문학과 연극에서 소재 원천을 삼고 있는지도 모른다.

아리스토텔레스가 '시는 자연의 모방'이라고 강조한 이유는 모든 문학이 자연을 지향하고 있기 때문이다. 자연을 지향하는 글쓰기. 다시 말해 자연을 드러내는 방법은 크게 서정, 서사, 극 양식이 있다. 이는 서양 문학 갈래의 3분법으로 오랜 전통성을 지녀 왔다. 서정이 자연의 온전한 상태를 유지하면서 대상과 분리되지 않은 동일성의 차원으로 묶여 있다는 인식의 결과라면, 서사는 세계상의 반영이자 재현이다. 한편 극은 대립과 충돌의 원리가 지배하는 글쓰기다. 희랍 철학자 엠페이도클레스는 우주의 원리는 사랑(philia)과 싸움(neikos)의 두 신이 번갈아가면서 패권을 장악하는 것으로 간주했다. 여기서 우주란 천체우주학적 의미라기보다는 구체적인 삶의 모습을 말한다. 인간의 삶이란 '나와 너'의 대립이면서 동시에 자아의 대립이다. 구한말 역사학자인 단재 신채효의 역사에 대한 정의는 여기서 다시 음미할 필요가 있겠다. 그에 따르면, 역사는 나(我)와 너(非我)의 투쟁의 연속이라 한다. 我란 곧 '나'의 의미를 공유하는 개인적, 집단적 의미라면, 비아는 그 반대의 견해를 갖는 쪽이다. 헤겔식으로 말하면 아는 정(thesis)으로, 비아는 반(anti-thesis)으로 대응시킬 수 있는 개념이다.

우리의 일상적 삶은 다람쥐 쳇바퀴 돌 듯, 일정한 규칙에 의해 돌아가는 반복적인 모습을 보인다. 그러므로 사람들은 평상심을 유지하면서 별반 긴장하지 않고 하루하루를 보낸다. 그러다가 느닷없는 돌연한 사태에 의해 일상의 질서가 교란될 때가 있다. 그렇게 되면 일상의 평상심은 붕괴되고 사태를 대응하기 위해 긴장을 늦추지 않는다. 일상의 질서가 깨지고 무질서의 상태로 돌입되면서 이를 어떻게 해서라도 애초 질서의 상태로 되돌리기 위해 노력한다. 이를 정과 반의 논리에 상응시켜 보면 우리의 일상이야말로 질서와 무질서의 혼란한 교합이 이루어지는 변증법적 공간이라고 할 수 있다.

희곡은 바로 이러한 일상의 규칙성과 의외성을 반영한 글이다. 아니 정확히 말하면, 일상적인 진부한 흐름 속에서 돌발한 의외성을 문제시한 장르라

할 수 있다. 의외성이란 앞서 말한 일상의 질서적 파괴, 교란된 상황이다. 희곡이 이 같은 삶의 의외성을 다루고 있기에 희곡은 내내 긴장을 유지해야 한다. 에밀 슈타이거가 일찍이 간파했듯이, 희곡의 가장 기본적인 본질로 '긴장'을 말한 사실을 떠올릴 필요가 있다. 그런데 긴장은 무한정 지속되지 않는다. 긴장은 본래, 이미 있던 힘에 대한 새로운 힘의 출현으로 발생하는 것이기 때문에 이들의 조정이 끝나거나 한쪽의 힘이 소멸되면 긴장은 사라진다. 그리고 어떤 형태든지 새로운 모습으로 변화하기 마련이다. 삶의 과정이 바로 이 같은 힘의 운동성을 보인다. 정과 반의 쟁투과정을 거쳐 합으로 도출된 결과가 바로 지금 현재적인 삶의 풍경인 것이다. 그리고 이 현재는 다시 반을 만나 새로운 국면을 형성하면서 미래를 열 것이다. 이것이 역사의 법칙이요 세계원리다.

16

3. 놀이성과 제의성

관객이 극장을 가는 이유는 무엇일까. 도덕적 교훈을 얻기 위해? 배우들의 불 뿜는 멋진 연기를 보기 위해? 아니면 가슴에 꼭 찍히는 명대사를 듣기 위해서? 물론 나름대로 목적을 지니고 극장을 찾겠지만 관객이 극장에 가는 궁극적인 이유는 연극을 보기 위해서다. 그렇다면 연극은 무엇인가? 당연한 말이지만 연극은 연극성, 연극적, 극적이라는 단어를 함축하고 있다. 이 세 단어가 공유하고 있는 게 연극의 본질이다.

그렇다면 우리는 일상의 삶에서 어떤 경우에 연극적 혹은 극적이라는 말을 하게 되는가. 유감스럽게도 극적이라는 말은 매우 부정적인 현상에서 자주 쓰이고 있음을 목격할 수 있다. 이를테면, 인질극, 살인극, 유괴극, 참극, 복수극, 자작극 등 끔찍하고 차마 인륜적으로 저지를 수 없는 행동에다가 '극'이라는 용어를 붙이고 있는 것이다. 연극의 의미를 파악하는 데 이러한 용어현상이 시사하는 바가 없을까 고민해 보자. 왜 하필이면 반인륜적인 인간 행동에 '극'이라는 말을 붙여야 하는지. 그렇다면 지상에 존재하는 연극작품들은 이 같은 속성을 하나같이 지니고 있다는 말인가.

우리는 앞의 나열된 용어들을 살펴볼 때 몇 가지 공통점을 발견할 수 있다. 첫째, 일상적인 모습이 아니라는 것, 둘째, 시작과 끝이 분명히 있다는 점, 셋째, 어떤 의도로 시작된 결과적인 현상이라는 것, 넷째, 지속적이지 않고 제한된 시간 내에서 일이 수행된다는 점, 다섯째, 인위적으로 만들어졌다는 점 등이다. 이 다섯 가지의 공통점을 통해 우리는 연극의 개념을 추출할 수 있는 단서를 발견할 수 있다. 아니 어찌 보면, 이 다섯 가지가 모두 연극이라는 장르에 적용되는 일일지도 모른다. 이것을 간단히 요약하면, '제한된 시간 내에서의 놀이'라고 말할 수 있을 것이다.

그렇다. 연극은 바로 공연시간 내에서 발생하는 한바탕의 해프닝을 이벤트화한 공연형식인 셈이다. 이때 발생하는 사건으로써 해프닝과, 해프닝을 의도있게 구성한 이벤트가 모두 '놀이'라는 점에 기초하고 있다. 이로 볼 때 연극의 핵심은 놀이성에 있다. 그러나 그 놀이성은 단순히 소모적인 것에 그치지 않고 놀이 주체와 이를 보는 관객들에게 인식의 지평을 새롭게 열어 주기도 하고, 제시되는 인간과 삶의 방식에서 감정 교류를 한다는 점에서 창조적 놀이성이라 할 수 있다. 로제 카이유와나 〈호모 루덴스〉의 저자 호이징하의 견해대로 문명과 문화의 시작으로써 놀이 말이다.

이번에는 연극의 놀이성을 연극의 초기 형태에서 살펴보기로 하자. 연극의 개념이 초역사적으로 항일한 의미를 갖는 건 아니지만 연극의 본질적 의미가 연극 속에 내재하고 있기 때문에 시대와 나라가 다름에도 불구하고 연극의 항존적 개념이 존재하는 것이다. 그것은 곧 앞서도 말했듯이 연극의 놀이성이다.

우르 드라마(ur-drama)라고 불리는 원(原)연극인 굿은 신을 즐겁게 하기 위한 제의적 놀이였다. 오신(娛神)의 퍼포먼스, 그것이 굿이었다. 신을 불러 인간 저마다의 소원을 비는데 신을 즐겁게 하지 않고서야 어찌 신이

인간의 소망을 들어줄 수 있으랴. 세계 여러 지역에 분포된 샤만들의 주술
적 행위 속에는 일정한 춤과 노래와 음악 그리고 일련의 퍼포먼스적 동작이
반드시 있다. 이러한 점은 주술적 염원을 담은 행위적 장치이기도 하지만
그 자체가 신명을 풀어내는, 즉 신을 위해 인간의 구복적 기원을 담은 놀이
적 행위다. 그런데 신만이 즐겁게 할 게 아니라 제의적 행위에 참여하는 사
람은 물론 이를 지켜보는 사람들까지 즐거운 시간이 되도록 제의 성격이 변
하게 됨으로써 즐거움을 제공하는 대상이 바뀌게 된다. 즉 오신(娛神)에서
오인(娛人)으로의 이동인 것이다. 중국의 나례(儺禮)의식이 나희(儺戱)로
변화되는 것과 같은 맥락이다. 이 지점에서 연극의 꽃은 개화되었다. 그러
므로 연극의 태생적 모습은 놀이성에 있다. 신이든 인간이든 놀이의 주체와
대상이 함께 신명을 풀어내는 작업, 그리하여 존재와 환경의 변화를 모색하
는 것이 연극이다. 일상적인 삶의 질서를 그대로 유지하면서 존재와 환경의
변화는 이루어질 수 없다. 여기에는 의식적인 행위가 있어야 한다. 이것이
제의성(ritual)이다. 바로 이 제의성으로 존재가 재생되고 환경은 변화한다.
놀이성과 제의성, 이것이 연극의 원초적인 모습이었다.

  흔히 연극의 최초의 형태를 원시종합예술(ballard dancing)에서 찾는
다. 이는 고대사회의 제천의식으로 오늘날 다양하게 갈래화된 예술들이 미
분화된 상태에서 하나로 혼종된 원시적 예술형태를 말한다. 달리 말하면,
무용, 건축, 회화, 음악, 문학, 연극 등의 예술형식들이 제천의식을 거행하
는 과정에서 통합적으로 나타난다. 이를테면, 제단 만들기는 건축으로, 인
물들의 얼굴 색칠은 회화로, 종족들의 집단적인 춤은 무용으로, 그 가락은
음악으로, 제사장이 의식을 집행하는 일체의 언사들은 문학으로, 이 모든
행위들이 마구잡이로 행해지는 게 아니라 일정한 목적 아래 일련의 순서로
짜여져서 진행이 되었다면 연극으로 개념화할 수 있다. 이때 연극은 바로
제천의식의 전체적인 의도를 구현하는 일종의 의식 진행의 플롯과도 같은
성격을 띤다. 이를 앞서 말한 일상적으로 '극'의 용어를 갖다 붙여 사용한
경우의 예를 통해 분석한 공통점과 연결시켜 보기로 하자. 제천의식은 분명

한 목적과 의도를 가지고 수행되고 일련의 진행시간이 있기 때문에 시작과 종결이 분명하다는 점에서 동일하다. 뿐 아니라, 일상적인 세속의 시간에서 벗어나 신과의 만남을 꾀하는 제천의식이나 인질극, 살인극처럼 이런 현상들은 일상의 모습에서 벗어났다는 점에서도 일치한다.

연극의 원초적인 형태인 굿이나 원시종합예술의 특성을 살핀 결과 오늘날 연극이라는 개념의 의미를 어렵지 않게 발견할 수 있다. 그것은 하나의 의도를 가지고 인위적으로 만들어진 인간의 행위라는 점이다. 그리고 인위적으로 만들어졌다는 점에서 두 가지 관점을 수립할 수가 있겠는데 곧 제의성과 놀이성이다.

따라서 연극의 언어적 텍스트인 희곡은 놀이성과 제의성에 그 특성을 두어야 한다. 이 점은 문학의 다른 영역과는 차별화되는 희곡의 독자적인 성격이라 할 수 있다. 희곡의 독자적인 성격이라 함은 연극성의 반영이다. 그리고 그 연극성은 지금까지 살펴보았던 놀이성과 제의성이다. 하나의 만들어진 이야기는 그 자체의 순수성을 상실하고 허구적 재조합 혹은 허구적 놀이에 불과하다는 점이다. 그러기 때문에 희곡은 사실성(fact)보다 진실성(reality)에 가치평가의 근거를 둔다. 어차피 희곡내용은 '만들어낸' 가공의 허구세계이기 때문에 그것이 사실이냐 아니냐는 중요하지 않다. 가상적 현실에서 진실한 내용을 뽑아 올리면 된다. 그렇기 때문에 희곡의 진가는 사실성이 아닌 진실성에서 빛을 발하는 것이다. 그리고 진실성을 드러내는 주력한 방식은 놀이성과 제의성에 의존하는 것이다.

소설과 희곡이 이야기 서술이라는 측면에서는 동일하지만 원리나 제시방식에서는 서로 다른 길을 간다. 소설가가 희곡을 쓰는 경우나, 희곡작가가 소설을 쓰는 경우는 소재 자체와 그것을 처리하는 방식이 두 장르 간에 차이가 있기 때문이다. 가령 40년대 채만식은 소설가로 정평이 나 있는 작가이지만, 연극성이 뚜렷한 희곡작품을 28편이나 발표한 극작가이기도 하다. 이는 무엇을 말하는가. 소설과 희곡은 운명적으로 다른 길을 걷는다는 증거다. 희곡적으로 적합한 소재가 따로 있고, 희곡적으로 처리해야 할 독자적인 기법이 따로 있다. 그건 바로 앞에서도 말했듯이 세계상의 반영으로써 정반합의 쟁투의 원리가 희곡에는 작용하고 있으며, 우주와 자연 그리고 인간의 대립적 쌍개념의 원리가 희곡의 원리적 뼈대를 이루고 있기 때문이다. 아울러 제의성과 놀이성이라는 연극성을 반영하고 있다는 점에서 희곡은 소설과 달리 독자적인 길을 걸어간다.

이유 있는 착상

2장

근심의 신 쿠라가 흙을 가지고 놀다가 그 모양이 너무 마음에 들어서
이게 움직이면 얼마나 좋을까 생각을 했다. 그때 마침, 영혼의 신
제우스가 지나가니 그에게 부탁했다. 제우스는 흙인형에 숨을 불어
넣었더니 그가 살아 움직이는 흙덩이가 되었다. 사람. 그러나 세 명의
신들이 각각 그게 자기 것이라고 우겼다. 흙의 신 호무스는 자신의
몸으로 만들었으니 자기 것이라 하고, 근심의 신 쿠라는 자신이
만들었으니 역시 자기 것이라고 우기며, 영혼의 신 제우스는 자신이
살아 움직이게 했으니 당연히 그 주인은 자신이라고 했다. 하는 수 없이
심판의 신 사튀른에게 가서 판결을 부탁했다. 사튀른은 한참을
생각하더니 드디어 판결을 내렸다. 살아 움직이는 것은 그다지 오래
가지 못하고 죽을 것이니, 그때 가서 몸은 호무스로 돌아갈 것이고,
영혼은 제우스에게서 온 것이니 그에게 갈 것이니 그때 가져라. 그러나
살아 있는 동안은 만들어낸 신 쿠라의 것이다.

―그리스 신화―

1. 무엇이 글을 쓰게 하는가

우리는 세상을 살면서 나름대로 주어진 처지와 여건에서 최선을 다한다. 하지만 더러는 자기 뜻과는 무관하게 결과가 나와 당혹스럽기도 하고, 자신의 의지나 생각대로 세상이 돌아가지 않아 불만스럽기도 하다. 그렇다고 세상에 분풀이를 한답시고 종주먹을 질러댈 수도 없고 세상을 피해 깊은 산속으로 들어갈 수도 없다. 어차피 우리는 세상 속에서 살아야 할 운명이기 때문이다. 사람이 사람인 것은 사람 속에 살기 때문이라는 옛말도 있듯이 우리는 사람끼리 부대끼며 산다. 그렇다면 세상과 나 사이에 벌어진 틈새를 어쩔 수 없이 인정하면서 살아야 하는가. 그럴 수도 있다. '세상아 떠들어라 나는 고요하다' 식의 침묵하는 자세로 견인주의자처럼 살아갈 수 있을 것이다. 바람 불어도 흔들리지 않는 바위처럼 묵묵히. 그러나 과연 사람으로서 그러한 삶이 가능한 일인가.

사람은 환경과 끊임없이 교류하면서 성장한다. 아니 어쩌면 주체가 사람이 아니라 환경인지도 모른다. 환경이 사람의 성장에 막강한 힘을 발휘할 때도 있기 때문이다. 환경과 자아의 대립은 고대 인류사부터 현대에 이르기까지 인간 비극성의 원천이었다. 우주, 자연, 세계의 힘에 대항하다 결국 몰락하고 마는 수많은 비극의 주인공들을 생각해 보라. 제의와 신화는 인간이 처한 이러한 비극성을 극복하려는 의식이자 언어 약속이었다. 연극의 출발이 바로 이러한 제의적 행사에서 시작되었다는 건 이미 주지의 사실이다. 그리고 보면, 연극도 인간이 삶의 환경에서 살아남기 위한 한 방법적 행위라고 볼 수 있다. 환경에 맞춰가든지 아니면 환경과 대항하든지 간에 인간은 환경과 더불어 살아갈 수밖에 없기 때문이다.

연극의 1차 텍스트로서 희곡은 바로 이러한 점으로부터 글쓰기의 힘을 얻게 된다. 글쓰기는 환경과의 거리가 형성됨으로써 발생하는 분리의식의 상실감과 박탈감을 보상받기 위해서다. 이를 보상적 글쓰기라 한다. 작가가 작품으로 창조한 세계는 '있는 세계'가 아니라 '있는 세계'에서 실종되어버린 '있어야 할 세계'에 다름 아니다. 바로 이 '있어야 할 세계'가 진정 작가가 꿈꾸는 이상적 세계라면, 글쓰기의 출발은 작가의 욕구불만에서 비롯된다. 프로이트식으로 말하면, 작가의 콤플렉스가 현현된 게 작품이다. 작품에서 만들어진 세계는 불만적 요인이 제거된 이상적 세계를 지향하게 되고, 바로 이 지향하는 세계(이상적 세계)를 통해 작가는 현재 환경에서 느끼는 결핍을 보상받게 된다. 그래서 글쓰기는 보상심리다.

2. 착상이란 무엇인가

일방적인 계약이나 요청 등 타인의 의지에 의해 쓰이는 글도 더러 있지만, 일반적으로 글은 쓰고 싶은 충동에 의해 쓴다. 하지만 단순히 충동만으로 글이 완성되는 것은 아니다. '무엇'을 쓸 것인가와 '무엇'을 '어떻게' 쓸 것인가로 압축되는 글쓰기의 요체에 대한 고민이 글쓰기 전에 선행되어야 하기 때문이다. 결국 '무엇'이라는 글의 내용 요소와 이 내용을 효과적으로 드러내기 위한 '어떻게'라는 형식 요소가 상호 긴밀하게 유기적 관계를 가질 때라야 좋은 글이 될 수 있다. 이를 내용과 형식의 길항관계라 한다. 이에 대해 비유적 사례를 들어보기로 하자. 소를 잡는다고 치자. 그런데 연필 깎는 칼로 덤빈다면 사태는 어떻게 될까. 또한 그 반대의 상황도 황당하기는 마찬가지다. 이처럼 목적이나 내용은 그에 적절한 방법과 형식이 있기 마련이다. 언어예술로서 문학작품은 내용에 정합한 형식미학을 갖출 때 비로소 감동의 아우라를 뿌릴 수 있다. 이런 점에서 무엇보다도 요청되는 것은 쓰고자 하는 내용에 맞게끔 적절한 기법이나 형식에 대해서 고민하는 일이다. 흔히 착상 단계에서 쓸 내용 즉 '무엇'에 고착한 나머지 '어떻게'의 방법론적 탐구가 미진하게 이루어진다. 그렇게 되면, 내용중심의 서술이 된 나머지 언어형식미학이나 구조, 기법 등 언어구사의 표현술이 소홀히 다루어져 어색한 작품이 되고 만다.

착상이란 이처럼 글쓰기를 시작하기 전에 이루어지는 정신작용이다. 무턱대고 쓴다고 해서 글이 되는 게 아니라 쓰고자 하는 내용이나 형식에 대하여 어느 정도의 '집중화된 생각'을 기초로 해서 글쓰기가 시작되는 것이다. 나보코프는 '분명한 윤곽'이, 아이삭 다이네센은 '충동'이, 올더스 헉슬리는 '희미한 생각'이, 윌리엄 포크너는 '정신의 그림'이 떠오를 때 글쓰기가 시작된다고 하였다. 어떤 의미이든, 글쓰기는 단순한 충동심리로 이루어지는 게 아니라 내면에서 심리적, 정신적 발현이 될 때라야 가능하다는 말이다. 이처럼 내면에서 조성되는 글쓰기의 심적 동력이 곧 착상이다. 이 착상이 솟구쳐 글쓰기의 힘을 만들어낸다.

착상에서 무엇보다도 중요한 점은 글의 내용이나 형식면에서 가능성을 탐색하는 일이다. 현실의 왜곡과 모순의 비정상을 제시한다고 할 때, 현실 그 자체를 그대로 재현해서는 참다운 글이 될 수 없다. 물론 이러한 수법은 사실주의적 기록의 의미는 있다. 하지만 작가라면 내용에 대한 독자적인 접근과 해석이 있어야 하겠고 이를 효과적으로 제시할 수 있는 표현술 혹은 기법에 대해 골똘하게 연구하지 않으면 안 된다. 작가 나름대로 세계상을 포착하고 이를 제시하는 방식이 저마다 다르다. 이것이 작가론을 낳는 뿌리가 된다. 즉 작가가 세계를 발견하는 시선의 독자성과 이를 작가 특유의 언어방식으로 제시하는 특성을 밝히는 게 곧 작가론이다. 착상은 작품이 이루어지는 첫 단계로써 작가논의의 출발이다. 이런 의미에서 볼 때, 착상을 하는 단계는 앞으로 작품을 써나가는 데 있어서 하나의 상량과도 같은 구실을 한다. 네 곳의 기둥과 지붕을 떠받치는 상량이야말로 건축에서 요체 가운데 요체가 되듯, 글쓰기에서 착상 단계는 글 전체의 틀과 방향을 설정하는 중요한 요체라고 할 수 있다.

3. 익숙함으로부터의 탈출

1) 일상에 대한 관심

좋은 글을 쓰기 위해 누구나 내용의 참신함에 관심을 둔다. 하지만 참신하고 기발한 소재만을 찾는다면 아마도 태초 에덴 시절이나 가능할 따름이다. 우리 인간의 삶은 전대미문(前代未聞)이나 전인미답(前人未踏)의 에포크한 새로움을 창출하는 것이 아니라 이미 있어 왔던 존재와 현상에 대한 새로운 시각의 접근만이 있을 뿐이다. 철학사를 두고 볼 때, 새로운 철학적 경향이 등장한다고 해서 전 시대의 철학적 사유체계와 판이하게 다름을 보이는 게 아니다. 그것은 전 시대의 사유체계나 철학적 인식에 대한 다른 각도에서의 접근일 뿐이다. 가령, 서양 철학사를 두고 플라톤 철학에 대한 주석의 역사라고 한 화이트헤드의 지적은 이런 점에서 적절한 언급이라 할 수 있다. 문예사조의 발달과정도 마찬가지다. 고전주의와 낭만주의는 서로 얼음과 숯의 관계처럼 비각적인 것으로 간주되지만 실은 그렇지 않다. 고전주의의 한계를 극복하는 대안으로 낭만주의가 출현하였다. 그러므로 낭만주의는 고전주의적 특성에 꼬리를 물고 발생한 것이다. 같은 논리로 사실주의는 낭만주의를, 모더니즘은 사실주의의 꼬리에서 파생된 문예사조이다. 따라서 철학이나 예술의 역사는 특정시기마다 새 하늘이 열리는 동떨어진 새로움의 미학이 아니라 전 시대의 한계와 모순을 극복해 가는 하나의 역동적인 전개 과정인 셈이다.

이런 점을 시야의 중심에 둔다면 글쓰기의 착상 단계에서 무엇을 어떻게 해야 하는가 쉽게 떠오를 것이다. 결국 소재의 새로움에 대한 탐색이 아니라 해석에 차이가 관건이다. 니체의 말대로 사물은 없고 해석만이 존재할 뿐이다. 따라서 좋은 글을 쓰기 위해서는 삶에 대한 다양한 해석, 인간존재와 삶의 양태에 대해 열린 시각을 가져야 한다. 그것은 서양 회화의 일점 (一點)투시의 시각이 아니라, 산점(散點)투시의 눈빛이라고 비유할 수 있을 것이다. 아르고스의 눈처럼 전체성을 정확하고 명민하게 볼 수 있는 포괄적이고 정확한 시각을 갖는 게 작가에게는 요긴한 일이다.

이런 맥락에서 모든 글쓰기는 가능성에 대한 탐색행위다. 현실태가 아닌 가능태 혹은 잠재태에 대한 작가의 질문이 곧 창조적인 글쓰기인 셈이다. '발생했던 일'에 대한 체계화가 역사라면, 문학은 '발생할 수도 있을 법한' 개연성의 세계에 대한 추론적 글쓰기다. 그래서 역사는 특수성을 갖고 문학은 역사보다 보편성을 띤다. 그러면 가능태에 대한 탐색은 어떻게 할 수 있는가. 문학예술이 현실 그 자체가 아닌 것은 현실에서 유추된 다른 현실을 만들어내는 가공의 과정이 있기 때문이다. 이 가공의 과정은 말할 나위 없이 상상력으로부터 가능하다. 상상력은 인간의 실존적 한계조건을 뛰어넘어 새로운 지평을 제공하기도 하고, 현실 불만에 대해서 대안적 현실을 만들어내기도 한다. 인간의 보상심리를 작동시켜 문학세계가 현실세계의 볼멘소리를 대신해 주고 카타르시스를 제공하는 것이다. 흔히 좋은 문학작품에는 초월적 비전이 반영되어 있다고 한다. 이 말은 문학예술이 현실적 삶을 질료로 삼지만 작가 특유의 상상력으로 현실로부터 빠져나와 현실 초월적 가능태에 대한 세계를 모색한다는 의미다.

그러므로 착상을 위한 준비과정에서는 인식의 자동화, 고착화, 질서화된 개념으로부터 빠져나와 새롭고 다양한 시선으로 현실과 대상을 보는 열린 시각을 확보하는 일이 중요하다. 이러한 시각의 확보는 경험과 기억, 직관과 관찰 등의 방식에 적잖이 의존할 수밖에 없다. 견고한 의식을 부수고 이럴 수도 있잖은가, 혹은 이래야 하지 않겠는가라는 의문점을 착상의 씨앗으로 여겨야 한다. 희랍 비극이 인간이 신에 종속된 상태에서 인간 의지의 비극성을 그린 존재론적 삶을 말한다면, 셰익스피어는 신과의 관계를 결별하고 인간 내부에 도사리고 있는 성격적 결함이 바로 인간 존재를 비극적으로 몰아감에 두었다. 바로 이러한 시각의 차이가 착상 단계에서 일어나야 한다.

그러면 착상의 주안점에 대해서 생각해 보기로 하자. 앞서도 말했듯이 희곡이 극작가가 처해 있는 현실로부터 착상된다는 점을 다시 상기해야 한다. 여기서 현실은 일상을 말한다. 일상은 일상을 살아가는 사람에게 필연성을 갖춘 치열한 현실이다. 또한 일상은 생명을 연장해 나가는 다양한 삶의 방식이 파노라마처럼 펼쳐지는 시간이자 공간이기도 하다. 모든 사람들은 일상에서 발생하는 사건들을 경험하면서 이를 주관화하며 나름대로 리얼리티를 구성하고 가치를 부여한다. 그런데 이 가치부여 행위는 – 이를 비평가들의 소임이라고만 생각하지 말아야 한다. 여가(與價)행위는 구체적인 삶에서 소소한 인간 행위 모두에 적용시킬 수 있기 때문이다. 뿐만 아니라, 희곡을 포함해 문학과 예술을 창조하는 사람들은 나름대로 세상에 대해 주관적인 잣대를 가지고 가치를 부여한다. 작품은 결국 세상에 대한 주관적인 자기발언의 결과이다. 이때 주관적인 발언은 대상에 대해 일정한 가치평가가 이루어졌을 때 비로소 가능하기 때문이다. – 개인적이고 주관적이다. 따라서 상대적 대립이 얼마든지 가능하다. 다시 말해 타인의 가치와 충돌할 소지가 얼마든지 있다. 이런 의미에서 일상은 극작가가 희곡을 생산하는 데 있어서 자양분이 들어 있는 토양이라고 할 수 있다. 상호 충돌과 모순, 이것이 희곡을 만들어내기 때문이다. 영양분이 풍부한 일상이라는 텃밭에서 극작가는 상상력의 씨앗을 뿌리고 희곡이라는 생명체를 움터낸다. 일상에 대한 세심한 관찰, 이것이 희곡 창작의 착상 단계에서 최초로 유념해야 할 태도다.

희곡 창작에서 일상에 대한 관찰의 중요성은 또 있다. 일상은 수면과 깨어있는 상태, 낮과·밤, 무의식과 의식, 무질서와 질서, 죽음과 삶, 위협과 안전 등이 상호 공존한다. 바로 이러한 점이 희곡 창작의 토양이 된다. 일상은 이와 같이 이항대립적인 연극적 속성을 그대로 보여주는 구체적 현실이다. 앞서도 말했듯이, 희곡은 연극성을 담지하고 있어야 한다. 일상을 도표로 정리하면 다음과 같다.

반복적이고 예견할 수 있음 (진부하고 이미 알려진 질서의 영역)
독특하고 예견할 수 없음 (미지의 돌발사건이 발생 가능한 무질서의 영역)

변증법적으로 경험되는 시간과 공간

일상은 상호 이항대립적인 두 영역이 끊임없이 충돌하면서 상호모순과 대립의 변증법적인 운동성을 보인다. 바로 이 점이 희곡의 기본 원리를 반영하고 있는 셈이다. 그러기 때문에 희곡 창작의 첫 관문인 착상은 우선 주변의 일상을 꼼꼼하게 관찰하는 데서 이루어진다.

70년대부터 독일과 프랑스에서 시작된 일상극은 20세기 후반에 들어와 희곡쓰기의 새로운 형태로 주목을 받고 있다. 도이취, 미셸 비나베르 등 일상극 작가들은 일상적으로 살아가는 사람들에게서 일어나는 전혀 하잘 것 없어 보이는 사건들을 통해 이들 사이의 갈등 또는 이들과 이들이 속한 직장 사회와의 갈등 혹은 종속이나 소외 문제 등을 다룬다. 일상을 희곡 창작과 연결시키기 위해 일상극 작가들이 일상에 대해 관심을 갖는 건 당연하다. 이들의 이러한 태도는 그동안 여러 학문 분야에서 일상 자체를 배제한 채, 삶 속에 내재한다고 생각되는 일반적인 규칙 혹은 규범들을 발견하는 것에

만 관심을 집중한 것에 대한 반성적 글쓰기라 할 수 있다. 따라서 일상극 작가들은 일상 속에 반영된 일반적 규칙을 발견하고 이 규칙들이 삶 속에서 어떻게 기능하는가를 탐색한다. 이들은 그동안 연극이 지나치게 이념의 장이었으며 세계를 역사적 관점으로만 분석하는 담화들로 충만했던 점에 과감하게 반기를 들어 희곡 창작의 수정을 요구한다. 프랑스의 대표적인 일상극 작가인 비나베르의 일상극에 대한 생각을 들어보기로 하자.

> 일상생활은 원인과 동기가 분명하지 않고 특별한 의미도 없는 시시한 사건들의 지리멸렬한 전개이며 그것을 이야기하는 다수의 목소리들의 합창과도 같다. 작가는 그 사실들에 질서를 부여하기보다는 있는 그대로의 상태에서 서로 겹치고 교차하는 방식에 따라 그것들을 조합해야 한다. 작가는 텍스트라는 화폭에 접착된 그 사실들, 텍스트라는 악보에 기입된 그 목소리들이 서로 어울림으로써 새로운 의미가 탄생하는 것을 기다릴 뿐이다.

따라서 일상극 작가들은 대중이라는 복수의 목소리를 발견하고 일상생활에 밀착해 논리보다는 우연성이 지배하는 세계를 제시한다. 또한 수용의 측면에서 독자의 능동적인 참여를 촉구한다. 단편적인 복수의 목소리, 미완의 문장들, 분산된 시공간의 체계, 이념의 공백 등은 모두 독자나 관객을 불안과 혼란에 빠트리면서 동시에 수용자 스스로 그 파편들을 조립하고, 공백을 채우고, 자신의 세계인식에 따라 텍스트의 의미를 구성하게 한다. 일상극은 일상과 일정한 거리를 유지한다는 점에서 브레히트 서사극 원리와 닮아 있으며, 논증적인 미사여구나 '잘 짜여진 드라마' 형식을 거부하고 상이한 양식의 담화들을 뒤섞어 사용한다는 점에서 아방가르드극의 기법을 보인다.

원리나 기법이 어찌되었든, 일상극 작가들의 관심은 어디까지나 일상에 있다. 관객의 현실이자 곧 연극의 현실인 일상을 배제하고 이념적으로 조합된 가상의 희곡 텍스트가 아니라 일상현실의 모습을 '일정한 거리두기'를 통해 제시하고 이를 통해 관객이 현실인식을 새롭게 갖게 하는 것이 일상극의 특징이라고 할 수 있다.

우리는 희곡 창작을 목적으로 착상의 문제를 다루고 있다. 흔히 글을 쓰고자 할 때 첫 번째로 만나는 어려움은 소재 찾기다. 무엇인가 기발한 것, 남들이 다루지 않은 것, 참신 발랄한 것을 찾으려 고심하게 된다. 그러나 하늘 아래 새로운 것은 없다. 구름 위에 핀 꽃처럼 아주 특별하고 의외성을 지닌 소재를 찾아 이를 작품화하는 것은 소재주의적 의미는 있을지 몰라도 작품성 그 자체로 가치가 평가되지는 않는다. 문제는 이미 있었던 소재를 다른 시각에서 보는 관점의 새로움이 있어야 한다. 이것이 착상 단계에서 반드시 유념해야 할 준비과정이다. 일상에서 소재를 취하되 새로운 시각, 새로운 관점에서 일상을 읽어내는 '눈'을 떴을 때 비로소 좋은 희곡을 창작할 수 있는 워밍업이 끝나게 된다.

2) 사람에 대한 탐구

착상을 위한 준비과정에서 눈을 두어야 할 또 다른 대상으로 '사람'을 생각해 보기로 하자. 왜냐하면 연극은 결국 사람의 이야기다. 오이디푸스왕, 아가멤논, 안티고네, 엘렉트라 등 희랍 비극이 그렇고, 햄릿, 오셀로, 리어왕, 맥베드 등 셰익스피어 희곡이 그렇다. 작품의 인물이 곧 희곡작품명이 되는 경우를 숱하게 볼 수 있다. 이는 희곡에서 가장 관심 있게 다루고 있는 분야가 다름 아닌 사람이라는 증거이다.

연극은 사람 그 자체에 초점을 두기도 하지만 엄밀한 의미에서 보면 사람에 의해 빚어지는 특정한 사태를 다룬다. 사람의 내면적 실재는 결국 주체의 사는 방식으로 나타날 수밖에 없기 때문이다. 이것이 존재성이다. 다시 말해 사람의 내면성이 삶의 문양을 만들어낸다. 거꾸로 다양한 삶의 방식은 그것을 만들어내는 사람의 특성에서 기인한다. 그러므로 인간의 존재성과 삶의 방식은 동전의 양면처럼 겉과 속의 차이가 있을 뿐 사실 같은 뿌리에 두고 있다. 따라서 사람을 다루는 연극은 인간의 존재적 조건과 그에 따른 다른 인물의 반응으로써의 삶을 보여주는 데 있다. 경우에 따라서는 존재론적 의미에 비중을 두기도 하고, 한편으로는 특정한 인물이 빚어내는 삶의 사태를 다루기도 하지만 결국은 사람에 대한 탐구의 결과에서 만들어진 연극이다. 바로 이 점이 희곡 창작의 발상 단계에서 우리가 사람을 탐구하지 않으면 안 되는 이유가 된다.

이제 각도를 달리해서 보자. 사람들은 누구나 욕망을 가지고 있다. 생물체로서 생명보존의 욕망이 있고, 사람으로서 사람대접을 마땅히 받고자 하는 욕망도 있다. 자아실현이라는 개인적 욕망과 사회로부터 인정받고자 하는 사회적 욕망도 있다. 일찍이 모파상이 인간을 '욕망의 비곗덩어리'라고 했듯이 사람은 욕망을 꿈꾸면서 산다. 욕망이 개인은 물론 문명과 문화 발전의 원동력이 됨은 말할 나위가 없다. 그러나 욕망은 자칫 자기중심적으로 편협되기 일쑤여서 타인과의 마찰을 생성하는 근원이 되기도 한다. 그러므로 결국 욕망을 지니고 살아가는 인간은 모두 문제적이라 하지 않을 수 없다. 특히 욕망실현의 욕구가 강렬할수록 타인과의 충돌이 강하게 나타나기 때문에 이러한 인물이 연극적으로 적당함은 말할 나위가 없다.

대체적으로 연극의 주인공은 강한 동기를 분명히 가지고서 어떤 욕망을 성취하려는 인물들이다. 그런데 욕망실현의 과정이 만만하게 진행되지는 않는 게 세상사다. 욕망을 추구하는 과정에서 반대자나 적수가 나타나기 마련이고 이로 인해 주인공은 시련과 고난을 당한다. 그러다가 역경을 해결하고 드디어 목적한 바를 달성하게 된다. 이런 논리에서 볼 때, 연극은 주인공의 욕망추구와 좌절 그리고 극복의 양상을 보이는 리듬예술이라고 할 수 있다.

흔히 연극작품을 감상하고 난 후 관객들은 작품이 말하고자 하는 바가 무엇일까 생각한다. 작품의 의도나 주제를 따지는 일이다. 주제를 파악하기 위해서는 작품을 이루고 있는 여러 부면들을 세세히 살펴보고 이들의 상호 관련양상을 따져야 한다. 하지만 주인공을 중심으로 놓고 볼 때, 주제적인 의미는 바로 주인공의 욕망추구의 의도와 시련의 극복 방식 등을 통해서 파악하는 게 가장 무난한 방식이다. 가령, 욕망추구의 집착에 대한 동기가 주인공의 훼손된 가치관에서 비롯되었다면 관객은 주인공의 행동에 대해 거리를 두면서 비판적인 태도를 보이게 된다. 이것이 연극작품이 노리는 주제가 된다. 이러한 유형의 희곡작품은 국내외적으로 허다하다. 곧 연극의 주인공은 극작가가 평소 생활세계에서 만나는 평범한 사람들 모두가 될 수 있다. 다만 극작가가 사람들의 삶의 모습을 면밀히 탐구해야 한다는 전제가 뒤따른다면 말이다.

우리의 일상적인 삶에서 사람들은 크든 적든 대개 분열적이고 대립적인 상황에서 갈등하게 된다. 의지와 환경의 대립, 명분과 실리의 대립, 현실과 이상의 대립, 자아와 타아의 대립 등 끊임없이 대타적인 입장에서 심적 갈등을 안은 채 살아가는 게 인생이다. 미국의 실용주의 철학자 존 듀이는 말한다. 인생은 문제해결의 과정이라고. 여기서 문제해결은 어려운 수학이나 과학문제를 푸는 게 아니다. 시시각각으로 부딪치는 자신 내부 혹은 주변과의 심적 갈등을 풀어가는 과정이 삶이라는 뜻이다.

그러므로 희곡을 쓰는 데 있어서 착상의 어려움은 있을 수 없다. 문제는 평소 만나는 사람을 탐구하는 자세가 얼마나 진지하느냐에 달려 있을 따름이다. 어떤 사람이든지 문제에 봉착하면 이를 풀어가는 방식과 과정을 보이기 마련이다. 그러므로 희곡 창작에서 발상의 새로움을 위해 애써 궁리할 것이 아니라 주변의 생활세계에서 얼마든지 만날 수 있는 사람들을 주인공으로 상정해 보고 이 인물을 통해 만들어질 수 있는 상황을 꾸며 보는 게 쉽게 희곡 창작으로 접어드는 지름길이다. 비단 현실의 주변 인물뿐 아니라 역사적으로 실존했던 인물, 문학이나 영화, 연극 등 다른 예술장르에 등장한 인물 등에 대한 재해석으로써의 인물 탐색도 얼마든지 좋은 소재를 얻을 수 있는 방법이다.

3) 통과제의로써의 삶 읽기

희곡 창작의 발상과 관련하여 마지막으로 주목할 수 있는 건, 통과제의를 시야의 중심에 두고 인생을 통찰해 보는 방법이다. 문학작품을 통과제의적 관점으로 접근한 시몬느 비에른느에 따르면, 통과제의는 실존체제의 존재론적 변환과 동일하다고 보고 있다. 반 게넵에 의해 주장된 통과제의의 개념을 보면, 통과제의적 죽음의 단계를 거쳐 새로운 탄생이 이루어진다는 것이다. 죽음의 영역통과란 엘리아데식으로 말하면 인간에게 가해지는 고통이다. 고통은 단순한 가학이 아니라 통과제의 대상자의 영적 변화를 꾀하는 데 있다. 그러므로 고통은 제의적 성격과 가치를 지닌다. 통과제의에서 필연적으로 따르는 고통은 일종의 재생의식인 것이다. 존재의 변화가 이루어지기 위해서는 고통과 시련을 감내해야 한다는 게 통과제의의 기본 개념이다.

우리의 단군신화를 보자. 곰이 웅녀가 되는 것은 분명 존재의 변화이다. 그런데 이러한 변화는 단순한 소망으로 이루어지는 것은 아니다. 동굴 속에서 햇빛을 보지 못한 채 쑥과 마늘을 먹으며 백 일을 견뎌내야 한다는 시련이 따른다. 이러한 시련을 무사히 이겨낸 곰의 수성(獸性)은 웅녀라는 인성(人性)으로 눈부신 존재론적 변화가 이루어진다. 하지만 동일한 조건에서 호랑이는 부여된 시련을 감당하지 못해 끝내 호랑이로 남게 된다. 여기서 동굴 속에서의 인고적인 시간은 곰에게 부여된 고통이다. 그리고 이 고통을 견뎌냈을 때, 즉 통과제의가 이루어졌을 때 비로소 사람으로 재생된다.

이로 보면 고전소설 〈춘향전〉의 '감옥'과 〈심청전〉의 '인당수'는 모두 주인공이 고통을 겪는 시련의 공간이 된다. 춘향이가 감옥에서 칼을 쓴 채 고통을 이겨내고, 심청이가 인당수에 빠져 현실적 자아를 죽였을 때 춘향이는 열녀로, 심청이는 황후로 재생되어 부활한다.

연극의 인물은 변화한다. 물론 처음부터 끝까지 인물이나 상황의 별다른 변화를 보이지 않는 부조리극도 있다. 그러나 이런 부조리극도 찬찬히 살펴보면 인물의 심리적 변화를 포착할 수 있다. 상황에 대한 인식의 변화 같은 것 말이다. 부조리극이 그러하듯이 대체적으로 연극의 인물은 시작과는 다른 모습으로 분명한 변화를 보이며 연극의 끝을 맞이한다. 헨리 입센의 근대극 〈인형의 집〉에서 노라가 변화하듯이 조성된 극적 상황 속에서 자의식을 찾는 게 연극 인물의 일반적인 모습이다. 말하자면 인물의 변화는 한바탕의 무질서 상황을 치르고 난 다음에 오는 현상학적 결과인 셈이다. 내부

심리가 변하든 외양적인 행동이 변하든 연극의 인물은 변하는 카멜레온 같
은 존재다. 이때 변화의 동인이 바로 '무질서의 상황'으로써 통과제의의 개
념에서 말하는 시련과 고통이라고 할 수 있다. 연극 인물의 이 같은 변화를
포착하기 위해서는 평소 인간과 삶을 통과제의적 관점에서 통찰했을 때 가
능해진다.

지금까지 우리는 희곡을 창작하는 데 있어서 준비단계에서 필요한 몇 가
지를 살펴보았다. 일상과 사람들에 대한 관찰, 통과제의적 관점에서 삶을 들
여다보기 등이 그 내용이다. 결국 좋은 글을 쓰기 위해서는 작가가 처해 있
는 현실에 눈을 두고 면밀한 관찰과 기억이 있을 때 가능해진다. 주변의 생
활세계 전반이 곧 희곡 창작의 텃밭이 되는 것이다. 송나라 때 여사겸이 편
찬한 〈근사록〉은 말하고 있다. 자기 몸 주변에서 문제를 찾으라고. 무엇을
쓸 것인가. 무슨 좋은 아이디어가 없을까 고민하는 시간에 눈을 들어 주변
을 살펴보자. 소소하고 구체적이며 누구나가 경험하는 일상적 삶을 살아가
는 사람들, 그리고 그들의 삶의 문양인 일상 그 자체가 희곡 창작의 좋은
아이디어를 제공하게 될 것이다. 아울러 인간의 변모 과정이나 생의 흐름을
통과제의적 시각에서 보게 된다면 훌륭한 희곡적 자료를 얻을 수 있으리라.
연극은 '지금 여기'라는 구체적인 상황 속에서 존재의 변화를 모색하는 스토
리의 예술양식이니까.

4. 착상의 방법론

1) '공간창조'의 비밀

희곡은 누가, 어디서, 어떤 행동을 보여 주는 장르다. 따라서 행동의 주
체인 인물, 그리고 '어디'라고 하는 시공간적 배경이 중요한 희곡 요소가 된

다. 여기서 공간이란 행동 그 자체가 발생하는 장소를 말한다. 그런데 장소
는 행동의 특성을 드러내는 하나의 기호이자 세계상을 반영한다. 또한 장소
는 극 내용의 범위를 규정하는 1차적인 조건이 된다. 그러므로 희곡 창작에
임할 때 공간창조의 문제는 매우 중요하게 다뤄져야 한다.

공간은 대체적으로 한정된 공간과 다층적 공간으로 설정할 수 있다. 한정
된 공간이 닫힌 공간인 반면, 다층적인 공간은 하나의 공간(무대)을 말 그대
로 다양한 공간으로 활용하는 열린 공간이다. 희곡을 쓰고자 할 때 보통 주
제나 소재를 먼저 떠올리게 되는데 이때 유념해야 할 일은 쓰고자 하는 내
용(행동)을 효과적으로 드러낼 수 있는 최상의 공간은 어떤 장소라야 하는
지 고민하는 일이다. 다시 말하면, 공간은 작품의 내용이나 작가 의도를 완
벽하게 구축할 수 있어야 한다.

① 한정된 공간

한정된 공간은 하나의 장소에 국한된 공간이다. 응접실이나 한 가정집 내
에서 발생하는 작품들이 여기에 해당한다. 특정 장소에 붙박이된 공간이다.
이 같은 공간은 극 행동이 동일한 장소에서 진행되기 때문에 자칫하면 지루
해질 수 있다. 대체로 문제해결의 과정을 모색하는 토론극(문제극 thesis
drama)이나 생산적일 수 없는 삶의 부조리함을 보여 주는 부조리극 등이
이에 해당한다.

> 시골길, 나무 한 그루.
> 해질 무렵.
> 나지막한 언덕에 앉아있는 에스트라공이 장화를 벗으려고 한다. 숨을 헉헉 몰
> 아쉬며 양손으로 장화를 벗기려 하고 있는 것이다. 그는 단념한다. 지쳐서 쉬다
> 가 다시 한번 시도해 본다. 역시 아까처럼 해보지만 허사다.
> 블라디미르 들어온다.

　사뮤엘 베케트의 부조리극 〈고도를 기다리며〉 1막 무대지시문이다. 극 상황의 발생 공간과 시간, 그리고 배경과 인물 묘사가 간단하게 나오고 있다. 2막으로 구성된 이 작품은 공간의 변화가 전혀 이루어지지 않는 게 특성이다. 나무 한 그루가 있는 황량한 시골길이 작품의 전체 배경이면서 극 행동의 장소가 된다. 길가에서 두 인물은 끊임없이 고도를 기다린다. 그러나 극이 끝날 때까지 기다리는 고도는 오지 않는다. 고도가 신인지 사람인지 그 실체도 명확하지 않다. 결코 오지 않은 대상을 갈망하는 두 인물은 인간의 존재조건의 부조리함을 그대로 드러낸다. 행운, 구원, 소원성취 등 인간은 무엇인가를 바란다. 그러나 인간의 바람대로 쉽게 손에 쥐어지지 않는 게 삶이다. 여기에 공간창조의 비밀이 숨어 있다. '길'이라는 배경적 공간은 작품의 의미를 드러내는 데 중요한 기호이기 때문이다. 길의 구상적인 의미는 도로 그 자체이지만, '삶의 길', '진리의 길'처럼 추상화된 의미도 내포하고 있다. 블라디미르와 에스트라공이 길가에 있다는 건 바로 '진리를 찾아 떠나는 순례의 길'을 걷고 있다는 의미를 함축한다. 배경으로 설정된 물리적인 길은 작품 인물의 행동상을 통해 추상화된 의미로 전환되어 주제 형성에 기여하고 있는 셈이다.

② 다층적 공간

　한 무대에서 여러 공간이 뒤섞여 활용되는 공간을 말한다. 다층적 공간은 장면에 따라 무대 변화가 이루어져야 하기 때문에 자칫하면 산만해질 우려가 있다. 하지만 한 공간에 붙박이된 한정된 공간에 비해 공연의 활력을 줄 수 있다거나 연극적 상상력을 다양하게 끌어갈 수 있는 이점이 있다.

　이윤택의 〈어머니〉는 2막물이다. 1막의 줄거리를 끌어가는 기본 공간은 아파트 내부이고 2막은 병실이다. 그러나 극 내용이 바뀌면서 시간과 공간은 분절되어 전혀 다른 시간과 공간으로 나타난다. 영화의 플래시백처럼 과거가 추억되면 시간과 공간은 과거의 그곳으로 되돌아가 무대에서 재현된다. 과거의 시공간도 내용에 따라 동네 마당, 어릴 적 집 등으로 다양하다. 현재와 과거, 현실과 환상이 자유로이 넘나드는 전형적인 열린 공간을 보인다.

> 갑자기 북향 창틀이 덜커덕! 소리를 내면서 한 두툼한 손이 창틀에 얹힌다. 종이배가 놀라 그만 깊이를 알 수 없는 심연 속으로 소리 / 빛과 함께 가라앉고 중절모 쓴 얼굴이 창틀에 걸린다.
> 난데없는 방문, 난데없는 표정.
> 그는 그렇게 대책 없이 가만 얼굴을 내밀고 눈알을 굴리며 세상을 한참 보다가 슬그머니 몸을 세워 현실로 월담한다. 조금은 망측스럽게 낑낑대며 기어올라와 바짓가랑이를 창틀에 얹고 몸을 안쪽으로 냅다 디밀다가 그만 싱크대 안으로 공중 자맥질하듯 넘어지면서 꽈당! 등을 대고 쭉 뻗는다. 안방의 따뜻한 체온을 받으며 어머니가 부스럭 몸을 일으킨다.

1경의 무대지시문 일부다. 죽은 영혼이 창문으로 들어오는 장면이 다소 익살스럽게 묘사되고 있다. 죽은 남편의 영혼이 죽을 때가 되었다며 부인을 데리러 오는 이 장면은 현실과 환상이 겹쳐지는 겹시공간이다. 이같이 시간과 공간의 이중적인 설정은 합리주의적인 사유체계를 거부하는 데서 출발한다. 보이는 것과 보이지 않은 것, 인식과 존재를 엄격히 분리한 근대를 부정하고 삶을 이루고 있는 전일적인 모습을 드러내기 위한 장치인 셈이다. 그러기에 현실과 환상의 경계가 부서지고, 현재 속에서 과거가 살아날 수 있는 것이다.

열린 공간으로써 다층적인 공간 설정은 상상력에 따라 무대를 폭넓게 활용할 수 있다. 이 경우, 줄거리를 이끌어가는 기준적인 공간은 반드시 필요하다. 〈어머니〉에서 1막 아파트 내부, 2막 병실 내부처럼 기준 공간 속에서 시공간의 변화가 이루어져야 한다. 왜냐하면 희곡은 하나의 이야기를 일련의 서술적인 체계로 보여주어야 하기 때문이다. 이는 회상이 이루어지고 있는 중심 공간에서 인물의 회상에 의해 과거 장면으로 돌아가는 일종의 플래시백 기법으로 간주하면 되겠다.

하나의 이야기가 일련의 서술적인 체계를 보이는 앞선 경우와 달리, 장면

별로 다양한 이야기를 보이는 에피소딕 구성의 희곡도 있다. 다양한 이야기
는 당연히 다양한 시간과 공간을 요구한다. 따라서 이런 에피소딕 구성의
희곡도 다층적인 공간창조를 보인다. 이는 각각 다른 에피소드를 장면 단위
로 제시하는 형태이기 때문에 장면에 따라 시간과 공간이 달리 설정될 수밖
에 없다. 이에 해당하는 대표적인 희곡인 닐 사이먼의 〈굿 닥터〉를 보기로
하자.

이 작품은 작가의 서재, 극장, 가정교사가 일하는 집의 응접실, 치과병원
치료실, 공원 벤치, 부둣가, 오디션 현장, 은행 지배인 사무실, 사창가 거리,
작가의 서재 등 다양한 공간 변화가 이루어진다. 일련의 서사적인 줄거리나
플롯이 없이, 장면별로 에피소드만을 드러낼 때 이러한 에피소딕 구성을 쓰
게 된다. 따라서 다양한 장면 가운데 몇 개는 빼도 연극은 만들어질 수 있
다. 낱낱의 에피소드가 필연성을 지니고 있지 않기 때문에 유기적 관련이
없고 장면별로 연속성이 없기 때문에 극의 줄거리를 개연성 있게 일괄할 수
없기 때문이다. 공간에서 발생하는 에피소드는 하나의 독립적인 이미지로
제시되고 다른 공간의 상황과는 무관하다. 몇 개의 공간별로 설정된 상황을
통해 관객은 연극 전체의 이미지를 꿰맞추어 의미를 발견하게 된다.

하나의 이야기가 개연성과 필연성의 원칙에 따라 구성되어 논리적인 흐름
을 보이는 희곡을 집약희곡이라 한다면, 장면 사이에 비연속성을 보이는 희
곡을 확산희곡이라 부른다. 한정된 공간을 창조한 희곡이 대체적으로 집약
희곡이라면, 다층적인 열린 공간의 희곡이 확산희곡의 유형이라고 할 수 있
다. 특히 에피소딕 구성의 확산희곡은 일련의 에피소드를 나열함으로써 전
체적인 구도가 파편화되는 유형이다. 그러므로 하나의 줄거리로 틀을 세울
수 없어 공간별 장면은 독립적인 이미지만 남게 된다. 이 같은 에피소딕 구
성의 희곡은 장면별로 제시된 이미지의 재현적 의미만 떠오르고 일련의 스
토리를 사용하지 않는 특징을 보인다.

희곡을 쓸 때 공간의 창조는 매우 중요하다. 공간은 세계의 축도이자, 작
가의 의도를 담고 있는 배경이 되기 때문이다. 하나의 공간으로 한정된 공

간이든, 다원적으로 열려진 다층적인 공간이든 공간을 창조할 때 염두에 둘 점은 작가의 의도를 구현할 수 있는 최상의 배경이라야 한다는 사실이다. 여기에 공간창조의 비밀이 있다. 창조된 공간에서 발생할 수 있는 가장 효과적인 극 행동은 무엇일까. 혹은 거꾸로 극 행동을 제시하는 데 최상의 공간은 어떤 장소가 좋을까. 이 점은 본격적으로 희곡을 써내려가기 전인 착상의 단계에서 충분히 고려되어야 한다.

이제 몇 개의 공간을 창조해 보고 여기에서 발생할 수 있는 연극적 사실들을 생각해 보기로 하자. 손쉽게 희곡을 쓸 수 있는 방법 가운데 공간을 먼저 상정하는 게 무난한 출발이 될 수 있기 때문이다. 공간을 창조할 때는 무엇보다도 이야기를 발생시킬 수 있는 환경이라야 한다. 가령 혼자 사는 방이나 가족 구성원 외에 외부인이 별반 출입하지 않는 응접실 같은 경우는 이야기 발생 가능성, 즉 극적 상황의 발생이 이루어지기 어렵다. 물론 이 경우 사건을 유발하는 인물이 외부에서 등장하게 된다면 상황은 바뀌게 된다. 하지만 대체적으로 폐쇄적인 공간에서 지극히 제한적인 인물만이 사는 장소는 적절치 못하다. 질서를 교란하는 요인이 없기 때문이다. 요컨대 공간은 인물들의 삶이 변하는 환경이라야 좋다. 그러기 위해서는 다양한 계층, 다양한 욕망의 인물들이 마주치는 장소를 찾아야 한다.

○ 공간창조의 사례 ① – 영안실

주검과 침묵만이 있는 시체 영안실이 무슨 극적 공간으로 창조될 수 있을까 의아해 하는 독자도 있겠지만, 영안실은 연극적 상상력을 자극시키는 좋은 공간이다. 영안실에 안치된 시신들이 일어나 각자 자신들의 삶의 이야기를 줄줄이 풀어내는 것 자체가 극적 발상이면서 연극적 재미를 줄 수 있기 때문이다. 산 자의 욕망과 죽은 자의 회한이 뒤섞이고 이승의 경험을 마치고 저승의 세계 속에서 바라보는 이승의 삶은 다양한 감정의 스펙트럼을 보일 수 있다. 이처럼 영안실은 삶과 죽음의 의미를 발견케 하는 공간으로 효과적인 장소이다. 〈아름다운 사인〉은 바로 이 공간을 설정하고 있다. 이 작품에서 죽은 자들은 각자 자신들이 죽게 된 이유(死因)를 풀어낸다. 한바탕 놀이를 보여주기도 하고, 살아온 날들의 구슬픈 이야기를 통해 삶의 진한 페이소스를 드러내기도 한다.

이 같은 연극적 발상은 공간창조의 성공적인 사례라 할 수 있다. '무엇을 말할 수 있을까'는 너무나 추상적이고 범위가 막연하다. 따라서 착상 단계에서는 '이런 공간이라면 무슨 말을 할 수 있을까' 쪽으로 발상을 전환할 필요가 있다. 미국 오스본이 주장한 것처럼 머리 속에 폭풍을 일으키는 브레인 스토밍(brain storming)으로 창조적인 아이디어를 창출하는 것이 바로 착상의 단계에서 이루어져야 한다. 희곡 창작을 손쉽게 접근할 수 있는 방식은 다름 아닌 공간창조에 있다.

○ 공간창조의 사례 ② – 특별한 날의 응접실

앞서도 말했지만, 응접실은 제한된 가족 구성원들이 사용한다는 점에서 폐쇄적인 공간이다. 하지만 특별한 날이라면 사정은 달라질 수 있다. 가령, 결혼식이나 장례식, 생일잔치나 파티 등 외부인의 출입이 빈번하게 이루어질 수 있는, 일상과는 다른 예외적인 날이라면 얼마든지 인물의 변화, 충돌 등이 가능하기 때문이다. 특히 낯선 사람과의 만남은 충돌과 오해가 발생할 수 있으며, 하나의 사안을 두고 서로 다른 의견으로 마찰을 빚어 극적 긴장을 유발할 수 있다. 또한 새로운 정보의 유입으로 말미암아 기존 인물들의 인식이 변화할 수 있는 계기도 된다. 응접실 자체는 한정된 폐쇄공간이지만, 여러 사람들이 자주 찾게 되는 상황을 부여하면 제한된 공간은 얼마든지 확장할 수 있다. 이러한 공간창조는 설령 응접실 공간 내부에서만 극 내용이 진행된다 해도 다양한 인물들의 목소리가 겹쳐 공간적 한계를 극복할 수 있게 된다.

서구 사실주의 극을 열었던 헨릭 입센의 희곡들의 공간이 대체로 응접실로 설정된 건 일상적 공간에서 발생하는 삶을 그대로 보여준다는 사실주의 연극관에 부합되기 때문이었다. 입센 희곡의 응접실은 단순한 가정의 한 공

간이 아니라 시대상을 반영하고 있는 상징공간으로 부르주아 계층의 삶을
여실히 보여주기 위해서 창조된 공간이다.

우리의 경우, 서구 근대극의 영향을 본격적으로 받기 시작한 60년대 이
후 응접실 공간을 배경으로 한 희곡들이 대거 등장하기 시작한다. 하유상의
〈미풍〉, 〈딸들 자유연애를 구가하다〉나, 차범석의 〈껍질이 째지는 아픔 없
이는〉, 〈대리인〉, 〈장미의 성〉, 오영진의 〈살아 있는 이중생 각하〉 등은 모
두 응접실을 공간적 배경으로 설정한 작품들이다. 앞서 언급한 입센이나 미
국의 테네시 윌리엄스의 작품들도 응접실을 주 공간으로 활용하고 있다. 이
들은 한곳에 붙박이된 공간이라는 점에서 다층적 공간창조라고는 말할 수
없다. 그러나 이들 희곡은 다양한 인물들이 부딪쳐 충돌하는 공간으로 활용
하고 있다는 점에서 나름대로의 연극적 힘을 얻고 있는 셈이다.

희곡을 쓸 때, 공간의 설정은 시간과 무관한 것이 아니다. 공간의 변화는
시간의 전환을 의미하고, 역으로 시간의 변화는 공간의 바뀜을 말하기 때문
이다. 이 같은 맥락에서 시공 개념을 동일시한 대표적인 사람이 러시아의
바흐친이다. 그는 시간과 공간 개념을 합친 크로노토프(choronotope)라는
용어를 사용하였다. 크로노토프의 시공성(時空性)은 주제나 사건을 구체화
시키는 형상적 기능을 한다는 점에서 비유적 의미로 사용된다고 주장한다.
비록 그의 주장이 소설 장르를 겨냥한 목소리이긴 해도 희곡과 전혀 무관하
다고 볼 수 없다. 희곡도 결국은 삶의 이야기를 다루는 내러티브 장르이기
때문이다.

희곡쓰기의 첫 단추를 '공간'으로부터 출발한다는 것은, 세계를 공간으로
파악하는 의미도 내포되어 있다. 하나의 세계로서 공간은 세상이 그렇듯 풍
부하고 다양한 인물들이 모일 수 있는 환경이 된다. 창조된 공간 안에서 대
상과의 거리감에서 발생하는 긴장과 충돌, 돌연한 사건의 발생은 모두 희곡
창작의 좋은 소재가 될 수 있다. 그러므로 공간에 대해 관심을 갖고 공간창
조를 어떻게 하면 효과적으로 할 수 있나 고민해야 한다. 공간창조가 성공
적으로 이루어졌다면 희곡 창작은 완성을 향해 한발 내디딘 셈이다.

2) 나와 남, 위치 바꾸기 -
역지사지 혹은 투사(投射)적 글쓰기 발상

지금까지 우리는 환경(공간, 사회)을 먼저 생각하면서 희곡 창작의 출발기틀로 삼았다. 공간이 갖는 세계상의 이미지와 함께 동일공간을 공유하는 사람들의 가치관의 대립, 외부인이 방문함으로써 발생하는 의외의 정보와 낯선 만남 등이 희곡을 써나가는 힘이 됨을 알았다.

이번에는 착상의 한 방법으로 인물에 초점을 맞춰 생각해 보기로 하자. 희곡을 행위의 주체에 대한 이야기라고 정의하면, 희곡에서 인물의 중요성은 아무리 강조해도 지나치지 않다. 아리스토텔레스가 인물보다는 플롯에 그 중요성을 먼저 둔 이유는 비극의 원리를 보이는 건 인물의 성격 자체가 아니라, 비극적 플롯에서 비극이 발생한다는 점을 염두에 둔 것이다. 어찌되었든, 희곡에서 인물의 창조는 곧 희곡의 독자성을 드러내는 가장 중요한 표지가 된다. 왜냐하면 희곡은 앞장에서도 말했듯이 갈등과 대립을 그 원리로 삼고 있기 때문이다. 갈등의 담지자, 대립의 주체는 다름 아닌 인물일 수밖에 없다. 이런 점에서 희곡에서 인물창조는 희곡세계 창조 그 자체라고 말할 수 있을 것이다.

희곡을 쓸 때 보통 특정인물을 찾아나서는 경우가 흔하다. 세상에는 별의별 사람들이 있지만 막상 희곡을 쓰고자 할 때는 적당한 인물이 떠오르지 않아서 고민할 때가 많다. 이러한 고민을 해결하는 한 방법은 내가 다른 사람이 되어보는 것, 혹은 다른 사람이 내가 되어보는 것이다. 착상의 한 방법론이라 할 수 있는 이러한 역할 바꾸기 발상은 희곡을 창작하는 데 의외로 좋은 아이디어를 제공할 때가 있다. 가령, 역사적인 한 인물로 김시습의 입장을 내가 대신 해보는 것이다. 물론 이 같은 경우, 역사적 인물에 대한 해박한 지식과 정보가 있어야 가능할 일임은 말할 나위 없다. 내가 만일 김시습이었다면 부딪치는 현실상황을 어떻게 대응해 나갔을까. 김시습의 삶의 방식을 자신의 입장에서 상상해 보는 것이다. 김시습이 살았던 불온한 시대에 시와 글로 시대를 저항했던 김시습의 삶의 방식을 지금 현재 자신의 입장에서 투사해 보는 것은 상상만으로도 즐거운 일이다. 왜냐하면 비록 상상의 경험이지만 두 시공을 함께 공유할 수 있으며 또 하나의 나만의 삶을 경험할 수 있기 때문이다.

역사적인 인물은 어느 정도 정보와 자료가 있기 때문에 이러한 작업은 비교적 수월하다. 그렇다면 일상적으로 만나는 특정인을 이 같은 방식으로 할 수 있지 않을까. 직장 동료, 선후배, 친구, 사회의 어떤 인사, 특정 연예인 등 대상은 얼마든지 많다. 내가 다른 사람이 되어보는 것은, 대상이 나에게 불만스런 모습을 보일 때 가능하다. '나 같으면 이럴 때 이렇게 하겠는데 ……', '나 같으면 이렇게 하지 않아' 투의 실망스러운 말을 우리는 종종 듣는 경우가 있는데 바로 이러한 점이 희곡쓰기의 아이디어를 착상케 하는 하나의 단서가 된다.

관객이 연극을 보는 이유는 여럿이 있다. 그 가운데 주인공을 통해 대리만족을 느끼기 위해 공연을 보러가는 경우도 많다. 일종의 보상적 심리다. 마찬가지로 작가가 희곡 인물을 창조할 때도 이 같은 보상적 심리를 역이용해야 한다. 자신이 못한 일을 타인이 했을 때 상대에게 자신을 투사시켜 심리적 쾌감을 얻는 방법이다. 또한 나의 입장과 타인의 입장을 바꿔 놓고 실제 자신이 타인인 것처럼 말하고 행동하고 봉착된 문제를 처리하고 상황을 만들어가는 상상 훈련을 하다보면 재미있는 희곡적 인물이 만들어질 수 있을 것이다.

주인공과 동일시해서 느끼는 대리만족이든 다른 사람들의 삶의 방식을 엿보면서 세상을 폭넓게 인식하든 연극보기는 인물에 초점이 맞춰질 수밖에 없다. 희곡 창작에 있어서 착상의 한 방법론으로 다른 사람의 환경 속에다 나를 던져놓고 내가 할 수 있는 방식을 만들어내는 것을 투사(投射)적 글쓰기라고 할 수 있다. 나를 상대의 환경 속에 투사시켜 나의 행동으로 상대의 환경을 조종하는 것이다. 이 같은 방식은 처음에는 낯설고 어렵게 느껴지겠지만 연습을 하다보면 재미있고 발랄한 희곡작품이 탄생될 수 있을 것이다.

3) 패러디(parody)와 트라베스티(travesty)

공간과 인물을 상정함으로써 창작의 아이디어를 찾는 방식 외에 다른 방법은 없을까. 이번에는 글쓰기 방식에 대해서 고민해 보자. 무엇을 쓸 것인가에 초점을 맞춰 창작의 아이디어를 찾을 경우, 이미 존재하고 있는 문학작품에서 힌트를 얻을 수 있다. 물론 이런 경우도 작가의 창작의도가 분명히 설정된 상태에서 출발하는 것은 당연하다.

희곡을 쓰는 형태는 두 가지가 있다. 이미 있었던 작품에 대한 거리두기를 한 글쓰기가 그 하나요, 다른 하나는 낯선 소재를 이야기로 만들어 창작하는 경우다. 물론 이는 비단 희곡뿐 아니라 소설이나 방송 드라마 또는 영화 시나리오도 마찬가지다. 간략히 말하면, 기존 작품에 대한 창조적 모방이거나 아니면 전혀 다루지 않은 신선한 이야기, 이 두 방식의 글쓰기 형태를 의미한다. 그런데 대체로 희곡을 비롯한 문학적인 글은 기존 작품을 원전으로 두고 약간 비틀거나 변형시키는 경우가 태반이다. 이런 형태를 문학 용어로 패러디라 한다.

패러디는 원작에 대한 창조적 모방으로써 글쓰기를 말한다. 대개 희극적 패러디와 비판적 패러디로 나눌 수 있는데 이는 원작을 조롱하느냐, 아니면 비판하느냐에 따른 기준이다. 조롱이든 비판이든 패러디는 의도를 가지고 원작을 재서술함으로써 원작과 일정한 거리를 둔다. 패러디는 원작의 형식은 살리되, 내용을 수정, 변화시키는 글쓰기다. 바흐친의 대화적 글쓰기나 한스 가다머의 영향사, 줄리아 크리스테바의 상호텍스트성 개념은 모두 이미 존재하고 있는 작품 혹은 작가가 작품을 쓸 때 이미 읽었던 작품의 영향을 직간접적으로 받기 때문에 엄격한 의미에서 독창적인 작품, 원전을 이룰 만한 작품은 존재하지 않는다는 것이다. 이러한 점을 볼 때 결국 글쓰기는 기존 작품과 어느 정도 관련이 있음을 암시한다. 패러디는 이 같은 맥락에서 연결되어 있는 글쓰기 방식 가운데 하나다. 패러디는 패러디하는 의도가 분명히 드러나는 의도된 모방, 창조적인 모방으로써 원전을 비판하는 글쓰기다. 그러니까 패러디는 기존 작품에 대한 새로운 해석이 가해진 글쓰기라할 수 있다. 이때 해석은 해석자의 현재적인 상황 속에서 행해질 수밖에 없기 때문에 패러디는 기존 작품을 현재적인 입장에서 재구하거나 혹은 변용된 글쓰기인 셈이다.

니체는 사물은 없고 오직 해석만 있을 뿐이라고 말했다. 다소 극단적인 표현이긴 해도, 니체의 의도는 창작하는 사람들에게는 시사하는 바가 적지 않다. 왜냐하면 니체의 말은 모든 문예물이 기존 문예물에 대한 해석행위라는 점에 그 의도를 두고 있기 때문이다. 이런 의미를 적극적으로 고려해서 착상의 어떤 방법을 떠올릴 수 있지 않을까. 무엇을 쓸 것인가 마땅히 떠오르지 않을 경우, 이미 읽었던 독서 내용을 검토할 법도 하다. 그래서 원작을 해체 재구성해서 새로운 세계를 드러낼 수 있는 가능성을 탐색해 보는 일이다. 바로 이러한 점을 착상하는 단계에서 적극적으로 고려하면 소재를 구하는 어려움이나 주제를 잡는 어려움도 덜하게 된다.

패러디 기법을 통해 성공한 작품을 몇 개 보기로 하자. 세계적으로 유명한 뮤지컬 〈미스 사이공〉은 푸치니의 오페라 〈나비부인〉을 원작으로 삼은 작품이다. 국제결혼의 비극이라는 굵은 줄거리와 여주인공의 비극적 죽음이 동일하다는 점에서 〈미스 사이공〉은 베트남판 〈나비부인〉이라 할 만하다. 또한 셰익스피어의 〈로미오와 줄리엣〉을 패러디한 뮤지컬 〈웨스트사이드 스토리〉도 마찬가지다. 우리의 경우, 고전소설 〈심청전〉을 패러디한 희곡작품은 의외로 많다. 40년대 채만식의 〈심봉사〉를 필두로 해, 최인훈의 〈달아 달아 밝은 달아〉, 오태석의 〈심청이는 왜 두 번 인당수에 몸을 던졌는가〉 등 여러 확대 가족을 거느리고 있다. 하지만 동일한 소재와 인물이라 하더라도 원작을 완전 해체, 재창작한 만큼 원작과는 작품의 주제나 분위기가 완연히 달라질 수밖에 없다. 이 다름의 미학이 곧 패러디한 작가가 의도한 주제가 됨은 당연하다.

그러면 여기서 최인훈의 〈달아 달아 밝은 달아〉를 분석해 패러디 양상과 그 의도를 살펴보면서 희곡 창작의 패러디 기법을 알아보기로 하겠다. 〈심청전〉과 〈달아 달아 밝은 달아〉의 공통적인 줄거리에서 나타나는 두 작품의 변이양상을 보면 다음과 같다.

1. 심청이 공양미 삼백 석에 몸을 팔다.
   〈심〉: 인신공희의 제물이 되다.
   〈달〉: 색주가의 창녀가 되다.
2. 심청이 용궁의 용왕에게 바쳐지다.
   〈심〉: 용궁의 용왕의 제물이 되다.(비현실세계)
   〈달〉: ① 현실 속의 색주가 '용궁' 손님의 제물이 되다.
   　　　② 해적들의 제물이 되다.
3. 심청이 죽다.
   〈심〉: 인당수에 빠져 죽다.
   〈달〉: ① 성욕의 대상으로 몸이 팔려 정신적으로 죽다.
   　　　② 성적 유린을 당하여 정신적으로 죽다.
4. 심청이 환생하다.
   〈심〉: 용왕에 의해 환생되다.
   〈달〉: 김 서방에 의해 정신적으로 환생되다.
5. 심청이 고국으로 돌아오다.
   〈심〉: 연꽃을 타고 돌아오다.
   〈달〉: 해적선을 타고 돌아오다.

　원작과 패러디한 〈달아 달아 밝은 달아〉를 분석한 결과 두드러진 특징은 공간의 형상화가 달리 나타난다는 점이다. 즉 원작의 용궁이라는 비현실공간은 패러디한 작품에서는 색주가 '용궁'이라는 현실공간으로 교체됐다는 점이다. 두 번째 특징은 문제해결의 장치상의 차이다. 〈심청전〉이 비현실적인 존재나 우연성에 의지하고 있는 반면, 패러디한 작품은 현실적인 인과관계로 대체하고 있다. 이러한 두 작품상의 차이는 말할 것도 없이 작가의 의도가 개입된 결과다. 구체적으로 말하면, 심청이를 현실공간에 위치시키고 현실인(용궁 손님들)에 의해 철저히 파멸시킴으로써 그녀가 현실(시대)의 희생

양이라는 사실을 강조하고 있다. 즉, 패러디한 작품은 원작과는 달리 손님, 매파, 뱃사람, 뺑덕어미, 심봉사 등의 현실적인 인물들이 빚어내는 욕망에 의해 심청이가 희생됨으로써 집단의 힘에 의해 개인이 파멸되는 현대성을 고발한다고 볼 수 있다.

한편 패러디와는 다른, 또 하나의 글쓰기 방식이 트라베스티다. 트라베스티는 패러디의 한 종류로서 원래 '의상을 바꾼다'라는 뜻으로 오페라에서 여성 가수들이 바지를 입고 남성 역할을 하는 것에서 유래하였다. 대개는 고귀한 성품의 인물을 우스꽝스럽게 전락시켜 웃음을 유발케 하는 식의 기법으로 익살극 형식을 말한다. 패러디가 원작의 내용을 수정해서 다시 쓰는 기법이라면, 트라베스티는 원작의 내용을 살리고 형식을 새롭게 쓰는 형태를 말한다. 따라서 패러디와 트라베스티는 원작에 대해 일정한 거리두기를 유지하면서 기존 작품에 대한 버티기식의 글쓰기라 할 수 있다. 다시 말하면, 패러디와 트라베스티는 기존 작품에 대한 '반복적 차이'로써의 글쓰기인 셈이다.

결국 패러디나 트라베스티는 원작에 대한 모방적 창조이다. 기존 작품에 대한 반성적 사유를 통해 작가가 의도하는 바를 새롭게 쓰는 형식이기 때문이다. 이러한 새로운 글쓰기는 '있는 것'과 '있어야 할 것'의 대비를 통해서 가능해진다.

이러한 창작 기법은 우리가 익히 알고 있는 문학작품에서 착상할 수 있겠다. 앞서 예로 든 〈심봉사〉나 〈달아 달아 밝은 달아〉와 같이 고전문학작품이나 기존작품에서 글쓰기의 착상이 이루어지는 경우가 흔하다. 문학작품이 당대의 삶의 논리를 반영한다는 거울이론을 전제로 삼는다면, 과거 조선시대에 쓰인 작품과 현대작품이 비록 동일한 소재라 할지라도 같을 수는 없다. 이 점은 과거와 현재의 차이이자 원작과 패러디 작품의 거리이기도 하다. 세계문학사를 놓고 볼 때, 무수한 작품들이 바로 이 같은 차이를 통한 글쓰기들로 이루어져 왔음을 다시 상기하면 이러한 기법들이 좋은 희곡을 쓰기 위한 착상의 한 방법을 제공할 수 있으리라 본다.

자료수집

3장

세상은 한 권의 책으로 존재한다.

― 말라르메 ―

좋은 목재가 좋은 집을 짓는다

요새는 인터넷이 발달하여 자료를 수집하는 데 한결 수월해졌다. 사이버 스페이스는 하나의 커다란 정보의 바다를 이룬다. 우리는 이 공간에서 돌아다니다가 필요한 장소에 닻을 내려 천막을 치고 먹을거리를 채집한다. 그러다가 먹을 것이 떨어지면 천막을 접고 다른 곳으로 이동한다. 인터넷을 통해 신유목민 시대가 열린 것이다. 마우스의 행복한 여행은 시간과 노동의 수고로움을 덜어주어 글 쓰는 사람들에게는 더 이상 좋은 시절이 없을 것만 같다.

하지만 인터넷이 있지 않았던 시절에는 글은 발로 썼다. 글은 머리로 생각하고 손가락을 움직여 쓰지만 머리로 생각하는 그것을 보다 정확하고, 보다 풍요로우며, 보다 다양한 시선을 갖추려면 발로 뛰면서 필요한 자료를 구해야 했다. 말하자면 좋은 글을 쓰기 위해서는 반드시 다리품을 팔아야 했던 것이다. 지금도 많은 작가들은 집필내용을 구상하고 나면 현지에 가서 여러 가지 자료를 구하곤 한다. 그만큼 창작하는 데 매우 긴요한 일이 자료를 모우는 일이다. 마우스든 발이든 작가가 필요한 자료를 광범위하게 조사하고 수집하는 일은 좋은 작품을 창작하기 위한 필수적인 과정이다.

그렇다면 왜 자료수집이 필요한가? 말할 나위 없이 자료는 글을 쓰기 위해 사전에 준비하는 내용물들이다. 책자, 지도, 문서, 유품, 각종 기사, 인터뷰 내용 등을 통해 구상한 내용을 보충한다. 뿐만 아니라 자료를 수집하는 과정에서 작품의 방향과 틀이 새롭게 만들어질 수도 있다. 어찌 되었든 자료수집은 글을 써내려가는 엔진오일이라고 비유할 수 있겠다. 연료가 넉넉해야 자동차가 원활하게 운행될 수 있듯이 풍부한 자료는 집필을 수월하게 한다. 그래서 자료수집이 절대적으로 필요하다.

한편 자료수집의 필요성은 다른 데서도 찾을 수 있다. 대개 글은 글쓴이의 기억과 경험에서 만들어진다. 그런데 사람의 기억과 경험은 일반적으로 한계가 있기 마련이다. 시간과 공간에 가두리된 삶의 조건이 대개 비슷하고 살아가는 처지가 크게 다를 바 없기에 경험하는 내용 역시 비슷하다. 삶의 조건이 비슷하면 살아가는 방식과 사유 방식도 비슷할 수밖에 없기 때문이다. 물론 예외적이고 특수한 경우를 배제할 수는 없지만 삶의 모습은 이처럼 비슷비슷하다. 비슷한 가정이나 사회 환경에서 유년기를 보내고 학령기가 되면 학교에 들어가 판에 박힌 수업시간표에 의해서 동일한 내용을 배우게 되며 이를 마치면 직장생활을 하면서 연애를 하고 결혼해서 아이를 양육하면서 삶과의 투쟁이 시작된다.

다람쥐 쳇바퀴 돌 듯, 우리들은 현실성에 모든 가치를 걸고 삶의 지루한 반복성과 기계적인 순환성에 함몰되어버린 나머지 현실 속에 갇히게 된다. 그러나 희곡을 비롯한 문학은 현실성의 존재에만 관심을 갖는 건 결코 아니다. 헤르베르트 마르쿠제는 그의 저서 〈일차원적 인간〉에서 인간은 현실에 적응하려는 현실성의 존재이자 반면에 그 현실을 넘어서려는 가능성의 존재라고도 했다. 이 이중적 인간의 속성 가운데 희곡이나 문학이 주목하는 건 현실성을 넘어 미지의 세계로 열려진 지평을 엿보는 인물이다. 다시 말해 가능성에 대한 존재의 탐구가 희곡과 문학의 본령인 셈이다. 따라서 가능성의 존재를 다루기 위해서는 현실 속에 가두리된 인식의 벽을 허물고 현실 밖의 세계에 눈을 주어야 한다. 그러기 위해서는 경험하지 못한 삶, 타인의 삶에 대한 기록 등과 같은 자료를 섭렵해야 한다. 여기에 자료수집의 의미가 있는 것이다.

앞서도 말했듯이 글은 경험과 기억으로만 쓸 수 없다. 따라서 이를 극복하기 위해서는 작가의 폭넓은 독서와 일상에 대한 탐색, 인물에 대한 호기심 있는 관심 등이 왕성해야 좋은 희곡작품을 쓸 수 있다. 단순히 '느껴진 삶'(felt life)을 곧바로 희곡으로 쓸 수는 없기 때문이다. 살아 있는 인물을 창조해 생생한 극적 체험을 제공하기 위해서는 쓰고자 하는 소재에 대한 넓고 깊이 있는 자료에 힘입어야 한다. 그래야 극적 분위기는 살아나 생명이 감돌고 극 논리는 개연성을 확보할 수 있다. 먼 과거의 일이든, 현실에서 소재를 취하든 희곡을 쓰고자 할 때 자료를 수집하는 일은 목수가 집을 짓기 위해서 필요한 목재와 건축자재를 구입하는 일로 비유할 수 있겠다. 재료 없이 집을 지을 수 없듯이 자료 없이 훌륭한 희곡은 결코 창작될 수 없는 일이다.

1. 자료수집의 필요성

우리가 연극을 통해서 만날 수 있는 것 가운데 하나는 자신이 살아오지 못한 삶을 엿보면서 대리만족을 경험하는 일이다. 주인공이 처한 삶과 자신의 그것을 동일시하면서 현실의 불만을 보상받으려는 심리적 욕구라 할 수 있다. 관객은 지루한 일상적 삶을 굳이 공연장까지 가서 구경하고 싶지는 않을 것이다. 일상과는 다른, 뭔가 충격적이고 미처 알지 못했던 삶의 한 구석 혹은 인간의 어떤 면을 발견하기 위해 공연장을 찾는다. 일상의 재현이나, 지루한 삶의 반복적인 패턴을 판박이 하듯 무대에 올리게 되면 관객은 애써 공연장을 찾을 이유가 하등 없다. 각박한 현실에서 피곤할 정도로 경험하고 있는 일들을 다시 연극공연장까지 가서 확인할 필요는 없을 테니까.

그렇다면 극작가는 구름 밖의 딴 세상 사람이라도 된단 말인가. 그래서 그들은 지상의 일상적 경험사가 아닌 낯설고 신기한 무엇을 지니고 있단 말인가. 물론 그렇지는 않다. 극작가 역시 다른 보통사람들과 마찬가지로 비슷한 삶을 살아가는 현실인 가운데 하나다. 일상적 삶에서 솟구치는 기쁨과 슬픔, 분노와 용서, 사랑과 미움 등 인간의 보편적인 감정을 뿜어내면서 살아가는 존재이다. 그렇다면 관객들에게 어떤 새로운 빛을 줄 수 있단 말인가. 관객이나 극작가나 삶의 방식이 비슷하다면 극작가에 의해 창조된 연극세계 역시 관객들이 친숙하게 느낄 수 있는 세계인데, 도대체 무슨 수로 관객의 기대를 충족시킬 수 있을까.

이러한 점을 해결하기 위해서는 창작 과정에서 남모르는 극작가의 고충이 따라야 한다. 그 가운데 하나가 바로 자료수집이다. 자료를 수집하는 일은 쓰고자 하는 내용의 정확성을 높이고, 글의 넓이와 깊이를 심화시킬 수 있는 작업이다. 그러므로 희곡을 쓰기 전에 관련 분야의 자료를 방대하게 확보하면 할수록 희곡작품은 그만큼 풍요롭고 깊어진다. 뿐만 아니라 자료수집에 공력을 들일수록 장차 쓰고자 하는 글에 대해 다양한 시각을 확보할 수 있다. 이것으로 극작가의 의도를 살려낼 수 있는 여러 기반이 조성된다.

세계 연극사는 물론, 문학사에서 보석처럼 빛나는 윌리엄 셰익스피어의 희곡은 자기 스스로 창조해낸 세계는 단 하나도 없다. 북유럽 대륙에 떠돌던 신화나 전설 등의 자료를 자신의 것으로 재창조한 것에 불과하다. 유령처럼 그저 흘러다니는 여러 신화나 민담, 전설, 역사는 셰익스피어에게는 귓전에 스치는 단순한 옛이야기가 아니었다. 무심하게 여길 수 있는 자료들을 자신의 목소리로 재탄생시킨 게 오늘날 셰익스피어의 희곡작품들이다. 셰익스피어의 경우를 볼 때, 자료를 수집하고 분석하는 일은 작가의 기본적인 행위이면서 창작의 밑거름을 확보하는, 일종의 재산을 불리는 행위와 같다.

흔히 글을 쓸 때 봉착되는 어려움 가운데 하나는 열정에 비해 글의 진척이 없다는 것이다. 하루 종일 낑낑거려도 겨우 몇 줄 혹은 한두 장 정도가 고작일 때가 많다. 글쓰기의 속도가 더딘 이유는 여럿이 있을 수 있다. 언어선택의 문제부터 문장 표현, 구상한 작품의도에서 미끄러져 다른 방향으로 갈팡질팡하거나 전체와 동떨어진 생소한 부분이 가지를 치듯 삐져 나갈 때 글쓰기의 속도는 자연 더디게 마련이다. 특히 어느 기한까지 작품을 써주기로 약속이라도 한 상태라면 극작가의 심적 고통은 이루 헤아릴 수 없을 만치 심하다. 소위 원고 빚에 시달리는 채무자의 그 신세다. 이것이 심하면 스트레스를 받아 죽는 경우도 있다 한다. 자신의 삶은 물론 인류와 사회를 아름답게 하기 위해 글을 쓴다. 그런데도 글 때문에 고통 속에서 신음한다면 아이러니가 아닐 수 없다.

열정과 노력에도 불구하고 막상 글쓰기가 더디게 진행되는 데는 사전에 자료수집이 부족했기 때문이다. 여러 재료가 준비되어 있어야 만들고 싶은 음식을 조리해낼 수 있듯이, 표현하고 싶은 내용을 효과적으로 드러내기 위해서는 해당 분야의 자료를 광범위하게 확보해야 한다. 이런 일차적인 재료를 가공해서 극작가는 드러내고자 하는 세계를 건설하는 것이다. 글의 진척이 없이 팍팍한 이유는 바로 자료가 빈약하기 때문이다. 따라서 자료를 수집하는 행위는 글을 써나가게 하는 추동적인 에너지를 확보해 두는 일이라고 할 수 있다.

그런데 많은 양의 자료수집이 곧바로 창작으로 연결되지는 않는다. 당연한 말이지만 자료 그 자체가 작품이 되지는 않기 때문이다. 일단 관련 분야의 자료를 광범위하게 확보했으면 다음 단계로 넘어가도록 하자. 그건 자료를 판별하고 자신이 쓰고자 하는 작품에 직간접적으로 도움이 될 수 있는 자료를 분류, 검토하는 과정이다. 제아무리 산더미처럼 자료를 빵빵하게 모았다 해도 실제 창작에 도움이 되지 않는다면 헛수고한 셈이다. 비유컨대 1차 수집된 자료는 원석이라고 할 수 있다. 그러므로 원석을 제련해 필요한 보석을 찾아내는 작업이 필요하다. 자료의 처리과정, 이것이 수집된 자료의 분류, 검토 과정이다.

2. 희곡 창작에서 자료 검토 요령

세계는 인물, 사건, 공간으로 구성된다. 일찍이 볼프강 카이저는 이에 주목해 희곡을 인물극, 사건극, 공간극으로 나누어 각각의 특성을 밝힌 바 있다. 희곡에서 인물과 사건 그리고 공간이 중요한 이유는 이들이 모여 희곡 세계를 구현하기 때문이다. 희곡은 하나의 '만들어진 세계'다. 극작가의 연극적 상상력으로 분비해낸 가공의 세계, 이것이 희곡이다. 따라서 희곡을 창작하기 위해서는 세계를 이루는 요소들에 대한 면밀한 검토와 연구가 있어야 하겠다. 그건 앞서 말한 인물, 사건, 공간이다.

수집된 자료를 검토하는 과정에서 무엇보다도 고려해야 할 사항은 무엇을 쓰느냐라는 점이다. 이때 '무엇'은 소재나 주제를 말하는 게 아니라, 글의 양식 즉 장르를 가리킨다. 아리스토텔레스 이래 서구문학에서 장르는 전통적으로 서정, 서사, 극의 세 가지로 구분되어 왔다. 흔히 장르의 삼분법은 이를 두고 한 말이다. 여기서 서정, 서사, 극은 각기 그 양식적 특징으로 소재를 가공 처리하는 방식의 차이에 의해 나누어진다.

극 장르의 대표적인 글 형태인 희곡은 서정이나 서사와는 다른 본질을 지니고 있다. 그것은 갈등과 긴장이다. 많은 논자들이 되풀이해서 말했듯이 갈등과 긴장은 희곡의 본질이자 생명이다. 그런데 갈등과 긴장은 앞서 말한 인물과 사건과 공간 사이의 관계 속에서 조성된다. 인물의 성격차, 혹은 하나의 사건에 대한 인물의 반응과 태도, 아니면 인물이 만들어내는 사건이 다른 인물에게 갈등을 조성해 긴장감을 유발한다. 또한 인물이 공간(환경)에 대해 거부감을 갖거나 거꾸로 환경이 인물을 억압함으로써 대립할 수 있다. 결국 세계상은 인물이 다른 인물 혹은 환경 사이에서 유발해내는 사태들의 현상이라고 말할 수 있다.

그러므로 희곡을 창작하기 위한 자료 검토는 이 점에 입각해야 한다. 다시 말해 수집된 자료 가운데 쓰고자 하는 글의 목표나 방향과 유사한 자료를 검토의 대상으로 다루되 인물, 사건, 공간이 갈등과 긴장을 유발할 수 있는 여건이 내재된 것이라야 한다는 점이다. 경우에 따라서는 인물별, 사건별, 공간별로 따로 독립해서 분류 검토하는 방식도 필요하다. 이것이 수집된 자료에서 정보를 생산하는 과정이다.

자료를 수집하고 나면 이를 창작의도에 부합되거나 도움이 될 수 있는 자료를 판별해 솎아내고 정리, 분류해야만이 장차 창작에 활용할 수 있다. 공들여 이러한 작업을 하는 이유는 당연히 멋진 희곡작품을 창조해내기 위해서다. 작가가 자료를 모으고 분석하고 연구하는 일은 학자 이상으로 성실하게 수행해야 한다. 학자가 객관적 진리나 법칙을 추구한다면, 작가는 자료를 통해 새로운 세계, 새로운 지평을 찾는다. 이런 면에서 학자가 진리를 추구하는 탐구자라면, 작가는 존재하지 않은 세계를 탐색하는 탐험가라고도 할 수 있겠다. 물론 그 탐험의 대상은 1차적으로 읽고 있는 독서 자료이다. 그러나 독서 자료는 탐험의 영역일 따름이지 탐험의 목표는 아니다. 집필을 위한 과정에서 수반되는 모든 일들의 최종 목표는 오직 좋은 작품을 만들어내는 데 있을 뿐이다. 자료를 검토하는 일은 바로 이 일, 탐험지에서 찾고자 하는 자신의 '목표'를 발견하는 일이라 할 수 있다. 아니 독서 자료를 검토하는 과정에서 적어도 글쓰는 지침이나 방향을 알려주는 나침반은 구할 수 있을 것이다.

1) 카드 작성

봄날 들판에 나가 쑥을 캐더라도 아무데서나 할 수 없다. 여기저기 살펴보아 쑥 무더기가 더북한 곳을 찾아야 한다. 마찬가지로 자료를 모우고 이를 판별해 검토하는 일을 무방향적으로 할 수 없다. 나름대로 목적에 닿는 방법으로 검토를 해야 하겠지만, 가급적 분야별로 목록을 만들어서 검토하는 게 효과적이다. 여기에는 주제에 따라, 소재에 따라, 혹은 글의 목적에 따라 분야를 설정해서 일목요연하게 카드를 만들어서 창작의 자료로 삼아야 한다.

가령, 근친상간을 주제로 희곡을 쓴다고 가정해 보자. 이 경우 먼저 같은 주제를 다루고 있는 기존의 작품을 찾는 일이다. 〈오이디푸스왕〉, 〈느릅나무 그늘 밑의 욕망〉, 〈페드르〉, 〈아들과 연인〉, 〈어둠의 힘〉, 〈둥둥 낙락둥〉 …… 여기에다가 성경의 롯 이야기, 희랍의 파이드라 신화, 아프리카 니그로 신화, 우리나라의 달래고개 설화 등이 떠오른다. 일단 작품들이 수집되면 쓰고자 하는 작품의 주제인 근친상간의 양상, 원인과 특성 등을 개별 작품별로 검토하고 목록화해서 카드별로 작성해 둔다. 다소 성가시고 힘들긴 해도 이러한 작업은 창작의 막막함을 걷어내고 신선한 공기를 조달받을 수 있는 매우 요긴한 방법이다. 다음은 작품별로 카드 작성한 예들이다.

① 오이디푸스왕 (소포클레스)
　내용: 아버지를 죽인 아들이 왕이 되어 왕비인 어머니를 취한다. 그 후 이 사실을 알고 오이디푸스는 제 손으로 두 눈을 뽑아내고 통곡한다.
　특징: 신의 운명, 오이디푸스 콤플렉스, 부친살해 욕망, 파멸

② 페드라 (라신느)
　내용: 전처의 아들을 사랑한 왕비가 그에게 사랑을 고백하지만 거부당한다. 왕이 이 사실을 알고 왕자를 참수하는데 왕비는 죄의식에 사로잡혀 자기의 죄를 고백한 뒤 음독자살한다.
　특징: 숙명적인 사랑, 비극적 파멸, 죄의식

③ 어둠의 힘 (톨스토이)
　내용: 무지와 빈곤의 농촌사회에서 발생한 근친상간. 인간을 유혹하여 타락시키는 어둠의 힘인 성욕이 얼마나 파괴적인가를 보여줌.
　특징: 악의 근원인 성욕과 같은 더러운 영혼도 신의 힘에 의해 정화, 구제될 수 있다.

간략하게 정리한 앞의 세 편은 모두 희곡작품들이다. 공통적으로 근친상간을 다루고 있지만 작품별로 내용이나 특징이 각각 다르다. 신탁에 의한 운명적 삶의 비극, 자기본능적인 삶이 가져다주는 참혹함, 인간 내부에 도사리고 있는 어두운 힘인 성적 본능이 보여주는 인간의 타락상과 이의 구제 방안 등이 각기 그 특징으로 나타난다.

작품은 이와 같이 동일한 소재를 취하고 있어도 작가에 따라 다양하게 변주되어 나타나게 마련이다. 그것은 소재를 처리하는 작가 특유의 방식이자 해석이라고 할 수 있다. 작가론이나 작품론은 바로 이 점에 입각한 연구인 셈이다. 신과의 관계를 거부할 수 없었던 시대에 소포클레스는 오이디푸스왕의 비극성을 근친상간이라는 충격적 소재를 통해 드러냈으며, 인간의 더러운 욕망이 신의 구제로 정화될 수 있음을 톨스토이가 보여주었듯이, 당대의 논리이든 작가의 가치관이든 작가는 자신의 입장에서 소재를 재해석해 제시한다. 이런 점에서 본다면 작가가 글을 쓴다는 일은 소재를 다루는 기술적인 행위라고 할 수 있다.

지금까지 말했듯이, 기존 자료를 검토하는 일은 작가별로 혹은 작품별로 다르게 취급되고 있는 소재의 처리방식을 파악해서 기록해두는 작업이다. 이러한 과정에서 자신의 글쓰기에 힘을 얻을 수 있고, 새로운 아이디어가 만들어지기도 한다. 또한 글의 방향과 목적 그리고 전체적인 윤곽이 검토하는 과정에서 어렴풋하게나마 떠올라 자신의 창작물을 개략적으로 스케치하는 데 도움을 준다. 이와 같이 주제나 소재, 혹은 글의 목적에 따라 수집된 자료를 검토해서 앞의 경우처럼 카드를 작성해두면 장차 집필하는 데 실질적인 도움을 받을 수 있다.

2) 자료 검토의 한 요령

지금까지 우리는 작가가 무엇을 쓰겠다고 발심한 상태에서 필요한 자료를 검토하는 요령을 살펴보았다. 구체적으로 말하면, 주제나 소재 등 집필하고

자 하는 내용과 관련된 자료를 수집하고 분석해서 카드로 작성해두는 과정을 알아보았다. 이는 분명하게 집필의 방향을 잡고서 필요한 보충자료를 확보하는 일이었다.

그런데 소재가 마땅하게 떠오르지 않아 창작의 어려움을 겪을 때 자료 탐색은 집필의 불씨를 당기는 하나의 방법이 된다. 이번에는 이 경우를 두고 자료 탐색의 요령을 알아보기로 하자.

마치 마이다스의 손처럼, 혹은 화수분처럼, 글을 쓰겠다고 작가가 원할 때 곧바로 작품이 술술 쏟아져 나온다면 얼마나 행복하랴. 그러나 어찌 그럴 수 있는가. 노동 없이는 결실도 없다. 뼈를 깎아내고 살갗을 찢어내는 고통이 없이는 좋은 작품은 결코 얼굴을 내밀지 않는 법이다. 그런다고 바쁜 년 국거리 썰 듯 글을 대충대충 써내려갈 수도 없는 노릇이다. 천릿길도 첫걸음부터 시작되듯 창작도 마찬가지다. 작품완성이라는 그 먼 길에 도달하기 위해서는 지금 여기서 첫걸음을 놓는 일이다. 이것이 창작에서는 글쓰기의 동기, 즉 왜 쓰느냐라는 문제다. 작가가 이러한 확신이 없이 막연한 상태에서 집필에 착수하게 되면 그 막연함 때문에 글의 진척도 없고 내용도 오리무중에서 헤매게 된다. 요컨대 창작의 동기! 이것이 분명해야 한다. 목적지를 정하지 않고 무작정 떠나는 바닷길은 위험천만한 일이며 어리석기 짝이 없는 행동이라 하지 않을 수 없다.

소재 찾기, 자료 조사, 작품에 대한 방향과 목적 등에 대한 연구 등 사전에 이루어져야 할 선행 작업들보다 더 앞서 해야할 일은 창작의 분명한 동기가 형성되어야 한다. 그리고 난 다음에 앞에서 나열한 일련의 일들을 수행하는 게 일반적인 글쓰기의 순서다. 집필을 위한 사전행위들이 많으면 많을수록 집필은 수월하게 진행된다. 그러나 모든 사전행위는 반드시 집필의 동기가 분명히 설정된 다음에라야 가능한 일이다.

그렇다면 창작의 동기는 어떻게 마련되는가? 대개 현실 결핍에서 창작의 동기화가 이루어진다. 부족한 것, 잘못된 것, 감춰진 것, 숨어버린 것, 억압된 것, 소외된 것, 사라지는 것 …… 이러한 것들과 이것의 반대 경우가 곧 우리 현실세계를 이루고 있는 풍경화다. 이때 앞에 열거한 사실들은 힘의 논리에 의해 밀려난, 타자화된 것들이다. 전일한 세계는 이 둘 모두가 공존하는 세계. 빛과 그늘, 능선과 계곡, 높음과 낮음, 무거움과 가벼움이 함께 있듯이, 인간사회의 삶의 현상도 마찬가지다. 그런데 이런 것들은 힘의 논리에 의해 없어졌거나 주변부로 밀려나 그 존재성을 상실하고 있다. 바로 우리의 '있는 현실'에서 '있어야 현실'이 결핍된 것이다.

다양한 글 가운데 특히 희곡은 대립되는 두 양상의 다툼 과정을 다루는 장르이기 때문에 이러한 점이 창작의 불꽃을 피우게 하는 동기가 된다. 그런데 이러한 현실을 곧바로 작품으로 옮기기에는 어려움이 따른다. 왜냐하면 몸 밖의 현실, 즉 작가가 직접적으로 포착하기 힘든 영역이기 때문이다. 쉽게 말하면, '있는 현실' 속에서 결핍된 무엇을 찾는 일은 매우 까다로운 작업이다. 명민하게 분석하고 통찰하는 사회학자나 철학가가 아니고서야 이런 발견은 쉽게 이루어지는 것이 아니다. 결국 이는 자료를 통해서 정보를 얻어내는 수밖에 없다.

일반적으로 작가가 피부로 느끼는 경험적인 사실이 글쓰기를 촉발하는 가장 직접적인 동기가 된다. 그래서 많은 작가들이 소재를 구하러 찾아나서는 '소재 사냥(material hunting)'이라는 것을 하는 것이다. 미지의 여행, 낯선 체험, 모르는 사람과의 만남, 어떤 사회적인 현상이 직접적으로 나에게 영향을 미친 사례, 독서, 전통문화, 가족 등 나의 생활 경험이 집필의 동기를 제공한다. 동기 없이 집필에 착수하는 일은 결코 있을 수 없다. 어떤 경우이든 작가는 동기를 거머쥐고 창작의 먼 길을 출발하게 되어 있다.

동기 탐색으로써 독서는 창작의 밭에 씨앗을 뿌릴 수 있게 해주는 가장 좋은 형태다. 자료를 읽어가면서, 다시 말해 검토하면서 창작동기를 발견할 수 있기 때문이다. 연암 박지원은 그의 글쓰기의 힘이 '법고창신'에 있다고 강조한 바 있다. 法顧創新! 옛것을 살펴서 새로운 것을 창조한다는 뜻이다. 창작의 길을 걷고자 하는 사람들이 여기에 눈을 둘 필요가 있다. 옛것 즉 과거의 기록인 독서를 창작의 밑거름 자료로 삼는다는 의미가 있기 때문이

다. 연암의 이러한 법고창신의 태도가 연암문학의 전통성을 만든 대들보가
되었던 것이다.

　소재가 빈궁해서 글쓰기가 막막하고 팍팍하게 느낄 때, 우리는 연암의 글
쓰기 본디를 떠올릴 필요가 있다. 독서 자료가 곧 창작의 동기를 제공하는
근거라는 사실을 말이다. 연암의 이러한 온고지신의 글쓰기 정신을 다른 말
로 표현하면 전통의 현대화라고 명명할 수 있겠다. 이를 구체적으로 오영진
의 희곡작품을 통해 검토해 보면서 전통 소재를 어떻게 현대희곡에 변용했
는가를 살펴보기로 하겠다. 이러한 과정에서 자료 탐색을 통해 창작의 동기
가 어떻게 이루어지는지 그 구체적인 사례를 발견할 수 있으리라 본다.

　오영진은 1940년대부터 작품의 소재 원천 즉 창작의 동기를 설화, 고전
소설, 가면극, 무속 등 전통에서 찾은 대표적인 극작가이다. 그러나 그의
작품은 전통성 그 자체를 주장하기 위해 쓰인 게 아니라 전혀 다른 새로운
구조와 정신 나아가 미의식으로 창조하였다. 연암의 방식대로 법고창신한
극작가인 셈이다. 오영진의 민속 삼부작으로 일컬어지는 〈맹진사댁 경사〉,
〈한네의 승천〉, 〈배뱅이굿〉 세 편은 우리의 전통의례인 관혼상제에서 관례
를 제외한 혼례, 상례, 제례를 현대적으로 수용한 대표적인 작품들이다. 물
론 전통의례를 다룬 직접적인 원작이 있는 것은 아니다. 〈맹진사댁 경사〉는
경상도 동해안 일대에서 전승되는 설화에서 취했고, 〈한네의 승천〉은 독일
하우프트만의 〈한넬레의 승천〉의 영향이 있다지만 일정한 거리두기가 모색
된 작품이며, 〈배뱅이굿〉은 서도 판소리에서 출발하였다. 따라서 극작가 오
영진의 삼부작은 기존의 작품이나 자료를 탐색하는 과정에서 집필의 동기를
마련했고 이에 의해 새로운 의도를 가지고 집필된 작품들이라 할 수 있다.
즉 기존 자료에 대한 검토가 창작의 동기를 마련했다고 볼 수 있다. 이 중
에 시나리오 〈배뱅이굿〉을 통해서 원작이라고 할 수 있는 판소리 자료를 어
떤 식으로 작품화했는지 살펴보기로 하자. 이 작품은 앞서 말했듯이, 서도
판소리에서 창작의 동기화가 이루어진 작품으로서 기존 자료에 비해 창작품
은 확연한 차이를 보이고 있기 때문이다.

판소리 〈배뱅이굿〉의 줄거리는 다음과 같다.

① 옛날 서울 장안에 이정승, 김정승, 최정승이 살고 있었는데 세 사람 모두 슬하에 일 점 혈육이 없다. 그래 세 정승 부인이 명산대찰을 찾아 자식 낳게 해달라고 치성을 드린다. 그 후 모두 태기가 있어 딸을 낳고 이름을 각각 세월네, 네월네, 배뱅이라고 지었다.
② 세 집 딸들이 자라 세월네와 네월네는 시집가서 잘 산다. 그러나 배뱅이는 혼례를 앞두고 금강산 상좌승에게 반하여 상사병으로 죽고 만다.
③ 배뱅이 부모는 불쌍한 배뱅이를 북망산천에 묻어주고 죽은 딸의 넋이라도 듣기 위해 팔도 무당을 불러 굿판을 벌린다. 그러나 모두가 엉터리 무당으로 배뱅이 혼을 불러내지 못한다.
④ 이때 평양 사는 한 건달이 떠돌아 다니다가 배뱅이의 죽은 내력을 알아내고는 능청스러운 넋두리로 가짜 무당 노릇을 해낸다. 배뱅이 부모는 그 대가로 배뱅이의 혼숫감과 많은 재물을 준다.

이와 대비하면서 오영진의 시나리오 〈배뱅이굿〉의 줄거리를 보기로 하자.

① 주인공 허풍만이 마을 입구에 장구를 메고 나타난다.
② 그는 돌쇠와 노새 선생이 떨어뜨리고 간 약초 궤짝을 발견한다.
③ 마을 주막에 들러 주운 약초를 담보로 외상술을 먹던 허풍만이 주막 노파로부터 배뱅이의 사연을 듣게 된다.
④ 주막 노파의 회상으로 배뱅이가 병을 앓게 된 내력이 밝혀진다.
⑤ 장구를 치며 마을에 들어선 허풍만이 한량 시절 어울려 지내던 월선이를 뜻밖에 만나게 된다.
⑥ 장구소리를 들은 배뱅이가 저승사자가 데리러 왔다며 죽어간다.
⑦ 배뱅이의 어머니 한씨는 장구소리 때문에 배뱅이 혼이 빠져 나갔다고 생각하고 돌쇠를 시켜 장구소리의 주인을 찾는다.
⑧ 월선과 함께 회포를 풀고 있던 허풍만이 돌쇠에게 붙잡혀 매를 맞고 의식을 잃는다.
⑨ 한씨는 죽은 딸의 초혼을 위해 굿을 준비한다.

⑩ 팔도 무당이 굿판을 벌이나 모두 배뱅이의 혼을 불러내지 못한다.

⑪ 의식을 잃고 있던 허풍만이 정신을 차리고 굿판에 등장해 박수무당 행세를 한다.

⑫ 배뱅이의 숙부 배패룡이 허풍만을 의심하여 '갓찾기'로 시험을 한다.

⑬ 허풍만은 기지와 술수로 배뱅이 어버지의 갓을 찾아낸다.

⑭ 이제 모든 사람들이 배뱅이의 신통력을 믿게 되고 배뱅이 혼수감을 내어 준다.

⑮ 월선의 만류에도 불구하고 허풍만이 사람들의 전송을 받으며 길을 떠난다.

줄거리를 통해서 알 수 있듯이 자료를 오영진이 어떻게 창의적으로 변용했는지를 발견할 수 있다. 우선 구조의 변용이다. 판소리가 시간적 흐름에 따른 사건 진행인데 반해, 시나리오는 회상장면을 통해 시간의 뒤섞임 방식을 사용하고 있다. 오영진은 자유로운 시간 기법을 통해 구조를 변용하고 있는 셈이다. 또한 인물의 변화도 나타나는데, 월선과 같은 새로운 인물을 등장시키며 특히 허풍만에게 매우 독특한 성격을 부여하여 기존 판소리와는 판이한 양상으로 바꿔 놓았다. 게다가 '길'의 이미지를 작품 곳곳에 배치한 것도 주목할 필요가 있다. 반복적인 '길'의 이미지를 통해 주제적인 의미를 구현하려는 의도가 엿보이기 때문이다. 시나리오의 처음과 마지막 장면을 보기로 하자.

S#1 세 갈래 길

바른 편 길은 완만하나 경사를 지은 비탈길. 왼편으로는 동리로 통하는 좁은 길이 있고 두 길이 합쳐서는 넓은 신작로가 논밭을 꿰뚫어 가없이 펼쳐져 있습니다.

S#2 은행나무 있던 곳

세 길이 합치는 지점에 높이 솟은 은행나무 한 그루. 여기에서 노새는 걸음을 멈추고 절절 오줌을 깔기는 것입니다.

S#92 세 갈래 길
    땅거미 긴 넓은 신작로를 백포(白布)를 길게 펴며 달구지가 덜거덕 덜거
덕 굴러갑니다. 산더미 같은 짐도 거의 다 흩어버리고 ……

S#93
    허풍만은 왼편 좁은 길을 꿈처럼 그림자처럼 장구를 치며 발장단도 멋있
게 걸어갑니다. (중략) 이윽고 해 떨어진 언덕 위에 일점 실루엣이 되고
이제 머지않아 허허한 천지에 어두운 밤이 올 것입니다.

    작가가 판소리와는 다르게 '길'의 이미지를 강조하는 데는 그럴 만한 이유
가 있어서다. 이미 보았듯이 시나리오는 허풍만이라는 떠돌이가 배뱅이 촌
에 나타나 초혼굿을 치르고 떠나가는 내용이다. 등장과 떠남이 길의 이미지
를 통해서 부각되고 있다. 길 위의 나그네는 길의 진행과정에 따라 어떤 존
재론적 전환을 꾀하게 된다. 작품 처음에서 허풍만이 남루한 의상으로 배
뱅이 촌에 나타난 건 한 세계에 대한 탐색행위라 할 수 있다. 그리고 마지
막 장면에서 떠나는 허풍만의 모습을 통해 또 다른 탐색을 위한 출발임을
알 수 있다. 결국 작가는 길의 이미지를 부각해서 인생이라는 게 늘 새로운
세계, 새로운 생성을 위한 여정이라는 사실을 말하고 있는 것이다. 다시 말
해 주인공 허풍만을 통해 우리는 허풍만처럼 유토피아를 찾아 헤매는 영원
한 순례자임을 작가는 말하고 있다.
    판소리가 엉터리 무당에 속는 어리석은 민중을 풍자했다면, 오영진은 이
를 새롭게 창조해 인생의 의미를 도가석인 시각으로 접근하였다. 인생이 나
그네길이라는 말이 있듯이, 오영진은 허풍만이라는 개성적인 인물을 창조해
서 작가 나름의 생의 비전을 제시한다. 그것은 낙원을 찾고자 영원히 떠도
는 게 삶이 아니겠냐는 작가의 목소리라고 할 수 있다.
    극작가 오영진은 이와 같이 이미 존재하고 있는 텍스트를 벼려서 새로운
작품으로 창조해 냈다. 기본적인 얼개를 중심으로 하거나 혹은 완전 해체해
서 작가가 의도하는 바를 제시한 것이다. 물론 이러한 창작의 동기는 판소

리라는 기존 텍스트에 의해서 촉발되었음은 말할 나위 없다.

오영진의 경우처럼, 기존의 자료를 통해서 새로운 글쓰기의 힘을 발견할 수 있다. 아울러 성숙한 작품의 탄생은 기존 자료에 대한 꼼꼼한 검토로부터 출발한다는 점을 알아야겠다. 자료의 탐색과 검토는 작가의 인간과 삶에 대한 철학적 태도와 예술적, 미학적 입장을 반영하는 단계이다. 기존 작품과 차이를 두는 글쓰기, 이를 '버텨쓰기'라고 하자. 기존 작품에 함몰되지 않고 이것과 버티기 하면서 나의 힘을 뿜어내 새로운 작품으로 탄생시켜야 하기 때문이다. 어찌 생각하면 모든 글쓰기의 출발, 모든 창작의 출발은 이미 존재하고 있는 작품에 대한 버티기라고 할 수 있다. 이런 맥락에서 평상시 버텨 읽는 태도야말로 창작의 잉태행위라고 말한다면 지나칠 표현일까?

3. 자료 해석과 활용

1) 헤르메스적 전달자

조금 극단적으로 말하면, 하늘 아래 새로운 것은 없다. 모든 것은 오직 해석의 차이만 있을 뿐 오리지날리티는 존재하지 않는다. 따라서 하나의 해석에 또 다른 여러 해석이 가능하고, 시대가 변함에 따라 그 해석도 달라진다. 시대와 인물, 집단 등 관점의 주체에 따라 달리 나타나는 상이한 해석의 역사가 어찌 보면 인류문화사인지 모른다. 니체가 말한 복수의 해석이다. 하나의 사물에 단 하나의 해석이 아닌, 여러 개의 해석이 바로 그가 말한 복수의 해석이다. 복수의 해석이 인정되고 소통되는 사회는 열린 사회다. 마찬가지로 한 개인이 다양성과 차이를 인정할 줄 안다면 그 역시 열린 마음의 소유자임에 틀림없다. 작가는 바로 이 열린 마음을 지녀야 한다. 역으로 말하면 열린 마음을 갖기 위해서는 붙박이식 고정관념을 버리고 다양한 시각에서 해석할

줄 알아야 한다. 헤르메스(Hermes)가 신의 깊은 뜻을 인간에게 쉽고 간명하게 전달했듯이, 작가는 우주의 원리나 법칙, 인간의 존재성에 대해 나름대로 자기 목소리를 지닌 헤르메스적 전달자가 되어야 한다.

앞서 오영진의 경우를 보았듯이, 기존 자료에 대한 탐색과 검토는 달리 말해 자료에 대해 새로운 시각으로 접근하는 일이다. 이 새로운 시각이 작품의 주제요, 작품성을 보증한다. 그러니 글을 쓸 때 사전에 반드시 거쳐야 할 과정이 자료를 검토 해석하는 일이다. 특히 오늘날처럼 하나의 작품이 다양한 장르로 확대되는 '원 소스 멀티 유즈'(one source multi use) 시대에서는 해석의 다양한 스펙트럼이 문화를 일으키는 원동력이 되고 있다. 소설 작품이 연극, 영화, 만화, 뮤지컬, TV 드라마 등으로 바뀌기도 하고, 연극이 영화, 뮤지컬, 오페라, 뮤직비디오, 소설로 변신하는 현상을 두고 상업적 목적을 위한 장르의 이동이라고 단순화해서 말할 순 없다. 다양한 매체가 출현한 현대사회에서 원작에 대한 매체론적 접근과 시도는 당연히 매체 특성을 고려한 새로운 해석이 이루어질 수밖에 없다. 그래서 이미 알고 있는 자료도 매체를 달리 했을 때는 새로운 경험을 가능케 한다.

장르 즉 매체가 바뀌면 표현법이 바뀌게 되고 표현법이 다르면 수용되는 미학적 경험도 달라질 수밖에 없다. 매체가 다른 매체로 전이되면 매체적 특성을 살리기 위해 기존 작품을 새롭게 손질할 필요가 발생한다. 이건 단순히 매체 구현의 수월성만을 위한 게 아니다. 매체 특성에 맞게 손질되면서 없던 내용이 덧보태지기도 하고, 어떤 내용은 아예 삭제되기도 하며 경우에 따라서는 구조나 인물 면에서 판이한 변용이 이루어지기도 한다. 이러한 일들은 1차 자료를 해석하는 해석자의 시각에서 가능하다.

요컨대, 우리는 좋은 글, 인구에 회자되는 감동적인 글을 남기고 싶어 한다. 그러한 바람이 허망한 바람이 아니고 구체적으로 실현되기 위해서는 해석자의 '밝은 눈'을 지녀야 한다. 해석의 신이자 천상의 뜻을 인류에게 알려주는 전달자 헤르메스의 눈빛을 ……

2) 자료 해석과 희곡적 활용의 사례

앞서 2장에서도 잠깐 언급했던 채만식의 희곡 〈심봉사〉는 고전소설을 새로운 시각으로 읽어낸 작품이다. 채만식은 고전소설의 주제인 '효성'보다는 채만식이 살았던 당대의 시대상을 비판하는 쪽으로 〈심청전〉을 변용했기 때문이다. 이러한 방식은 앞서 말한 패러디라고 할 수 있겠는데, 이 역시 원작에 대한 거리두기 혹은 비판적 창조라는 점에서 해석의 차이를 도모한 글쓰기라 할 수 있다. 여기서는 채만식의 〈심봉사〉를 검토하면서 고전 자료를 새롭게 해석해 희곡적으로 활용한 사례를 들어보기로 하겠다.

〈심봉사〉는 원작 〈심청전〉과 달리 우선 초점인물이 다르게 변용되어 나타난다. 고전소설이 심청이를 중심으로 한 스토리라면, 채만식은 심봉사를 중심으로 스토리 라인을 재편했다. 그러니 당연한 말이지만, 작품의 주제적인 의미는 각각 제목으로 내세운 초점인물을 통해서 나타난다. 아버지의 눈을 뜨게 하기 위해 딸이 자신의 생명을 대가로 치르고 그 갸륵한 효심에 초월적인 존재도 감동하여 다시 인간세상으로 환생되어 결국 행복한 삶을 살았다는 줄거리는 말할 것도 없이 효성심을 주제로 부각시키고 있다. 이는 삼강오륜을 삶의 규율과 가치덕목으로 여겼던 조선시대의 논리에 따랐기 때문이다.

반면에 〈심봉사〉는 원작과 달리 채만식 당대의 문제점을 제기한 작품으로 바뀌어 나타난다. 식민지하에서 일제의 수탈과 억압을 드러내 놓고 고발하거나 맞서 저항할 수 없는 지식인의 무기력함을 심봉사의 안맹으로 표출했으며, 또한 착취와 희생을 강요당했던 민중의 고통을 심청에게 투사시켜 우회적으로 시대상을 제시하고 있기 때문이다.

> 심봉사: (자기 손가락으로 두 눈을 콱 자르면서 엎어진다) 아이구 이 놈의 눈구먹! 딸을 잡아먹은 놈의 눈구먹! 아주 눈알맹이째 빠져 버려라. (마디마디 사무치게 흐느껴 운다) 아이구우 아이구우.
> 무대 뒤에서 단소로 시나위를 아주 얕게 분다. 장승상 부인은 손을

대지도 못하고 서서 눈물을 흘린다. 다른 인물들도 추렷이 보고만 있다.

> 심봉사: (일어서서 비틀거리며 하수로 간다. 눈은 눈알이 빠져서 아주 움푹 들어가고 피가 흐른다) 아이구 아이구우 아이구우. 가자 가자아 망 녀대를 찾아가아 망녀대로 가자아.

소포클레스의 비극 〈오이디푸스왕〉을 연상시키는 이 대목은 작품의 끝 장면으로 매우 의미심장하다. 우선 고전소설의 해피엔딩 구조를 거부하고 비극적 결말로 처리한 점이 그렇다. 또한 심청을 임당수 제수로 산 선장이 눈면 장님이 된다든가, 궁녀를 심청으로 착각하고 눈을 뜬 심봉사가 심청의 죽음을 확인하고는 자신의 눈을 멀게 한 후 망녀대를 찾아 떠나는 대목 등이 〈심청전〉을 새롭게 해석한 부분들이라 할 수 있다. 이러한 스토리 설정은 작가의 원작에 대한 해석에서 기인한다. 채만식이 처해 있는 시대현실을 염두에 두고 작가의 비극적 세계인식을 작품에 투사시켰다. 요컨대 일제강점기에 맞서지 못한 채 무기력하게 보내는 지식인의 모습을 심봉사라는 인물에 비추어 형상화한 것이라 하겠다.

이처럼 창조적인 작품은 기존의 텍스트를 적극적으로 해석함으로써 가능하다. 시대의 변화와 그에 따른 작가의식의 변화가 자료 해석에 일정하게 작용해 작가의 시대현실을 반영시키면서 문제점과 모순을 제기하는 게 채만식 희곡의 특성으로 나타난다.

착상과 자료 탐색 및 검토는 사실 거멀못의 관계다. 양쪽이 서로 연결되어 상호교류성을 갖는다는 말이다. 자료를 뒤적이다가 착상이 떠오를 수 있고, 착상된 내용을 창작으로 밀고 나아가기 위해 필요한 관련 자료를 찾아 분류하고 검토하는 과정에서 새로운 해석을 낳아 본격적으로 창작에 임하기도 한다. 어찌 되었든, 무엇을 쓸 것인가를 고민하지 말자. 이미 숱하게 존재하고 있는 무궁한 자료들을 소재 원천으로 삼아 창작의 관점에서 탐색과 검토를 게을리하지 않고, 지금이라는 현실논리에서 이에 대한 비판을 성실히 하면 멋진 창작의 아이디어가 솟구칠 수 있기 때문이다.

문학작품, 역사 자료, 논문과 비평, 에세이, 르포, 신문기사, 영상물, 녹취물, 인터뷰, 현장 취재 등 다양한 자료를 확보해 이를 면밀하게 검토하는 자세. 그리고 비판적 시각, 새로운 시각으로의 해석 등 글 쓰는 사람의 자의식이 반영된 자료읽기는 창작의 첫 걸음이자 결정적인 계기가 된다. 이러한 작업이 평소 착실하게 이루어진다면, 소재가 떠오르지 않아서 궁색한 고민을 하는 일은 없을 것이다. 아니, 이러한 작업행위야말로 창작의 부싯돌을 장만하는 일이라고 할 수 있겠다.

이러한 과정을 거치고 나면 이제 무장은 된 셈이다. 그러면 떠나야 한다. 다툼에서 화해로, 갈등에서 해소로, 무질서에서 질서로 복귀되는 푸른 세계. 질펀한 웃음과 눈물이 녹아 흘러 삶의 강을 이루고 그 강심에서 한 가닥 진정성을 발견할 수 있는 희곡의 세계 속으로 가야 한다. 구상의 그물을 머리에 이고서 ……

69

3) 창작의 시스템을 보유하자

작품을 창작하는 일은 사실 온몸으로 해야 한다. 창작의지를 뿜어내는 열정의 가슴, 날카로운 해석과 창의적인 아이디어의 머리가 있어야 하며, 자료수집을 위해 손과 발의 도움을 얻어야 하기 때문이다. 그러나 이것으로는 완전하지 않다. 온몸을 동원해 확보한 자료를 효율적으로 관리할 수 있는 컴퓨터의 도움이 필요하기 때문이다. 과거의 자료 목록 카드함이라고 할 수 있는 자료관리를 이제 테크놀로지로 활용하자는 것이다.

그것은 비유컨대 회사의 자원관리시스템인 ERP(enterprise resource planning)와 비슷한 개념이다. ERP는 기업의 생산, 물류, 재무, 회계, 영업 및 구매 등 기간업무 프로세스들을 통합적으로 연계, 관리해주며 기업 내에서 발생하는 정보의 공유와 새로운 정보 생성 및 빠른 의사 결정을 도와주는 기업 통합형 정보시스템을 말한다. 작가가 좋은 작품을 생산하기 위해서는 이와 비슷한 자료 관리시스템을 나름대로 보유하고 운영해야 집필의 효율성을 높일 수 있다. 쉽게 말하면 창작 자료방 시스템을 만들어 활용하자는 것이다. 창작 자료방 시스템은 수집된 자료를 분류, 분석한 목록과 자료를 보관하고 새로운 자료나 자료 변동 사항을 수시로 기록하는 창작의 창고 역할을 한다. 주제, 소재, 글의 목적, 작가, 연대, 국가, 장르별로 수집된 자료와 이를 분석한 자료들의 방을 만들면 글쓰기에 도움이 된다.

특히 연극공연을 위한 희곡 창작의 경우 이러한 시스템의 도움은 불가피하다. 창작된 희곡작품을 언제 어느 공연단체에서 공연했는가. 공연연습 과정에서 연출이나 연기자의 작품에 대한 요구사항은 무엇이었는가. 관객과 매스컴의 반응은 어떠했는가 등 자신의 창작물에 대한 여러 반응과 내용을 기록 관리해두면 차후 작품을 쓸 때 많은 참고사항이 된다. 또한 자신이 쓴 희곡작품의 공연 이력을 정리해두는 것도 극작가로서는 필요한 작업이다. 요컨대 작가는 기록과 보관 그리고 이러한 것을 효과적으로 관리하는데 남다른 수완을 발휘해야 한다. 컴퓨터 속에다 나의 창고를 만들고, 유동적인 자료 변동 사항과 자신의 작품과 관련된 여러 사회적인 일들을 그때그때 기록, 저장하는 습관을 가져야 한다. 창작 시스템을 보유, 관리한다는 것은 외롭게 작품세계와 투쟁할 수밖에 없는 작가의 고군분투에 힘을 실어주는 지원부대를 보유하고 있는 셈이다.

자료수집과 관련하여 이제 마지막으로 언급할 일은 자료를 발랄한 시선으로 보자는 것이다. 자료 검토는 두 가지가 있다. 첫째는 무엇을 쓸 것인가 착상을 한 연후에 그 착상의 아이디어를 구체화할 수 있는 자료수집이다. 이는 말 그대로 작품을 쓰기 위해 필요한 정보와 자료를 모으는 일이다. 반면에 마땅한 글거리가 떠오르지 않아, 여러 자료를 검토하는 과정에서 착상이 떠오르는 경우다. 앞엣것은 이미 언급했기 때문에 여기서는 두 번째 경우를 염두에 두고 창작의 길을 열어보기로 하자.

기존 자료의 내용을 신앙처럼 떠받들지 말고 자신의 생각을 지펴낼 필요가 있다. 자료에 대한 버티기라는 말을 앞서 했지만, 기존 자료에 대한 전복적 사고라 할 수 있다. 가령, '황금보기를 돌같이 하라'는 최영 장군의 말을 뒤집어서 생각하면 좋은 아이디어가 쏟아져 나온다. 하찮은 돌멩이를 황금처럼 소중히 여기는 마음. 장군의 말을 거역하는 당돌한 사고야말로 창작의 불씨를 당기게 한다. 요새는 신지식인이니 벤처니, 역발상 같은 용어들이 들불처럼 확산되고 있다. 물론 이러한 것들은 지금 필자가 말하고 있는 바와 동일한 개념을 지닌다고 볼 수 있다.

하찮고 소소한 것들에 눈길을 주자. 억압되고 소외된 그 모든 것에게 생명을 부여해 보자. 그러면 벼락부자도 되고, 톡톡 튀는 창조적인 작가도 될 수 있다. 강가나 바닷가에 지천으로 널려 있는 모래를 유심한 마음으로 보자. 반도체가 어디서 나왔는가. 한 줌의 모래가 하이테크놀로지를 열었다. 은행잎에서 기넥신이, 계껍질에서 키토산이 만들어져 인류에게 봉사하고 있다. 이러한 일들의 출발은 무엇인가. 역발상의 발상, 바로 이것이다. 그러니 자료를 신처럼 떠받들어 빠져들지 말고, 찬찬히 따져보는 태도가 필요하다. 그것은 고정관념을 뒤집어 생각하는 전복적 사고이다. 이것이 독특하고 재미있는 창작의 동기를 제공한다. 기존 자료를 도발적으로 보는 것은 인간사와 사물을 전일적인 시각에 초점을 두고 균형있게 가치를 두는 시선이다. 이러한 시선이야말로 숨어버린 진정성을 회복하려는 작가의 진정한 눈짓이라고 할 수 있다. 이 눈짓이 희곡세계를 새로운 지평으로 열게 한다.

71

구 상

4장

사랑은 완전을 지향하는 부단한 욕구다.

—플라톤, 〈향연〉—

1. 무엇을 구상할 것인가

착상을 통해 발랄한 아이디어를 얻었다면, 이를 발전시킬 자료를 모아 창작의 힘을 보태는 과정까지 살펴보았다. 구상은 수집된 자료들을 통해 확보된 집필의 1차 재료들을 구체적으로 정리해 플롯을 작성하기 위한 예비단계라 할 수 있다. 다시 말하면 인물, 시간, 공간, 상황, 시작과 끝 등 자료들을 엮어 한 편의 구조화된 작품을 만들 수 있도록 세세하게 설계하는 것을 플롯짜기라고 하는데, 구상은 플롯을 짤 수 있도록 인물, 상황, 배경 등 개별적인 요소들을 정리하는 과정이다. 이는 인물 시놉시스와 줄거리 시놉시스로 요약된다.

하나의 집을 짓는 데도 나름대로 일련의 순서와 일의 절차가 있다. 땅을 다지고, 주춧돌을 놓고, 기둥과 대들보로 구조화한다. 그런 다음에야 벽을 바르고 지붕을 얹혀 집을 완성한다. 그런데 이 모든 것을 일괄하는 첫 출발이 설계도다. 설계도는 집의 전체와 부분을 구체적으로 도상화한 평면적인 실제물이다. 실제 집을 지어가는 일은 평면적인 설계도를 입체화하고 가용화할 수 있도록 완성해 가는 과정이다. 따라서 설계도는 집의 구조와 기능, 실용성과 아름다움을 결정한다.

글도 집짓기와 마찬가지다. 작가의 예술적 상상력을 가공시켜 언어로 구조화하기 때문이다. 시가 언어의 건축물이라고 한 말은 이런 점에서 시사하는 바가 적지 않다. 언어의 조합과 배열이 글의 문양을 드러내고 구조와 기법을 만들어낸다. 그리고 이것이 작품성을 보증한다. 글이 집과 마찬가지로 하나의 구조물이라고 한다면, 이는 글의 전체와 부분을 세세하게 설계하는 과정으로써 플롯짜기를 통해 가능해진다. 집짓기에서 설계도의 중요성을 앞서 강조했다시피, 창작하는 데 플롯짜기 역시 매우 중요하다.

그런데 플롯은 처음부터 무작정 만들어지지는 않는다. 무턱대고 집을 짓지 않듯이 글 역시 작가에게 일련의 사고의 과정을 요구한다. 가령, 인물이랄지, 인물이 활동하는 환경이랄지, 인물과 환경과의 마찰에서 오는 극적 갈등이랄지, 또는 어떠한 극적 상황의 모티프 등이 발전하여 플롯으로 연결된다. 따라서 구상이란 플롯을 짜기 전에 이루어지는 글쓰기의 초안적인 생각들을 정리하는 것을 말한다. 이는 앞서 말했다시피 무엇을 말할 것인가와 이를 어떻게 말할 것인가에 대한 생각을 구체적으로 진전시키는 단계. 작가가 쓰고자 하는 내용적인 면과 이를 효과적으로 드러내는 방식으로써 표현술, 글의 체제나 구조, 기법 등으로 나누어 생각할 수 있다. 정리해서 말하면, 구상은 플롯을 구체화하기 전에 작품에서 다루고자 하는 작가의 고안물을 내용과 형식 면에서 구체화하는 과정을 말이다.

1) 인간 조건에 대한 탐색

희곡은 인간 탐구의 예술이다. 인간의 행위와 그런 행위를 유발케 하는 요인을 탐색하며 인간과 인간 사이에 존재하고 있는 어긋난 거리를 진단한다. 그런가 하면 한 인간 내부에 있는 이중적이고 양가적인 속성을 들추어내 인간의 존재적 의미를 묻기도 한다. 그래서 희곡을 인물의 장르, 혹은 행동의 장르라고 했던가. 그런데 사람은 내남없이 동일한 삶의 과정을 겪는다. 이를 휴먼 사이클(human cycle)이라고 하는데 이 사이클은 출생, 성장, 사랑, 병고, 죽음 등을 포함한다. 생물학적 존재로서 인간은 누구나 휴먼 사이클의 진행에서 역행 혹은 거부할 수 없다. 진시황이 죽음을 거부했으나 그역시 어쩔 수 없이 생물학적 존재인지라 소멸했다. 생성과 소멸, 발전과 쇠퇴라는 이 흐름은 비단 인간에게만 국한되지 않지만 인간만이 유독 사랑이라는 필리아와 이성과 사유를 지닌 존재이기 때문에 소멸과 쇠퇴에 대해 고민하고 여기에서 벗어나기 위해 안간힘을 쓴다. 결국 희곡은 이러한 인간의 생애적인 드라마를 다루는 장르로서 생성과 소멸, 발전과 쇠퇴라는 이중모순적인 상황에 관심을 둔다. 그런데 소멸과 쇠퇴는 인간에게 비극적 인식을 갖게 하는 무질서의 동력이다. 그러므로 희곡이 주목하는 건 삶 자체보다는 삶을 와해시키고 균열을 조장하는 무질서의 동력을 찾는 일이다. 이런 점에서 모든 희곡은 질서의 교란 요인이 반드시 내재되어 있다.

누구에게나 한 가지 권리가 있다
불행한 삶이 오래가지 않도록 하는 것
가짜를 가지고 기뻐하지 않는 것
먹을 빵을 찾을 때, 돌을 주지 않는 것
이런 인간의 권리는 누구에게나 속해 있다.
그러나 슬프다. 한 번도 모든 일이 마땅한 길로 가지 않았다.
누군들 버젓한 대접을 원치 않겠는가?
형편이 그것을 허용하지 않는구나.

지금보다 상냥하길 원하지만
그러나 슬프다. 좀처럼 변화되지 않는구나.
높이 다다라야 할 텐데
인간은 낮은 곳에 있으니
영원히 평화 속에 살고 싶어도
형편이 그것을 허용하지 않는구나.

　　　　　　　　　　 ─ 베르톨트 브레히트, 〈서푼짜리 오페라〉 ─

인간의 욕망과 이를 가로막는 환경 혹은 운명, 이것이 희곡작품을 터뜨리게 한다. 불만과 결핍, 훼손과 일탈, 소멸과 쇠퇴가 우리를 슬프게 한다고 해서 마냥 우울할 순 없다. 현실 진단을 통해 모순과 비정상성 등 질서를 교란하는 요인을 끌어내 글쓰기의 동력으로 삼아야 한다.

우리가 원하는 바와 상관없이 영 딴 모습으로 얼굴을 내미는 현실이 우리를 슬프게 하며, 영원히 평화로운 삶을 누리고 싶지만 어둠의 아우성이 우리를 아연케 할 때 우리는 침통해 한다. 삶의 모습이 이러하노니 우리는 쓴다. 글은 우리의 마음과 멀리 동떨어져 나간 세계에 대한 그리움이자, 되찾고자 하는 애틋한 몸짓이다. 당연하게 간직해야 할 삶과 어긋나버린 삶 사이에서 희곡은 잉태하며 의사소통의 단절과 불화가 희곡을 쓰게 한다. 따라서 희곡 창작의 길은 우리의 삶 속에 이미 열려 있는 셈이다.

그렇다면 무엇을 구상할 것인가에 대해 다시 되풀이해서 고민할 필요가 없겠다. 왜냐하면 질서를 교란하는 일을 비롯해 지상의 모든 삶의 현상은 인간에 의해 발생되는 것이니 구상의 첫 번째 관문은 인물에 대한 의미있는 관찰로 열려지기 때문이다.

2) 인물에 대한 구상

희곡의 인물은 문제적이어야 한다. 자기인식이 모자라거나, 과도한 욕망으로 인해 주변세계와 충돌 가능성이 짙은 인물이 희곡적인 인물이다. 그러므로 인물 구상은 평균적인 범위를 벗어나 지나치거나 부족한 어떤 상태에 놓여 있는 대상을 떠올려야 한다. 물론 정상 범위에서 벗어나는 행동은 내면적 특성에서 기인함을 말할 나위 없다. 비록 지극히 정상적인 인물이라 하더라도 특수한 어떤 상황 속에서는 정상치에서 벗어날 수 있는 행동을 유발하는 인물이 희곡적 인물로 적절하다. 요컨대 비정상성, 일탈성, 파격성, 의외성 등을 폭발할 수 있는 인물을 구상함이 바람직하다.

장덕배: 그래. 그래. 그래. 그래. 알았어, 알았으니까 제발 입 좀 다물고 있어.

(장덕배 가방에서 지갑을 꺼낸다) 어디 보자. 6만 5천 원 …… 이게 일주일 생활비야?

유화이: 미안해요. 원래는 십만 원인데 삼일 치는 벌써 썼어요.

장덕배: 뭐가 미안하다는 건지 …… 하루에 만 오천 원 정도를 쓰네. 혼자 사는 여자가 …… 아껴서 시집갈 밑천 장만해야지. 왜 이렇게 헤퍼.

유화이: 아니에요. 하루 밥값, 차비, 생활용품 이것저것 …… 그 정도면 절약하는 거라구요. 차비 아끼려고 가끔씩 걸어도 다니는데 ……

장덕배: 허이구, 장하셔. 자, 이거 만 원은 남겨 둘께. 내일은 일요일이니까 은행문도 안 열 텐데, 밥값 해.

유화이: 아니, 괜찮아요. 저 비상금 있어요.

- 장진, 〈서툰 사람들〉 -

이 작품은 제목처럼 서툰 두 인물이 등장한다. 한 명은 도둑이고 다른 한 명은 갓 선생이 된 젊은 여자이다. 여자가 혼자 사는 독신자 아파트에 도둑이 들어 훔칠 물건을 챙기면서 나누는 대화를 통해서 관객은 과연 이들이 도둑이요, 주인이 맞는지 의심스럽다. 돈을 헤프게 쓰지 말라고 충고를 하는가 하면, 찾아낸 비상금에서 만 원을 주인에게 주면서 밥값 하라며 제법 인심도 쓰는 도둑. 그런가 하면 주인은 도둑이 주는 돈을 괜찮다고 사양까지 한다. 인물에 대한 관객의 기대지평이 허물어지고, 사회적 통념이 여지없이 전복되는 이러한 인물 설정은 의외성을 주기 때문에 관객에게 새로운 인식을 제공할 수 있다.

문제성을 안고 있는 인물을 설정한다고 해서 모든 게 끝난 건 아니다. 인물이 그러한 행동이나 성격을 보여주는 외부적 상황을 완벽하게 구상하는 것도 필요하다. 다시 말해 행동의 동기가 무엇인지 집필하기 전에 충분히 인식하고 있어야 작품을 쓸 때 인물을 장악할 수 있다. 그렇지 않으면 쓰는 과정에서 인물 형상화가 갈지자로 왔다 갔다 해 일관성을 잃게 된다. 어떤 인물을 내세울 것인가라는 막연하고 추상적인 문제를 구체화하기 위해서는 구상 단계에서 다음과 같은 몇 가지 측면에서 하나씩 항목을 만들어 인물

시놉시스를 짜두어야 한다. 왜냐하면 이런 자료들이 플롯을 짜는데 절대적
으로 필요하기 때문이다.

먼저 인물의 외형적 측면이다. 이는 성별, 연령, 신체의 특성, 피부색 등
이다. 이를 앞서 예를 든 작품을 통해 구체적으로 접근해 보기로 하자.

〈서툰 사람들〉에 등장하는 두 인물, 유화이(주인), 장덕배(도둑)는 나이
가 스무 다섯 살인 젊은이들이다. 이들은 아직 삶의 경험이 부족하기 때문
에 사회생활도 서툴고, 사회적 통념도 익숙하지 못하다. 아니 젊은 의식이
있기 때문에 사회적 통념 그 자체를 심각하게 고려하지 않는 사람들이라고
보는 게 타당할 듯하다. 인물의 나이가 그러하기에 도둑은 주인에게 인간적
인 제스처를 보이면서 동정할 수 있으며 유화이의 곤혹스런 처지(그녀를 일
방적으로 사랑하는 한 남성이 늦은 밤에 전화를 해대 피곤한 상태임)를 해
결까지 해준다. 한편, 주인인 유화이는 어떤가. 그녀도 의외성을 보이기는
마찬가지다. 그녀는 상대가 도둑임에도 불구하고 그에게 친구하자고 제안을
한다. 이러한 의외성은 이들이 나이가 젊기 때문에 가능하다. 즉 이 같은 행
동은 아직은 순수함을 간직하고 있는 이십대 나이에서는 충분히 가능한 모
습들이다. 그러므로 주인과 도둑이 각자의 신분과 처지를 망각하고 의외적
인 행동을 하는 것에 대한 개연성은 그들의 나이에서 비롯된다고 볼 수 있
다. 이처럼 인물을 구상할 때는 단순히 '어떤 사람'만을 떠올릴 것이 아니라
'그 사람'의 외형적 측면을 충분히 고려해 인물의 행동에 개연성을 부여할
수 있도록 해야 한다.

이외에도 경제적 지위, 직업, 종교, 가정관계, 인간관계 등 사회적 측면
과 습관, 태도, 욕망, 동기, 감정 등 심리적 특성 그리고 도덕적 특성 등도
인물을 구상할 때 고려해야 할 항목이다. 헤라클리터스는 성격이 운명이라
고 했다. 곧 삶을 운영하는 것은 성격이라는 말이다. 성격은 유전적 환경과
사회적 환경에 의해서 결정된다. 인물을 구상할 때 쓰고자 하는 내용을 가
장 효과적으로 드러낼 수 있는 인물을 설정하려면 그 인물의 내면적 특성에
영향을 미치는 여러 환경적 여건을 충분히 고려해야 한다. 그리고 이러한

모든 고려사항을 일목요연하게 만들어서 인물 시놉시스를 짜야 한다. 그래야 플롯을 짤 때 수월해진다.

희곡은 결국 인물의 행동으로 의미화되는 장르다. 이때 행동은 '정신의 몸짓'이다. 정신 즉 내면성을 형성하는 여러 환경 요소를 작가가 찬찬히 따져서 정리하는 일은 비유컨대 종이꽃에 향기와 생명을 부여하는 행위다. 이러한 작업이 이루어질 때 작가가 창조한 가상의 인물은 생명을 얻어 '살아 있는 인물', '실감나는 인물'이 될 수 있다.

3) 환경에 대한 구상

집필에 앞서 여러 요소를 구상하는 단계에서 반드시 해야 할 일은 앞서 강조했다시피 한 인물이 처한 전방위적 내용을 확보, 정리해 인물 시놉시스를 만드는 것이다. 여기에 필수적으로 덧보태는 요소가 바로 환경이다. 인물과 환경의 관계는 마치 이인삼각의 달리기 경주처럼, 희곡의 결말까지 함께 동행한다. 왜냐하면 희곡은 개인과 세계의 균열된 모습을 제시하기 때문이다. 물론 자아의 대립과 분열을 다루는 심리주의적 희곡도 있다. 그러나 이 역시 현실논리라는 환경이 현실자아를 형성해 본래자아와 대립한다는 점에서 환경이 완전 배제되지는 않는다. 심리극마저 그럴진대, 대체로 희곡의 세계는 대립된 두 세계를 다루기 마련이다. 이때 대립의 주체가 되는 요소는 개인과 환경이다. 인물의 욕망과 이를 저지하는 적대적인 환경의 구도가 곧 희곡을 이루는 뼈대이다. 이러한 환경에는 타인, 가족, 사회, 집단, 국가 등이 있겠는데 이들은 주인공의 욕망추구의 행동을 방해하는 요소이다. 결국 희곡이 갈등과 긴장으로 조성되는 이유는 바로 이 두 요소가 대립되기 때문이다. 가령, 입센의 희곡 〈민중의 적〉에서 의학자 스토크만의 진실 추구의 행위에 맞서는 것은 그를 에워싸고 있는 기만적 사회 환경이다. 이용찬의 〈가족〉은 아버지와 아들 간의 애증을 그린 작품인데, 이 역시 아버지와 아들의 입장에서 각각 그 주체를 중심으로 가족환경과 대립성을 갖는다.

희곡을 쓰는 행위는 바로 이 점에 있다. 어떤 사람이 무엇을 원하고 있는데 주변 환경이 이를 만만하게 도와주지 않아 서로 맞서 갈등하는 것. 이것이 바로 희곡쓰기의 요체이다. 그러므로 환경을 구상하는 일은 집을 지을 때 주춧돌을 놓는 일만큼이나 중요하고도 요긴한 행위다. 주춧돌 없는 집을 상상할 수 없듯이, 집필하기 전에 이러한 작업이 구체적으로 정리되어야 글쓰기가 빡빡하지 않게 된다. 무엇을 쓸 것인가를 대충 떠올려 곧바로 집필로 돌입하게 되면 몇 줄 나아가지 않아 궁색해지기 마련이다. 희곡이 희곡성을 갖는 건 당연하지만 다시 한번 강조해 두자. 희곡성은 개인과 환경의 대립으로 나타난다. 희곡을 쓸려고 작정을 했다면, 적어도 희곡적인 것, 희곡성이라는 것이 무엇인지 분명히 알고 시작하는 것이 좋다. 이를 장르론적인 이해라고 말해도 좋으리라. 연필을 깎으려고 하는데 소를 잡는 칼을 들이밀 수 없듯이, 희곡을 쓰겠다고 한다면 희곡성을 알아야 한다. 이때 희곡쓰기는 목적이고, 희곡성에 대한 이해는 목적 실현을 위한 수단과 방법에 대한 터득이라 할 수 있다. 도틀어 말하면, 희곡은 인물과 환경의 상호작용 그 자체이다.

환경을 강조한 희곡을 환경극이라고 한다. 환경극은 직업, 계급, 사회적 지위 등 인간의 생활환경을 묘사하여 그로부터 인물의 성격, 갈등, 사건들을 설명하고 등장인물의 성격을 생활환경의 필연적 소산으로 표현하는 희곡이다. G 하우프트만의 〈직조공들〉이 환경극의 대표적인 작품이다. 이 작품은 19세기 자본주의 시대로 변화되면서 발생하는 노동자들의 비참한 현실을 묘사하고 있다. 현실의 억압적인 상황하에서 직조공들이 현실을 개혁하기 위해 봉기하는 장면을 통해 환경이 개인의 삶에 미치는 영향이 얼마나 충격적인지를 잘 보여주고 있다.

인간의 삶은 두 가지 형태가 있다. 하나는 환경을 개척하면서 사는 유형이고, 나머지는 불만스런 환경을 탓하면서 수동적인 삶을 사는 유형이다. 어느 경우이든, 인간은 처한 환경과 끊임없이 조정하려고 한다. 이 과정에서 갈등은 필연적으로 발생할 수밖에 없다. 희곡이 근본적으로 갈등을 핵심으로 삼는 이유는 인물과 환경과의 관계양상을 통해 이들의 갈등 과정과 해소 국면을 다루는 글이기 때문이다.

앞서 희곡 창작을 위해서는 희곡성이 무엇인가를 알아야 한다고 강조했다. 창작의 관점에서 볼 때, 인물과 더불어 환경을 구상하는 일은 희곡성을 확보하는 기본이자 출발이다. 누가 무엇을 원하는가. 그런데 왜 좌절하는가. 무엇이 힘들게 하는가. 장애요소를 어떻게 극복하는가 등등 인물과 환경에 대한 구상은 이러한 문장형으로 내용을 정리한다. 그러면 이를 토대로 전체적인 글을 설계할 수 있는 최소한의 틀은 확보된 셈이다.

4) 극적 상황에 대한 구상

희곡을 쓸 때, 극적 상황을 설정하는 일은 밥을 하기 위해 쌀을 준비하는 것과 동일하다고 말할 수 있다. 희곡이 시나 소설과 달리 희곡인 점은 바로 극적 상황이 맞춤하게 조성되어 있기 때문이다. 시나 소설이 극적 상황을 설정했다면 희곡적 특성을 보이는 시나 소설이라고 할 수 있다. 시가 시적 상황을, 소설이 소설적 상황을 제시한다면, 희곡이 희곡답게 되기 위해서는 극적 상황을 절묘하게 드러내야 한다.

그러면 극적 상황이란 무엇인가. 이를 해명하기 전에 일단 극적이라는 용어를 따져 볼 필요가 있다. 우리는 일상생활에서 '극적'이라는 말을 자주 쓰게 된다. 극적으로 무승부를 이루었다느니, 드라마틱한 인생이라느니 등 극적이라는 말이나 드라마틱이라는 말은 히다하게 사용되고 있다. 셰익스피어는 인생이 연극이요, 세계가 무대라고 말했지만 인생 그 자체가 연극일 수는 없다. 문제해결의 과정, 갈등의 엉킴과 풀림의 연속, 목적 실현을 위한 치열한 노력과 좌절 …… 이러한 입장에서 본다면, 인생이 연극과 퍽이나 닮아있지만 인생이 연극은 아니다. 인생은 생존의 치열함과 개체의 발전을 위한 절박한 과정이기도 하고, 따분한 일상의 반복적 연속이지만 연극은 삶의 일부분을 따와 그것을 가지고 이리저리 주물러서 한바탕 놀이를 보여주고 이를 통해 삶의 의미를 재발견하게끔 유도하기 때문이다. 어찌 되었든, 일상적인 생활에서 우리는 원하던 원하지 않던 극적 혹은 드라마틱한 순간들을 경험한다. 하나의 파란이 끝나고 나면 또 다시 다른 형태의 파란이 연속되는 것, 기대 밖의 어떤 일을 맞닥뜨려 곤혹스런 일을 당하다가 기대 밖의 다른 어떤 힘에 의해 그 곤혹함으로부터 벗어나는 것, 긴장이 조성되다가 반전되는 것 …… 이러한 경우 즉 돌연성과 의외성 그리고 이를 통해 발생되는 긴장감이 극적이라는 용어 속에 대체로 들어 있다.

삶이 지니고 있는 돌연성과 의외성이 극적 상황이라는 것을 이제 알았다. 희곡이 삶을 반영하고 제시한다는 기본 전제를 다시 환기하면, 쓰고자 하는 희곡에 어떻게 극적 상황을 부여할 것인가라는 문제는 그다지 어렵지 않다. 왜냐하면 일상에서 발생할 수 있는 극적 상황을 상상해 봄으로써 이를 유추해 희곡세계에 적용시키면 되기 때문이다. 그런데 여기서 주목할 일은 희곡의 특성이다. 희곡은 정신의 몸짓을 보여주기 때문에 극적 상황은 정서나 정신적 상태가 아닌 행동적인 모습으로 드러나야 한다. 다시 말해 극적 상황은 행동적으로 묘사된 가시적인 현상이지 내면성 그 자체에 있지 않다는 것이다. 여기서 구스타프 프라이탁의 언급은 참고할 만하다.

> 내면의 강한 움직임이 의지와 행동으로 변모되기 전까지 계속해서 견고해질 때, 그리고 어떤 행동을 통해 내면의 움직임이 자극받을 때, 어떤 한 행위가 생성, 변화하는 과정과 그것이 감성에 끼치는 결과는 모두 극적 행위라든가, 격정적인 움직임이다. 격정 그 자체는 극적이 아니다. 극예술의 과제는 어떤 격정 자체를 묘사하는 것이 아니라 어떤 행동을 유발하는 격정을 묘사하는 것이다.

프라이탁이 강조하는 것은, 극적이라는 의미는 격정 그 자체가 아니라 격정을 일으키는 행동에 있다는 점이다. '극'이라는 용어 drama는 희랍어 dramenon에서 나온 말로 이는 '행동하다'는 뜻이다. 일상생활에서 발생할 수 있는 점증되는 긴장에서 돌연한 반전, 충격과 의외성 등의 행동이 수반될 때 극적인 의미를 갖는다.

　희곡은 언어로 쓰인 문학이지만 궁극적으로는 연극 상연을 전제로 한다. 물론 서재희곡(레제드라마)같이 독서용 희곡도 있지만 희곡은 어디까지나 연극 상연을 위해 창작된다. 이런 까닭에 희곡은 문학성과 연극성을 동시에 지녀야 한다. 희곡의 숙명적인 이러한 이중성은 희곡을 쓰는 작가도 이를 읽는 독자도 어렵게 만들곤 한다. 하지만 희곡에서 연극성이 없다면 본질적으로 희곡적 가치가 없다. 이때 연극성은 행동성을 말한다. 그리고 행동성은 극적 상황을 조성할 때 의미가 있다. 극적 상황이 희곡작품에 조성되어 있지 않으면 연극성이 없다고 판정할 수밖에 없다.

　그러면 극적 상황을 어떻게 구상할 것인가. 앞서 인생이 연극일 수는 없다고 했다. 왜냐하면 일상의 나날이 놀라운 충격의 연속이지도 않고 인생의 순간순간이 자극적인 상황으로 점철되는 것도 아니기 때문이다. 앞서도 말했듯이 극적 상황이란 잔잔한 삶의 리듬을 깨트리는 놀랍고 자극적인 상황을 제공하는 돌발적이고 의외적인 행동이다. 그리고 이러한 상황들은 압축적이고 상징적인 형태를 띠면서 인생의 의미를 발견하는 방향으로 향한다. 그렇다면 우리의 평범한 삶에서 자극적이고 놀라운 충격을 주는 상황은 어떤 것들이 있을까. 예를 들어 근친살해나 근친상간은 어떤가. 이러한 행동은 일반적인 생각을 뛰어넘는 파격적인 것이며 금기 위반이 그렇듯 호기심을 자아내게 한다. 이미 언급했듯이, 희랍비극 〈메디아〉나 〈엘렉트라〉, 셰익스피어의 〈햄릿〉 등은 근친살해를 극적 상황으로 설정한 작품들이다. 이들 작품이 오랫동안 인구에 회자되면서 공연되는 것은 파격적인 극적 상황이 설정되었기 때문이다.

　김자림의 〈돌개바람〉이라는 희곡은 과부 삼대가 함께 사는데 막내 과부가 파란을 일으켜 극적 상황을 조성하는 내용을 보인다. 늙은 조모는 약혼자가 병으로 죽자 약혼도 결혼과 마찬가지라며 남편도 없는 집에 시집와서 삼년상을 치르고 평생을 과부로 지낸다. 노파의 양녀로 들어온 여자 역시 결혼 얼마 되지 않아 생과부가 된 상태이고 그녀의 딸은 결혼 직후 남편이 납북됨으로써 졸지에 과부가 되어 버렸다. 이렇게 과부 삼대가 모여 사는데 손녀 과부가 한 남자를 사랑하면서 파란을 일으킨다.

> 강씨: 저게 미쳤나?
> 기숙: 미쳐 가고 있는지도 모르죠.
> 박씨: 하늘이 무섭지도 않냐? 서방 있는 년이!
> 강씨: 얘, 얘, 심심하면 이웃집 마을 다니듯 놀아나는 화냥년들 수작마라. 나
> 나 네 에미나 다 이름 있게 늙어왔다. 너도 ……
> 기숙: (울부짖으며) 그 어깨동문 싫어요. (몸부림치며) 견딜 수 없어요. 그
> 과부햴미, 과부딸년, 그 훌륭한 명칭, 제에발 집어 치우세요.
> 강씨: (달려들 듯 기숙이 옆으로 가며) 이년아, 너 그냥! (박씨, 강씨를 가
> 로막는다)
> 박씨: 어머니, 그만 들어가세요.
> 기숙: 이 구석에서 난 썩기 싫어. 무덤 속 같은 데서 산송장 노릇은 못해요.

북한에 남편이 살아 있을지도 모르는데 개가를 한다는 건 있을 수 없다는
게 할머니 강씨의 강변 내용이다. 그러나 젊은 손녀 기숙은 고루한 전통적
인습에서 벗어나고자 하고, 할머니 강씨는 이를 한사코 반대한다. 이 둘 사
이의 팽팽한 긴장과 대립은 극을 이끌어가는 중심적인 힘이다. 아울러 손녀
딸 기숙의 의외적인 행동은 인물의 수직적 질서를 깨트리는 극적 상황이다.
이러한 장치는 관객이 결말을 주시하게 만든다. 과연 기숙은 할머니나 어머
니의 반대를 극복하고 재혼에 성공할 수 있을 것인가. 아니면 할머니와 어
머니가 승리해 기숙이가 다른 행동을 유발해 비극적으로 끝날 것인가. 어느
경우든 이러한 극적 상황을 설정한 이유는 전통의 인습으로부터 여성 해방
이라는 작가 의도를 효과적으로 제시하기 위해서라고 볼 수 있다.

이와 같이 일상의 범주에서 생각하기 어려운 파격적이고 의외적인 행동이
극적 상황을 만들어낸다. 기대를 뒤엎는 행동, 예기치 않는 결과, 일종의
게임과도 같은 놀이에서 오는 승패의 돌연한 반전 등은 삶에 대한 일반적이
고 개연성 있는 생각들을 교란시켜 다른 시각으로 삶을 바라보게 한다. 바

로 이 점이 희곡을 희곡답게 한다. 그러므로 줄거리를 그대로 재현할 게 아니라, 줄거리 전체를 하나의 극적 장치로 만든다든가, 중간 중간에 극적 상황을 마련해 관객에게 의외의 상황을 제시해줘야 한다. 연극(play)은 이러저러한 극적인 행동을 부여해서 가상적 상황을 가지고 노는 한바탕의 놀이(play)이기 때문이다. 과연 어떻게 해야 재미있게 놀이를 즐길 수 있을 것인가. 이것은 작가가 만들어내는 극적 상황이 얼마나 절묘한가에 달려 있다.

5) 제목과 형식에 대한 구상

완성된 좋은 글을 쓰기 위해 우리는 먼 길을 걷고 있다. 지금까지의 길걷기는 완벽한 글의 설계도를 작성하기 위한 예비적인 과정일 뿐이다. 양파처럼 하나하나의 껍질이 속으로 이어지듯이, 좋은 글을 쓰기 위해서는 양파 껍질처럼 단계를 이루고 있는 과정을 충실하게 밟아야 한다.

구상 단계에서 생각해야 할 또 다른 사항은 제목과 희곡의 형식이다. 반복적으로 비유하고 있는 내용이지만, 제목은 집으로 보면 당호(堂號)에 해당한다. 당호는 집의 쓰임새와 집을 사용하는 사람의 정신성을 반영한다. 가령, 불우헌이나 심우장, 해이당 등에서 볼 수 있듯이 당호는 집주인의 정신적 지향을 표상한다. 이와 마찬가지로 작품의 제목을 미리 구상해 보는 것은 장차 집필하려는 의도나 그것을 제시하는 작가의 정신성을 구체적으로 표상화하는 작업이라고 할 수 있다. 제목은 작품 전체의 윤곽과 작가 의도가 드러나기 때문에 인물과 환경을 구상하는 과정에서 어느 정도 잠정적으로나마 제목을 설정하는 게 좋다. 그래야만 작품이 일정한 방향을 잡고 틀을 만들어갈 수가 있다. 물론 임시 제목을 구상하고 나중에 제목을 확정해도 무방하다.

그러면 어떠한 제목이 바람직한가. 제목은 사람으로 치면 얼굴, 그 가운데 눈에 해당된다. 처음에 사람을 만나게 되면 으레 눈을 보듯이, 관객이나 독자는 작품에 대한 첫인상을 제목을 통해서 갖게 된다. 그러므로 제목을 다는 일은 작품 전체를 아퀴 짓는 것과 마찬가지다. 그런데 작품 전체의 의미나 작가의 의도를 구현하는 제목이 바람직하지만 강렬한 호기심을 유발할 수 있는 제목이 좋다. 또한 극적 상황을 어느 정도 예견할 수 있는 제목은 내용을 유추할 수 있어 적극적인 참여를 조성할 수 있다.

'오이디푸스왕', '안티고네', '엘렉트라', '햄릿', '오델로', '맥베드', '리어왕', '바냐 아저씨', '세 자매', '하녀들', '살아 있는 이중생 각하', '어머니' 등과 같이 특정한 인물을 다루는 희곡의 경우는 대개 그 인물의 이름을 제목으로 설정한다. 또는 '느릅나무 그늘 밑의 욕망', '욕망이라는 이름의 전차', '뜨거운 양철지붕 위의 고양이', '작가를 찾는 6인의 등장인물', '노부인의 방문', '내가 날씨에 따라 변할 사람 같소.', '딸들 자유연애를 구가하다' 등과 같이 스토리 라인을 압축해서 제시하는 경우도 있고, '의자들', '코뿔소', '수업', '산씻김' 등처럼 작품의 전체적인 의미를 지배하는 사물적 이미지나 행동을 제목으로 내세우는 경우도 있다. 어떤 경우이든 제목은 작품을 표상적으로 제시할 수 있어야 한다. 아울러 은유와 상징적이되 유추 가능한 극적 행위를 동반한 제목이 바람직하다.

제목은 인물과 환경이 어느 정도 구상되면 자연스럽게 떠오르는 경우가 있지만, 작가의 세심한 고심이 들어 있어 생각하게 하는 제목, 궁금증을 유발할 수 있는 제목이면 무방하다. 언제부터인가 우리의 연극 제목은 지나치게 자극적이고 선정적으로 바뀌고 말았다. 물론 많은 관객을 불러들이기 위한 불가피한 처사라 여겨지지만 문화예술이 자본의 논리에 휘둘리는 것 같아 편치가 않다. 메커니즘이 제공하는 스펙터클과 환타지 세계를 구경하기 위해 영화관으로 발길을 돌리는 관객. 이들을 어떻게 하면 공연장으로 불러들일까 고심참담하는 연극 현실. 그 결과로 나타나는 것이 벗는 연극, 포르노 연극, 개그 연극 등이고 그것을 드러내는 얼굴로 '유혹하는 제목'을 내단다. 우리 연극의 슬픈 현실이다. 그러나 설령 '유혹하는 제목'을 내걸고 말초적 감각을 자극시키는 연극판을 열었다 해도 가난한 연극 현실은 걷어지지 않는다. 보다 멀리 보고 다른 매체가 도저히 흉내낼 수 없는 연극만의 특성을 견고하게 만들어내야 한다. 무대의 생동한 에너지, 오랫동안 가슴에 담겨질 만한 감동적인 대사, 무엇보다도 지금 여기 살아 있는 배우에 의해 재현되는 인생의 이야기 체험 등은 말과 몸, 이 두 밑천만 들이고도 얼마든지 관객을 되돌릴 수 있다. 문제는 연극미학적 완성도에 대한 고민이다. 얄팍한 상술로 얄궂은 제목을 내세워 관객의 발길을 붙잡는 일은 지극히 짧은 눈빛을 소유한 근시안적인 처사라 아니할 수 없다.

관객이 연극을 감상하는 데 맞춰야 할 초점을 미리 알려 주는 게 제목이다. 관객은 제목의 기호적인 의미를 관극하면서 풀어간다. 이 과정에서 연극 경험을 내면화한다. 그래서 무대 안 세계와 무대 밖의 현실을 조응하면서 역동적인 무언의 커뮤니케이션이 이루어진다. '그게 그렇구나' 바로 이 점이 연극미학의 완성이다. '유혹하는 제목'이나 반짝 눈길을 빼앗는 제목으로는 오히려 연극을 혐오스럽게 할 뿐이다. 요컨대, '유혹하는 제목'이 아니라 '주목하는 제목'이 무엇인지 생각을 일으켜야 한다.

희곡형식은 작품의 스타일을 말한다. 인물이나 환경이 작품을 이루는 내용이라면, 스타일은 작품의 형식이다. 비극이냐 희극이냐, 사실주의 극이냐 비사실주의 극이냐, 부조리극이냐 절충적인 극이냐, 열린 구조로 할 것인가, 닫힌 구조로 할 것인가 등 내용을 담아내는 그릇으로써 작품 스타일이다. 내용과 형식을 나누어 생각할 수는 없지만 굳이 말한다면 내용을 제시하는 틀로서 형식에 대한 고민이 구상 단계에서 이루어져야 한다. 아름다운 대상을 표현했기 때문에 예술이 아름다운 게 아니다. 대상을 아름답게 표현했기 때문에 예술이 아름다운 것이다. 그 유명한 칸트의 형식미학을 이 대목에서 새삼스럽게 떠올리는 건 작품 형식에 대한 중요성을 다시 인식하자는 의미에서다. 형식을 어떻게 할 것인지에 대한 구상은 고민한 만큼 아름답게 빚어질 수 있다. 숭고한 내용과 가치를 지녔다 해도 그것을 드러내는 형식적 틀이 적절하지 못하다면 결국 숭고한 내용도 의미를 잃고 만다. 형식과 내용이 상호 침투적인 관계로 엮여 있을 때 비로소 내용도 빛을 발할 수 있기 때문이다. 그런데도 우리는 내용에 대해서는 많은 시간을 들여가면서 고민하지만 형식에 대해서는 소홀하게 다루는 경향이 많다. '무엇을' 말할 것인가보다는 '어떻게' 말할 것인가에 대한 고민을 작가라면 마땅히 해야 한다.

작품 스타일은 작가 특유의 글쓰기 기법으로 작품의 주제를 결정한다. 이런 맥락에서 형식은 작품의 의미와 주제를 말해 주는 일종의 가시적인 목소리라고도 할 수 있다. 가령, 브레히트 〈세추안의 착한 여인〉의 에필로그를 보면, 등장인물 중 하나가 관객에게 이야기하고, 주인공의 여러 문제를 해결하기 위해서는 인간성을 바꾸는 게 좋은지 사회를 바꾸는 게 좋은지를 묻는 장면이 있다. 무대에 대한 환상을 차단하기 위해 제4의 벽을 무시하고 등장인물이 관객에게 직접 말을 거는 서사극의 소외효과는 극중 현실을 관객들이 따져보게 하기 위한 극적 기법이다. 소외효과를 위해 빈번하게 사용되는 등장인물이 관객에게 말 건넴을 하는 형식은 작가의 목소리를 전달하기 위한 의도된 극적 스타일이다. 즉 사회는 변화될 수 있고 관객은 그 변화에 동참하기 위해 어떠한 일을 해야 한다는 교육적 의도를 소외효과 가운데 하나인 말 건넴의 형식을 통해 나타낸 것이다. 이와 같이 희곡에서 스타일은 단순히 내용만을 담아내는 허상적 그릇이 아니라 극적 의미와 주제를 전달하는 강력한 도구로 작용한다.

형식에 대한 고민은 작게는 문체부터 크게는 작품을 이루는 구조에 이르기까지 이루어져야 한다. 물론 거시문체론에서 보자면 구조도 역시 문체의 하나이지만, 희곡작품을 이루고 있는 낱낱의 개별언어와 문장들의 문체와는 별도로 전체 구조를 구상해야 한다. 구조에 대한 구상이 어느 정도 잡히면 다음 단계인 플롯을 작성하는데 매우 도움이 된다. 언어, 구조, 결말의 형태, 문예사조 등 작품을 이루고 있는 여러 스타일에 대한 성공적인 구상은 내용과 작의를 최상의 조건에서 가장 효과적으로 드러낼 수 있는 기법들을 고민하고 연구함으로써 실현될 수 있다.

지금까지 인물과 환경, 제목과 형식에 대한 구상의 필요성과 구체적인 방향을 살펴보았다. 이외에도 주제, 갈등, 사상, 행동, 이야기 방식 등도 구상 단계에서 어느 정도 구체화하는 것이 좋다. 이러한 모든 작업은 결국 좋은 글을 쓰기 위해서 필수적으로 플롯을 짜는데 기초적인 자료가 되기 때문이다.

글은 거칠게 말하면, 구상, 집필, 수정의 단계를 거쳐 완성된다. 구상 단계는 착상, 자료수집과 검토, 구조짜기 등이 포함되고, 집필은 말 그대로 작품을 써나가는 과정, 그리고 초고가 완성되면 이를 수정 검토하는 과정을 거쳐 한 편의 작품은 탄생된다. 일련의 여러 공정을 거쳐 상품이 만들어져 나오듯, 희곡작품도 일정한 공정 과정을 밟아야 완성된다. 이를 효과적으로 수행하기 위해서는 극작 과정의 일정표를 만들어 작업하는 것도 한 방법이 될 수 있다. 목표를 향한 치밀하고도 성실한 자세, 그리고 끈덕지게 고민하는 자세가 있다면 글은 이미 마음속에서 생명을 부화하고 있는 셈이다.

좋은 글을 쓰기 위해서는 좋은 아이디어를 얻는 것이나 아이디어를 구체적으로 작품화할 수 있는 자료도 중요하다. 그러나 보다 긴요한 것은 구상이 치밀해야 플롯이 완벽해지며 플롯이 완벽해야 희곡작품이 유기적인 생명체로 탄생할 수 있다. 자료의 도움을 받은 아이디어를 '믿을 수 있는 세계'로 건설하기 위해서는 추상화된 아이디어를 구상화하는 단계, 즉 구상을 반드시 딛고 가야 저 광활한 희곡세계가 눈앞에 펼쳐질 수 있다. 이런 점에서 구상의 시간이 많을수록 쓰고자 하는 희곡세계는 더욱 치밀해지고 완성도를 높이게 됨은 말할 나위가 없겠다.

2. 구상의 구체적 사례

독일 소설가 귄터 안더스의 〈인간의 고루함〉이라는 우화소설을 보면 개미가 자신의 입장에서 생물을 새롭게 분류하고 있다. 개미는 생물을 식물과 동물 그리고 개미로 구분하고 인간을 동물에 포함시킨다. 개미를 통해 이 소설이 말하고자 하는 내용은 무엇일까. 인간은 오직 자신의 관점에서만 세계를 바라보고 이해하는 동물이라는 것이다. 자기중심적 사고에 갇힌 고루하기 짝이 없는 존재가 바로 인간이라는 걸 작가는 개미의 입장에서 에둘러 말하고 있는 셈이다.

인간의 이러한 특성은 서구문명의 진보를 낳은 동력 가운데 하나이긴 하지만 이에 따른 부작용도 만만치 않다. 자기중심적 사고로 인한 주변과의 불화와 인간관계의 부적절함은 갈등하게 만든다. 이러한 갈등을 주목하는 게 다름 아닌 희곡이다. 갈등이야말로 희곡의 본질이기 때문이다. 물론 80년대 이전 북한의 경우를 보면 무갈등의 연극도 있다. 주인공이 어떤 수난과 고통을 겪더라도 결국은 승리하는, 이른바 공산주의 인물학에 부합되는 캐릭터를 설정했기 때문에 굳이 갈등이 필요없다고 그들은 말한다. 그러나 갈등이 없는 인간이 어디에 있겠는가. 인간에게 욕망이 있는 한 갈등은 필연적으로 있을 수밖에 없다. 엄밀한 의미에서 이래도 흥, 저래도 흥하는 식의 인물은 지상에 있지 않다. 나름대로 크든 작든 판단을 하고 입장을 표명하는 게 사람살이가 아니던가. 설령 이런 인물이 있다 해도 싱겁기 짝이 없어 이러한 인물을 내세운 연극 역시 재미가 있을 리 없다. 결국 희곡의 인물은 갈등하는 인물이다. 갈등은 동기가 있고 갈등이 진행되어 가는 과정이 있으며, 갈등의 처리 결과가 있기 마련이다. 또한 갈등은 두 힘의 맞섬으로 형성된다. 자기중심적 사고에 집착한다면 그 인물은 어쩔 수 없이 주변세계와 갈등 관계를 형성할 수밖에 없다.

인물을 구상할 때, 인물에 의해서건 외부 환경에 의해서건 인물이 겪는 갈등에 초점을 맞춰 생각해 보자. 갈등의 유형은 대상에 따라 타인과의 갈등, 세계와의 갈등, 한 개인의 내면적 갈등으로 나눌 수 있다. 여기서는 각각에 해당되는 대표적인 작품을 사례로 들어 인물 구상의 한 모델을 살펴보기로 하겠다.

1) 타인과의 갈등

개인 간의 갈등이다. 사람은 홀로 살 수 없어 여러 사람들과 어울려야 한다. 그런데 사람은 자신의 처지에서 바라는 게 있고 그것의 실현을 위해 노력한다. 이러는 과정에서 타인과의 충돌은 불가피해진다. 욕망의 충돌, 이 것이 타인과의 갈등을 낳게 하는 원인이다.

> 도념: (홀연히) 스님, 전 세상에 가서 살구 싶어요.
> 주지: 닥뜨려. 무얼 잘했다구 또 그런 소릴 하구 있니?
> 도념: 절더러 거짓말한다구만 그러지 마시구. 저한테 어머니 계신 데를 가 르쳐 주십쇼.
> 주지: 네 어미란 대죄를 지은 자야. 너에겐 에미라기보다는 대천지원수라는 게 마땅하겠다. 파계(破戒)를 한 네 에미 죄의 피가 그 피를 받은 네 심줄에 가뜩 차 있으니까, 너는 남이 한 번 헤일 염주면 두 번을 헤어야 한다.
> 도념: 왜 밤낮 어머니 욕만 하십니까? 아름다운 관세음보살님은 그 얼굴처 럼 마음두 인자하시다구 하시지 않으셨어요? 절에 오는 사람마다 모 두들 우리 엄마는 예뻤을 것이라구 허는 걸 보면 스님 말씀 같은 그 런 무서운 죄를 지으셨을 리 없어요.

함세덕의 희곡 〈동승〉의 일부분이다. 산중 절간에서 어린 스님 도념이 어 머니를 그리워하면서 주지에게 어머니 계신 곳을 알려 달라고 조른다. 하지 만 주지는 도념의 어머니는 파계를 했기 때문에 대신 자식이 죄 닦음을 두 배로 해야 한다며 도념의 요구를 거절한다. 도념과 주지의 대립과 갈등은 이 연극을 이끌어가는 중요한 동력이자 핵심적인 극적 장치다. 주지가 과연 도념의 소원대로 미망인을 따라 나서게 할 것인지 여부는 갈등의 향후 방향 을 결정하는 요인이면서 작품의 주제와도 연결된다. 모성을 그리워하는 도 념의 욕망과 더 깊은 수양으로 마음을 닦아내야 한다는 주지의 욕망이 서로 맞서면서 극은 가파른 상승선을 타게 된다. 대개 희곡의 갈등은 이같이 대 립되는 두 인물을 통해서 조성된다. 갈등의 주체와 갈등의 대상과의 욕망의 차이, 이것이 타인과의 갈등을 유발하는 인자라 할 수 있다.

2) 세계와의 갈등

개인이 집단이나 세계와 대립하면서 갈등하는 유형이다. 이러한 유형은 세계의 기만과 위선에 맞서는 정의로운 인물이거나, 세계의 폭력적 이미지로 의해 억압당하는 인물을 주체로 내세운다. 전자가 입센의 〈민중의 적〉 주인공 스토크만이 대표적인 인물이라면, 나중의 경우는 박조열 희곡 〈오장군의 발톱〉의 오장군을 들 수 있다. 한 개인의 진실과 순수한 인간성이 거대한 세계 앞에서 파괴당하는 상황을 박조열 특유의 알레고리 수법으로 보여주는 〈오장군의 발톱〉을 보기로 하자.

> 사 령 관: 잔인무도한 놈들! 양보다도 순한 병사를 저렇게 거칠게 다루다니! (억양이 없는 어조로)
>
> (전속부관이 헌병을 대동하고 급히 등장)

전속부관: 각하! 그놈은 사기 입대자입니다.
사 령 관: (망원경을 떼며) ……?
전속부관: 오장군 이등병 말입니다. (헌병에게) 체포 영장을 읽어 드려.
헌　　병: (읽는다) 체포 영장, 계급 이등병, 군번 024378596, 성명 오장군, 상기자를 타인의 명의를 도용, 육군에 사기 입대한 혐의로 체포함. 소속 부대장은 즉시 상기자를 임무에서 해제하고 본 체포 영장을 제시하는 헌병에게 그 신병을 인도할 것. 몇 년 몇 월 몇 일. 육군 총사령관명에 의하여, 군법회의 검찰관, 서명.

> (사이, 사령관, 모두를 돌아본다)

전속부관: …… 어쩐지 이상하다고 생각했습니다. 그놈은 너무 어리석고 너무 순진하고 너무 정직하고 너무 겁쟁이였습니다.

어리석을 정도로 우매한 농사꾼 오장군은 잘못 배달된 징집영장을 받고 군대에 가게 된다. 그런데 오장군은 그의 우매함 탓에 전술적으로 이용당한다. 결국 그는 자신이 왜 죽는지도 모르면서 죽는다. 이 작품은 표면적으로는 전쟁의 비인간성을 고발하고 있지만 군대 집단의 폭력성, 집단 유지를 위한 개인의 희생 강요 등을 우회적으로 말하고 있다. 군대라는 집단이 순박한 한 개인에게 가하는 파괴적 폭력의 실상을 강조하기 위해서 '오장군'은 동화적인 인물로 형상화된다. 기르는 소와 대화를 나누기도 하고 나무와 마음을 교류하기도 한다. 이처럼 순수하기만 한 개인이 집단의 거대한 힘 앞에서 파괴당하고 만다. '오장군'이 갈등의 주체가 되어 갈등 대상과 대립하는 것은 아니지만 관객은 '오장군'의 입장에서 대신 갈등 대상과 심리적 거리를 유지하면서 관극하게 된다. 이러한 점은 개인에 가하는 세계의 폭력상을 효과적으로 제시하기 위한 극적 전략이라고 할 수 있다.

3) 내면적 갈등

(복도 입구를 다가서면서) 기회는 지금이다. 마침 지금 기도를 드리고 있구나. 자, 해치우자. (칼을 빼 든다) 그러면 저자는 천당으로 가고, 나는 원수를 갚게 되지. 가만있자. 이건 생각해 볼 문제로구나. 악한이 내 아버지를 죽였는데 그 보답으로 외아들인 내가 그 악한을 천당에 보내 …… 이건 도리어 사례를 받아야 할 일이 아닌가. 복수는커녕 저자의 손에 걸려 아버지는 현세의 온갖 욕망을 짊어진 채 죄업이 5월의 꽃과 같이 한창인 때 느닷없이 살해당하지 않았는가. 그러니 저승에서 어떠한 심판을 받았는지 하느님 외에 누가 알랴? 하지만 아무리 생각해 봐도 중벌을 면치는 못하렷다. 그런데 과연 이것이 복수가 되겠는가. 저 자가 영혼을 깨끗하게 씻어, 지금 천당의 길로 떠나기 꼭 알맞은 이때 죽이는 것이? 천만에 (칼을 다시 칼집에다 넣는다)

내면적 갈등을 제시할 때 으레 인용되는 셰익스피어의 〈햄릿〉에 나오는 독백 장면이다. 아버지를 죽인 숙부 클로디어스가 기도하는 중에 햄릿은 칼을 뽑아 아버지의 죽음을 복수하고자 한다. 그러나 햄릿은 고민에 빠진다. 기도하다가 죽으면 영혼이 신과 교통하는 중이기 때문에 천당에 갈 게 아니냐는 것이다. 이러한 심리적 동요는 햄릿이 복수의 칼을 다시 칼집에 꽂음으로써 복수가 지연되고 결국 비극적 파멸을 맞게 되는 계기가 된다.

사람은 누구나 번민한다. 어떤 상황을 맞닥뜨렸을 때 순발력 있게 대처하는 사람도 있지만 대개는 이럴까 저럴까 고민에 빠지게 된다. 정신의학적으로는 두 자아의 분리, 다시 말하면 현실원리와 쾌락원리의 지배를 받는 에고와 이드의 두 자아가 일으키는 혼돈이다. 현대 연극은 이와 같이 개인의 자아 분열을 다루는 작품이 많다. 이강백의 〈느낌, 극락같은〉이나 이만희의 〈불 좀 꺼주세요〉는 분열된 자아를 각기 하나의 독립적인 인물로 설정해 인간 내부에 도사리고 있는 미묘한 세계를 묘사하고 있다. 가령, 〈느낌, 극락같은〉 작품에서 형식의 중요성을 강조하는 동연과, 내용의 중요성을 강조하는 서연은 각기 별개의 존재가 아니라, 가시적인 것을 추구하려는 현상적 자아와 본질적인 것에 더 가치를 두는 본래적 자아의 형상화라고 할 수 있다. 그러기 때문에 함이정이 현실적으로는 동연의 아내이지만 '느낌'으로는 서연이 쪽에 더 가깝게 가 있을 수 있다. 현실원리에 의해 억압된 본래적인 자아에 대한 그리움이 함이정의 서연에 대한 우호적인 태도로 형상화된 셈이다.

현대에 이르러 희곡의 인물은 이와 같이 분열된 자아를 다루면서 자기정체성을 찾으려는 경향이 두드러지게 나타난다. 문명이 발달할수록 자연과 멀어져만 가는 현대. 그 속에서 사는 현대인들이 잃어버린 본래의 자아를 찾아나서는 일은 어찌 보면 지극히 당연한 일일 것이다. 두 개로 나누어진 자아가 벌이는 연극적 액션은 바로 햄릿처럼, 내면의 갈등으로 형상화된다. 자, 지금 구상하고 있는 인물의 내면에서 폭발하는 갈등이 무엇인가. 그리고 갈등의 결과는 어떻게 마무리되어야 하는가. 이러한 점은 인물을 구상하는 데 있어서 필수적으로 챙겨야 할 항목들이다.

3. 글의 설계, 플롯

글쓰기는 크게 두 가지로 요약된다. 하나는 질(質)의 문제요, 다른 하나는 형(形)의 문제다. 질은 내용 즉 무엇을 쓸 것인가에 해당하고, 형은 작품의 형태 즉 구조와 관련된다. 그러므로 내용 못지않게 구조 또한 중요하다. 그런데도 우리는 글쓰기의 소재(내용)를 구하는 일에는 열렬한 관심을 보이지만, 이를 어떻게 구조화할 것인가에 대해서는 별반 고민하지 않는 경향이 있다. 물론 소재도 중요하다. 그러나 소재를 구조화하는 일도 중요하다. 아니 작품은 소재 자체에 있는 게 아니라 이를 구조화함으로써 가능하기 때문에 형식의 문제에 깊은 인식이 있어야 한다. 그럼에도 불구하고 흔히 내용에만 편벽된 애정을 쏟아 붓고 있다. 이건 잘못된 창작태도이다. 태극이 음양으로 구성되듯, 하나의 작품도 내용과 형식의 결합으로 이루어진다. 그리고 방금 말한 대로 내용보다는 제시하는 형식이 오히려 더 작품성을 결정한다. 이 점을 유념하기로 하자.

그렇다면 희곡에서 구조란 무엇인가. 단순한 의미에서 본다면, 희곡의 구조는 행동 즉 이야기를 얽어 짜는 것을 말한다. 이야기를 얽어 짠다는 건 단순히 시간의 경과에서 발생하는 내용을 나열하지 않고 작가의 의도에 따라 내용을 새롭게 조합한다는 뜻이다. 여기서 우리는 으레 인용되고 있는 E. M 포스터의 스토리와 플롯의 차이를 새삼 환기할 필요가 있다. 포스터에 따르면, 스토리는 순차적인 사건의 나열이다. 가령, '왕이 죽었다.' '왕비가 죽었다'와 같이 두 사건 사이에는 아무런 관련이 없이 독립적이고 개별적인 사건들을 그저 나열했을 뿐이다. 이는 스토리다. 그런데, '왕이 죽었다 그 슬픔 때문에 왕비가 죽었다'고 했다면 개별적이고 독립적인 각각의 사건은 상호 연관성을 갖게 되면서 의미맥락이 형성된다. 이것이 플롯이다. 말하자면 플롯은 사건의 의미 있는 배열이요 작품의 통일성을 부여하는 기본적인 틀이면서 동시에 이야기의 구체적인 전개 방식이다. 앞의 왕과 왕비의 경우처럼, 앞뒤 사건을 원인과 결과의 관계로 연결하거나, 과거와 현재를 섞어 배열하는 등 전체적으로 작가의 주도면밀한 계획과 의도에 의해 짜여지는 구조가 곧 플롯이다. 이런 점에서 플롯은 소재의 단순한 형식적인 처리가 아니다.

어부가 다양한 그물을 가지고 있는 것은 다양한 물고기를 잡기 위해서다. 물고기의 크기나 생리에 따라 그물의 모양도 달라져야 한다. 하나의 그물은 하나의 물고기 종류밖에 잡을 수가 없다. 작가도 마찬가지다. 소재에 따라, 작가의 의도에 따라 작가는 다양한 그물을 만들 줄 알아야 한다. 용도에 따른 도구 확보, 여기에 어부의 생존이 걸려 있는 것처럼 작가의 경우도 마찬가지다. 그물은 플롯이다. 어부의 삶이 얼마나 다양한 그물을 확보했느냐에 달려 있는 것처럼, 얼마나 다양한 플롯을 만들어낼 수 있느냐에 작가의 생존이 달려 있다. 내용을 어떤 방식으로 제시하느냐는 물고기를 어떤 방식으로 건져 올리느냐는 것과 비슷한 상황이기 때문이다.

플롯의 중요성은 일찍이 아리스토텔레스의 『시학』에서도 강조되어 왔다. 그는 당시 희랍의 비극 공연을 보고 나서 비극의 일반적 원리를 체계적으로 제시하였다. 그에 따르면, 비극을 이루는 요소를 여섯 가지로 나눈다. 플롯, 인물, 사상, 언어, 장면, 노래. 이 가운데 플롯이 제일 중요하다고 꼽았다. 앞에 나열한 순서가 비극작품을 이루는 우선순위다. 비극이 비극성을 갖는 건 작품이 비극적 구조를 지녔기 때문에 가능한데 그것이 곧 비극적 플롯이다. 다시 말해, 아리스토텔레스적 구조는 월등한 인간이 하마르티아(hamartia, 도덕적 결함)을 가져 그것을 인지하고 발견하면서 운명이 역전되는 구조다.

월등한 인물(비극적 인물) → 하마르티아 → 인지와 후회 → 운명의 역전

이것이 아리스토텔레스가 말하는 비극의 플롯이다. 여기서 비극 플롯의 가장 핵심이 반전(peripetia)과 인지(agnorisis)에 있다. 비극이 비극성을 갖는 것은 인물의 결점을 지녀야 하고, 그것을 깨달으면서 삶의 전환이 이루

어지는 구조이기 때문이다. 그럼 여기서 희랍의 대표적인 비극작품인 소포클레스의 〈오이디푸스왕〉을 통해서 비극적 구조의 사례를 검토해 보기로 하자.

① 라이오스 왕과 요카스터 왕비의 아들 오이디푸스가 태어난다.
② 아들의 손에 죽는다는 신탁으로 오이디푸스를 산에서 죽게 버린다.
③ 오이디푸스, 코린토스 왕의 신하에 의해 구출된다.
④ 코린토스 왕과 왕비가 오이디푸스를 아들로 삼는다.
⑤ 오이디푸스는 아버지를 죽이고 어머니와 결혼한다는 신탁의 경고를 받는다.
⑥ 오이디푸스가 코린토스를 탈출한다.
⑦ 삼거리에서 오이디푸스는 아버지 라이오스를 죽인다.
⑧ 오이디푸스는 테베 왕이 되고 요카스터(어머니)와 결혼한다.
⑨ 오이디푸스의 테베 왕국에 재앙이 내린다.

－막이 오른다－

⑩ 신탁은 라이오스 왕의 살인을 재앙의 원인으로 지목한다.
⑪ 오이디푸스왕은 살인자를 찾으라고 명령한다.
⑫ 오이디푸스는 자신이 범인임을 알게 된다.
⑬ 오이디푸스는 자신의 눈을 찌르고 스스로 테베에서 추방된다.

〈오이디푸스왕〉은 13개의 화소(話素, 이야기 단위)를 가졌다. 그러나 작가는 이 전체 이야기를 전부 무대 위에 제시하는 게 아니다. ⑩에서 ⑬까지가 연극 내용이고 그 앞은 모두 연극 내용이 있기까지의 과거 이야기다. 아들이 아버지를 죽이고 어머니를 취하는, 기막힌 이야기를 웬만한 사람이라면 흥분해서 내용 전체를 무대 위에다 보여주려고 할 것이다. 하지만 소포클레스는 그렇지 않았다. 앞부분(①에서 ⑨)을 무대가 개막되기 전의 이야기인 전사(前事)로 은폐시키고 이를 공연되는 과정에서 배우들의 대화로 처리하고 있다. 이는 연극을 전제로 한다는 희곡의 운명을 알았기 때문이다. 제한된 시간과 공간에서 연극은 공연되기 때문에 시간과 공간설정에서 철저히 경제성의 원리에 입각해야 한다. 그러기 위해서는 가장 극적인 상황만 남기고 나머지는 압축하거나 생략한다. 대신 필요한 부분에서 필요한 인물에 의해 필요한 시기에 압축된 전사의 파일을 풀어내는 것이다. 이것이 희곡/연극의 구조상의 비밀이다. 하나의 특별한 이야깃거리를 전부 다 풀어내는 것이 아니라 압축과 생략을 통해 구조화하는 것이다.

아리스토텔레스의 비극 구조의 비밀은 바로 ⑬에 있다. 자신이 왕국을 재앙으로 몰아넣은 범인이라는 것, 자신이 아버지를 죽이고 어머니를 취한 패륜아라는 사실을 인지하는 바로 이 장면이 비극성을 드러낸다. 스스로 눈을 멀게 하는 행위, 이것은 눈 뜨고는 차마 부끄러워 자신과 세상을 볼 수 없다는 통탄의 행동이다. 육신은 비록 눈을 떴을지라도 마음의 눈(심안)은 껌껌하게 멀어버렸다는 자의식의 통렬한 반성이 자해를 해 눈멂을 선택한 것이다. 그 결과 오이디푸스왕은 왕좌에서 스스로 물러나고 왕국을 떠나 떠돌이로 역전되었다. 이처럼 비극 구조는 인물의 결정적인 결함을 어느 시점에서 알아차리면서 삶의 운명이 전환되는 데 있다. 결국 구조는 그 안에 구조적인 비밀이 있고 그것이 드러나면서 작품의 의미를 구현한다고 볼 수 있다.

플롯은 희곡을 이루는 밑그림이다. 밑그림에 의해 색채가 입혀져 한 폭의 회화가 완성되듯, 작가가 그린 밑그림 위에 구체적인 일들이 보태지면서 한 편의 작품이 만들어진다. 밑그림이 부실하면 좋은 작품이 나올 리 만무하다. 그런데도 희곡을 쓸 때 플롯을 경시하거나 아예 플롯을 작성하지 않는다면 좋은 작품은 결코 태어날 수 없다. 다시 강조하거니와, 플롯은 작품의 청사진이자 설계도이다. 청사진은 작품 전체와 세부적인 부분을 구체적으로 구조화한 그림이다. 그러기 때문에 구조화하는 사람의 의지와 의도가 반영될 수밖에 없다.

희곡의 플롯은 인물, 환경, 사건 사이의 논리적인 관계, 구조화된 행동, 규칙으로써의 연극을 반영한다. 이를 위해 소재의 진행 구도를 짜고, 이야기 전개의 흐름에 대한 전체적인 기획이 작가의 글쓰기 전략에 의해 이루어진다. 건축에서 도면 그리기와 마찬가지로 글을 쓸 때 플롯을 설계하는 것은 집필의 출발로써 매우 중요한 과정이다. 플롯은 결코 우연에 의해서 발생하지 않는다는 사실을 명심하자.

1) 플롯의 유형

희곡은 인간의 존재와 삶의 방식을 다룬다. 따라서 희곡의 플롯을 상정할 때 인간과 삶의 방식을 통찰해야 한다는 사실은 이미 강조한 바 있다. 세상에 널리 알려진 유명한 극작가들의 작품을 통해 희곡의 플롯을 유형화하는 귀납적 방법으로 플롯을 터득하는 것도 유용하겠지만 그것보다 먼저 희곡에서 가능한 플롯은 어떤 것들이 있는지 플롯이라고 하는 단어에 내재된 근본원리는 어디에서 기인하는지 등을 따져 보는 일은 플롯을 플롯답게 짜는 매우 실다운 자세라 할 수 있다.

세상에는 다양한 사람들이 존재하지만 삶의 방식은 크게 차이를 보이지 않는다. 어느 생리학자가 말했듯, 사람은 나서 낳고 죽는다. 이 간단한 명제가 그렇지만 그렇게 호락호락하지가 않다. 출생의 비밀, 성장의 고통, 만나고 사랑하고 2세를 생산하고 양육하는 과정에서 불거지는 허다한 문제점들, 늙음과 병고의 문제, 그리고 죽음을 맞이해야 한다는 숙명적인 사실 등은 우리에게 환희보다는 오히려 심리적 압박으로 온다. 그래서 존 듀이는 말한다. 인생은 문제해결의 과정이라고.

희곡에서 플롯의 가장 기본적인 유형은 존 듀이가 말하는 문제해결의 과정이라는 데서 형성되었다. 파멜은 이를 2막 플롯이라고 하였다. 즉 문제제시, 문제해결. 이 두 틀이 결합된 게 2막의 플롯 유형이다. 주인공이 어떤 문제를 봉착하고 어려움을 겪어가면서 이를 풀어가기 위해 안간힘을 쓰는 줄거리를 보이는 작품은 모두 이 플롯 유형이라고 할 수 있다. 2막 플롯의 극은 전후반부로 나누어 전반부는 인물이 처한 문제 상황을 보여주고, 후반부에서는 인물이 처한 문제 상황을 어떻게 해결해 가는가를 제시한다. 가령,

시몬느 드 보봐르의 〈위기의 여자〉라는 희곡은 2막 플롯으로 짜여져 있다고 할 수 있다. 주인공 모니크는 다른 가정에 비해 부유하고 여유 있게 생활하는 평범한 중년 여인이다. 그런데 남편의 수상한 일들이 발견된다. 그리곤 어느 날 남편은 아내에게 사랑하는 사람이 생겼다고 고백한다. 남편의 난데없는 바람기, 이것이 주인공 모니크가 봉착한 문제 상황이다. 그래서 모니크는 위기의 여자가 되어버렸다. 이 순간이 극의 폭발점이다. 이를 계기로 해서 극은 후반부로 넘어간다. 친구와 의논을 해보기도 하고, 멀리 외국으로 유학을 간 딸에게 이 사실을 말해보기도 한다. 술도 마셔보고, 음악도 들어본다. 문제를 해결하기 위해 모니크는 별의별 할 수 있는 것을 다 시도해보지만 모두 허사다. 그래서 결국은 짐을 싸고 집을 나선다. 그간 결혼생활에 묻혀 잃어버렸던 자아를 찾아나서는 것이다. 남편의 폭탄적인 선언 이후 방황하는 모니크. 그녀는 눈앞에 부닥친 문제현실을 어떻게 감당해 나가야 할 것인가 고민한다. 파멜식으로 말하면, 문제해결을 모색하는 과정이다. 이와 같이 2막의 플롯은 문제 상황 발생과 해결 과정으로 구축된다. 길고 복잡하게 얽힌 듯하지만 구조적인 측면에서 보면 이 작품은 매우 단순한 플롯 유형이라고 할 수 있다.

한편, 3막 플롯은 이를 좀더 구체적으로 밀고 나간 유형이다. 작품 전체는 제시부(exposition), 분규부(confliction), 해결부(solution)로 구성된다. 존 듀이가 말한 대로 인생이 문제해결의 과정이라고 볼 때, 이 유형의 희곡은 문제제시, 문제 토론 혹은 문제 모색 그리고 문제해결의 구도로 짜여진 구조를 보인다. 제시와 해결부 사이에 위치한 분규부는 〈위기의 여자〉에서 보면 남편의 고백에 해당된다. 이는 잔잔한 일상에 던지는 파문이며 충격이다. '공격개시점'(attack point) 혹은 외부로부터 가해지는 '자극적인 힘'(inciting force)이라고도 할 수 있다. 이때부터 가정의 일상적 질서는 깨지고 인물의 내면은 혼란스럽게 된다. 분규라는 말은 갈등(conflict)이라는 의미를 지니고 있다. 분규부(confliction)는 갈등이 발생하면서 서서히 상승하는 시점부터 시작된다. 그러다가 해결부에 이르러 발생된 문제, 불거진 갈등이 해소된다. 물론 해결부에서 모든 문제가 완전하게 정리되는 것만은 아니다. 즉 해결부는 해결이든, 미해결이든 어떠한 가시적인 결론에 도달한다는 의미이지 반드시 엉킨 문제가 오뉴월 눈 녹듯 모두 풀어진다는 의미는 아니다.

다음으로 4막 플롯 유형이 있다. 이는 가장 보편적으로 사용되는 유형이다. 4라는 숫자가 음성적 영향으로 '죽음'을 연상케 해 꺼려하기도 하지만, 4는 우주의 신비가 깃들어 있는 마법의 숫자인지도 모른다. 가령, 인생을 유년기, 청년기, 장년기, 노년기의 네 단계로 나눈다. 생로병사도 마찬가지다. 이로 보면, 인생의 단계를 나누는 4의 의미를 생각해볼 필요가 있다. 어디 그뿐인가. 계절의 춘하추동, 하루의 아침, 점심, 저녁, 밤, 우주의 지수화풍(地水火風), 식물의 근묘화실(根苗花實), 생장소멸, 원형이정 등이 모두 4로 이루어져 있다. 우연의 일치라고 하기엔 신비스럽기까지 하다. 우주와 자연이 어떠한 원리적 바탕 위에서 질서화되어 영속된다면, 인간에 의해 창조되는 모든 것은 이 흐름 위에서 기초해야 한다. '시가 자연의 모방'이라고 할 때 여러 의미가 포함되어 있지만 우주와 자연의 불가해한 신비를 미메시스한다는 의미도 있을 수 있다. 가장 일반화된 희곡의 플롯 유형이 4단계 플롯인 것은 앞서 말한 내용과 결코 무관하지 않을 것 같다. 자연과 우주를 닮은 질서가 가장 받아들이기에 편하기 때문이 아닐지 모른다.

4단계 플롯은 도입부, 전개부, 절정부, 종결부로 나뉜다. 도입부는 무대 개막 이전의 일들(전사), 인물들의 정체, 현재 상황 등의 정보를 제공하면서 중심적인 극 행동에 대한 동기를 부여하는 단계이다. 전개부는 3막 플롯의 분규부에 해당되는 부분으로 사건이 복잡하게 얽히고 도입부에서 제시된 상황에 새로운 요소가 개입되면서 상황을 더욱 복잡하게 만드는 과정이다. 갈등과 긴장은 점점 강화되고 인물은 고통받는다. 그러다가 어떤 전환적인 계기가 조성되면서 복잡하게 얽혔던 상황들은 하나씩 풀리게 되고 질서로 이행되는 단계가 종결부이다.

5막 플롯은 4단계 플롯을 좀더 확장한 유형이다. 발단, 상승, 정점, 하강, 파국부로 이루어지는데, 구스타프 프라이탁은 5단계의 이 유형이 합목적적인 것이라고 하였다. 이 유형은 정점(클라이맥스)을 중심으로 갈등의 상승과 하강이 뚜렷한 구조이다. 볼프강 카이저에 따르면, 이 유형은 주로 영국, 프랑스, 독일의 희곡이 압도적인 데 반해, 3막 유형은 스페인, 포르투갈 희곡에서 우세하게 나타난다고 언급한 바 있다. 아래 그림은 5막 플롯의 도형이다.

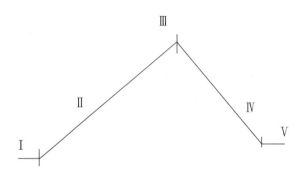

지금까지 플롯의 여러 유형을 살펴보았다. 희곡에서 플롯은 정점을 중심으로 갈등이 상승하면서 상황의 복잡화가 이루어지다가 정점을 지나면서 모든 상황이 하강 국면에 접어드는 양상을 보인다. 결국 갈등에 초점을 맞추면 갈등의 엉킴과 풀림의 과정이 곧 플롯의 라인이라고 할 수 있다.

플롯 라인과 관련하여 아리스토텔레스는 처음, 중간, 끝의 구조가 완결된 형태라고 언급한 바 있다. 전체 작품에서 처음 상황은 있게 마련이고 이것이 발전된(필연적 계기에 의해) 게 중간부라면 끝은 모든 상황이 종결되는 부분을 일컫는다. 아리스토텔레스의 3단계 구분은 주인공이 고통, 발견, 반전의 스토리 라인으로 변화되는 것에 주목한 것이다. 물론 이는 희랍 비극의 경우에 해당하지만 현대극에서도 처음, 중간, 끝의 구조는 여전히 유효하다. 어떤 극이든 시작이 있고 시작 이후의 중간과정을 거쳐 마무리로 끝나기 마련이다. 각각의 단계는 질서, 무질서, 질서 회복으로 이동되거나, 처음 부분에서는 가능성(possibility)의 세계를 끌어내고, 중간 부분에서 개연성(probability) 있는 논리로 진행되다가, 끝에 가서는 필연적(necessary) 귀결로 매듭짓는 방식은 오늘날 희곡에서도 많이 발견되기 때문이다. 아리스토텔레스가 말하는 희곡의 구조는 사건 진행이 직선적(linear)인 피라미드 형태를 띤다. 주인공이 목적을 추구하기 위해 열정을 보이다가 어떤 계기로 미처 몰랐던 사실을 인식하면서 운명이 전환되는 구조는 결국 상승선과 하강선을 뚜렷이 그려낼 수 있기 때문이다. 이러한 피라미드 구조는 논리적 필연성에 따라 사건이 전개되기 때문에 인과적 플롯이라고도 한다.

2) 처음·중간·끝

플롯을 작성할 때는 어떠한 성격의 작품이든 처음과 중간과 끝을 지녀야 한다. 왜냐하면 희곡의 인물은 하나의 목적을 향해 나아가거나 적어도 지향하기 마련이다. 그러므로 구조적인 흐름은 목적을 갖게 된 동기, 동기를 발판 삼아 전진하는 과정 그리고 그 결과에 대한 모습이 나와야 하기 때문이다. 그러면 각 단계별로 어떤 내용들이 채워져야 하는지 이에 대해 알아보기로 하겠다.

처음은 작품을 시작하는 부분이다. 처음을 어떻게 시작할 것인가라는 문제는 머리를 싸매고 연구해야 할 부분이다. 작품의 형식과 내용을 가늠하는 최초의 관문이며 관객이나 독자의 궁금증을 풀기 위해 어느 부분보다도 정신의 집중이 이루어지는 곳이기 때문이다. 가령, 할리우드 영화의 처음 부분은 관객을 충격으로 몰아넣으면서 시작한다. 영화 시작 10분 이내에 사람이 죽거나 건물이 폭파되는 상황이 발생해 걷잡을 수 없는 혼란으로 빠져들게 된다. 그리고 나서 왜 그런 상황이 발생했는지 동기나 상황배경을 풀어간다. 할리우드 영화처럼 처음부터 반드시 자극적 힘이 가해질 필요는 없겠으나 여하튼 처음은 관객이 주목하도록 짜야 한다.

플롯의 유형을 스무 가지로 분류한 바 있는 로널드 B. 토비야스는 플롯은 수수께끼여야 한다고 말한다. 작가는 암시를 주고 관객이나 독자는 시간의 경과에 따라 답을 찾도록 고안해야 한다는 것이다. 이때 암시는 처음 부분에 대부분 들어 있다. 작품이 끝날 때 내용에 대한 암시가 나올 수는 없기 때문이다. 물론 결말 부분에서 작품 이후의 상황을 어느 정도 암시하는 희곡도 있고, 처음 상황을 환기시키도록 고안한 작품들도 허다하다. 그러나 작품 전체에 흐르는 중심 행동을 암시하는 대목은 처음 부분이다.

이 부분은 대체적으로 시간적, 공간적 배경과 등장인물, 무대 상황, 분위기 등의 정보가 제공되고 주제가 암시된다. 아울러 핵심적인 행동에 대한 동기부여가 있어야 한다. 왜냐하면 희곡은 결국 주인공(protagonist)과 적대자(antagonist)의 대립 양상을 다루기 때문이다. 다시 강조하거니와, 극 전반의 흐름에 대한 분위기와 중심사건에 대한 암시가 처음 부분을 차지한다. 처음 부분은 시간적으로 딱 잘라서 일률적으로 말할 순 없다. 이는 작품의 내적 논리에 의한 분할이지 분량이나 시간이 기준이 되지 않기 때문이다. 전체 내용을 3이라고 한다면, 내적 논리에 따라 앞부분, 중간 부분, 끝 부분으로 나누어 분절하기 때문에 처음은 행동의 어느 단계까지라고 말할 수밖에 없다. 극 사건의 리듬에 심각한 변화가 발생하는 지점이 분절 단위의 이동, 즉 처음이 중간으로, 중간이 끝으로 변화된다고 생각하면 된다. 이는 앞에서 언급한 바를 상기하면 어렵지 않을 것이다. 즉 처음, 중간, 끝이 질서, 무질서, 질서의 회복이라는 스토리 라인으로 설명될 수 있으며, 가능성의 세계(이야기), 개연성 있는 전개(그럴 듯한 사건의 전개), 필연적인 귀결이라는 논리로 각각의 단계를 분할하면 된다. 처음 부분은 호기심을 강렬하게 자극해야 하고, 인물들을 규정하며 주인공의 목표(욕망)가 무엇인지를 분명히 드러내야 한다는 점에서는 이의가 없다.

그러면 이해를 돕기 위해 성공적인 리얼리즘 희곡이라고 평가받아온 차범석의 〈산불〉을 예로 들어 작품의 구조를 살펴보기로 하자.

이 작품은 6.25전쟁을 배경으로 하고 있다. 그러기 때문에 자연스럽게 이데올로기의 문제, 전쟁으로 파괴된 삶의 문제 등이 작품에 드리워진 주제 의식이다. 소백산맥 자락에 위치한 외진 마을에는 '사내다운 사내가 한 사람'도 있지 않은 상황에서 과부들은 생존의 위협을 느끼는 가운데 성적 본능을 해결할 대상이 없어 괴로워한다.

> 쌀례네: (힐쭉거리며) 별 수 있어? 그대로 사는 게지 …… 안 그래? (하며
> 뜻있는 듯이 웃는다)
> 점　례: 뭐가?
> 쌀례네: 글쎄 사월이가 저렇게 맥이 없이 앉아있는 게 보기가 딱해서 하는
> 말이지 ……
> 점　례: 앓고 난 사람이 그럼 맥이 있을라구?
> 쌀례네: 앓긴! 흠 …… (의미 있는 미소로) 새파란 과부의 병이란 속 아는
> 병이니 무서울 건 없대두! 호호 ……

　이 작품은 5막으로 구성되었다. 그러니까 막의 개념으로 보면 5단계 플롯 유형의 작품이라고 할 수 있다. 하지만 중요한 극 사건의 변화에 따른 흐름을 처음, 중간, 끝의 3단계로 명백히 나눌 수 있기 때문에 이 논리에 입각해 단계별 특징을 살피는 것도 무방하다.

　위의 인용문에서 알 수 있듯이 과부의 속병으로 안타까워하는 내용이 '처음'의 중요한 극 사건으로 제시된다. 그러나 작가는 1막부터 이 장면을 내세우지 않는다. 양씨와 최씨가 대립하는 이유, 산에서 내려온 공비들에게 고통받는 마을사람들의 표정, 양씨 딸 귀덕이가 공습으로 정신을 잃게 되었다는 사실, 사월이가 자기 아이에게 신경질을 부리는 장면 등 작품의 전체적인 분위기와 인물 사이의 관계, 인물이 처한 환경과 이에 대한 인물의 심리가 1막의 내용을 이루면서 작품 전체의 분위기와 앞으로의 흐름을 암시한다. 따라서 1막은 일상적 삶을 보여주는 장면만 제시할 뿐 아직은 이렇다 할 극적 행동이 나오지 않고 있다.

　인물에 대한 정보, 작품 분위기와 상황은 2막으로까지 연결되지만 보다 구체적 상황으로 진전한다. 점례의 방에 모인 아낙들이 과부의 심정을 한탄하는 가운데 사월이가 이대로는 못살 것 같다는 말을 함으로써 장차 어떤 일이 발생할 것인가 예감케 하기 때문이다. 끝순이는 점례를 찾아와 도회지에 나

가 살자고 종용을 하고 결정을 내리지 못하는 점례는 갈등한다. 자신의 처지에 대한 비관적 인식과 다른 세상에 대한 동경 사이에서 오는 점례의 갈등은 이어지는 장면에서 큰 전환을 맞게 된다. 이것이 2막 끝 무렵인데 바로 규복의 등장이다. 따라서 규복의 등장은 작품의 리듬을 변화시키는 결정적인 동기가 된다. 말할 필요도 없이 새 인물의 출현은 지금까지의 극 리듬에 변화를 주고 앞으로의 극 사건의 방향을 제시한다. 일상적 삶의 질서가 파괴되고 본격적인 극 행동으로 이동되는 '공격개시점'이며, '자극적인 힘'이 가해지는 순간이다. 이러한 충격 포인트로 말미암아 '이대로는 못살겠다는' 사월의 삶에 변화가 오고, 그 변화로 인해 마을은 새로운 국면으로 접어든다. 한편, 점례 역시 현실에 대한 비관적 인식을 가지고 있는 터라 점례의 삶에도 변화가 이루어질 수밖에 없다. 점례는 느닷없이 나타난 규복을 대밭에 숨겨준다. 아울러 마을은 비상소집용 깡통소리를 울리며 불안한 상황에 빠져 들게 된다. 2막 끝 규복의 난데없는 출현까지가 작품 전체에서 '처음'에 해당된다. 그러니까 5막 가운데 2막까지를 처음 부분이라고 할 수 있다.

'중간'은 처음의 상황을 상승적으로 발전하는 단계를 말한다. 암시되었던 처음 부분의 내용들이 구체화되고, 인물들 간의 갈등은 점점 심화되면서 걷잡을 수 없는 국면으로 발전한다. 주인공의 욕망이 본격적으로 나타나며 욕망을 추구하기 위해 주인공은 열정을 다한다. 그러는 가운데 적대자의 반대 논리에 부딪쳐 주인공은 심각한 고민에 빠져 들고 상황은 갈수록 흥미와 서스펜스를 준다. 중심 주제와 행동의 중심 목표가 확실하게 나타나고 중심 서스펜스에 곁가지를 친 보조적인 서스펜스가 형성되어 긴장을 배가시킨다.

아리스토텔레스의 구조로 말한다면, 중간 부분은 처음의 필연적 결과이다. 그리고 이 또한 끝의 필연적인 선행사건이다. 처음과 중간과 끝이 하나의 논리적인 끈으로 연결되는 이러한 구조를 아리스토텔레스식 구조라 한다. 그 특징은 인과율(causality)에 의해 짜여진 것이라 할 수 있겠는데 하나의 단순한 이야기의 전개배열을 원인에 대한 필연적인 결과로 연결짓는 방식을 보인다. 그러나 20c에 들어와서 이러한 아리스토텔레스식 구조는 저

항에 부딪치게 된다. 논리적인 연결을 거부하는 비아리스토텔레스식 구조가 등장했기 때문이다. 어찌 되었든, 극 흐름의 논리적인 질서를 보이는 플롯은 리얼리즘 희곡처럼 객관세계를 재현하는 희곡에서 자주 활용된다.

다시 〈산불〉의 중간 부분을 보기로 하자. 2막 끝에서 규복의 등장은 일상적 삶이 정지되고 새로운 상황과 국면으로 전환되는 중요한 동기가 된다고 했다. 그러기 때문에 이 지점에서 처음은 종결되고 중간 부분으로 이동된다. 3막과 4막이 중간 부분에 해당되는데 이 단계에서는 처음 부분에서 암시적으로 제시된 내용들이 구체성을 띠며, 규복의 출현이라는 처음과 중간의 매개적인 사건이 보다 복잡하게 얽히고 꼬이면서 긴장과 흥미를 끌어간다. 중간 부분은 양적으로 처음이나 끝에 비해 유달리 많은 게 특징이다. 여러 상황을 복잡화하는 단계이기 때문이다. 〈산불〉역시 마찬가지다. 1막과 2막은 단막으로 사건이 진행되는데 비해, 중간 부분인 3막은 3장으로 구성되어 있다. 그리고 4막으로 이어지면서 5막의 끝으로 상황이 치닫는다. 외연적으로 사건이 확장되는 중간 부분은 다양한 극적 상황이 설정되고, 이들이 보다 복잡하게 꼬이고 얽히는 단계이다. 이때 설정된 상황이 복잡화가 이루어지도록 흥미와 서스펜스를 고안하는데 이는 종국에 가서 끝에 대한 기대감을 높이기 위한 전략이다. 그럼 〈산불〉의 중간 부분의 스토리 라인을 따라가 보기로 하자.

(3막 1장)
- 점례의 시어머니 양씨는 대목장을 보기 위해 나간다.
- 딸 귀덕이는 양씨를 따라가려고 보채나 양씨가 거부한다. 점례의 도움으로 귀덕이는 양씨를 따라 대목장에 나선다. 그러나 대목장에 가지고 나갈 달걀 2개가 없어진 걸 알고 양씨는 귀덕이를 혼낸다. 달걀은 점례가 규복에게 주기 위해 몰래 빼놓았다.
- 도붓장수가 점례집에 찾아와 바깥세상의 돌아가는 이야기를 한다. 도민증이 있어야 기차를 탈 수 있다는 말에 점례는 걱정스런 표정을 짓는다.
- 숨어 있던 규복은 대밭에서 내려와 점례를 찾아온다.

(3막 2장)

- 장면은 규복의 은신처인 대밭. 점례와 규복은 서로 사랑을 나눈다.
- 규복은 점례에게 도망가자고 종용하고, 점례는 규복에게 자수를 권유한다.

(3막 3장)

- 사월은 최씨에게 타관에 나가 살겠다고 하자 최씨는 자식까지 있는 몸인데 그게 말이 되냐며 핀잔을 준다.
- 사월은 대밭에서 내려오는 점례에게 숨겨논 남자가 누구냐며 추궁한다.
- 점례는 모든 걸 말하고 사월은 비밀을 지킬 테니 규복을 하루에 한 번씩 번갈아가면서 도와주자며 점례에게 비밀 약속을 한다.

(4막)

- 사월이 임신한 사실을 모른 양씨는 사월이가 헛구역질만 하는 병에 걸렸다고 아낙들에게 말한다.
- 아낙들은 낯선 사내가 마을에 출몰한다는 목격담을 말한다.
- 점례는 사월에게 규복이랑 셋이서 도망가자며 불안해 한다.
- 규복이 점례의 집에 나타나 자신은 소나 돼지처럼 길러지면서 암컷과 잠이나 자는 무력한 존재라며 자수하겠다고 말한다.
- 국군의 공비 소탕 작전이 시작된다.

이상이 중간 부분까지의 이야기 줄거리다. 3막과 4막은 규복의 출현으로 인해 발생되는 여러 상황들이 복잡하게 꼬이는 과정을 보여준다. 처음의 끝부분에서 점화되었던 불씨가 차차 번성해지면서 하나의 이야기 세계를 구축하고 있다. 점례의 욕망과 사월의 욕망이 상호 충돌하면서 희곡은 발전하기 시작한다. 아이가 없어 아이낳기를 소망하는 과부 점례에게는 아이가 생기지 않고, 아이가 딸려 자기 뜻대로 처신하지 못해 부담스러워하는 과부 사월은 규복의 아이를 임신하게 된다. 점례는 사월에게 규복을 양보할 듯하면서도 규복에게 향하는 사랑이 깊어 혼란을 겪는다. 아낙들은 사월의 임신과 마을에 출몰하는 정체불명의 사내에 대해 쑥덕거리며 상황을 긴박하게 몰아간다. 국군은 공비소탕 명목으로 산불을 놓으려 하자 점례는 마음을 졸인다.

인물간의 심리적 갈등, 주변인들에 의해 숨겨진 비밀이 서서히 노출되는 긴박함, 다가올 규복의 운명, 사월과 점례 가운데 규복과 결합할 가능성 있는 인물이 누구일까 등은 서스펜스를 유발하는 중요한 극적 장치들이다. 이러한 장치를 통해 갈등과 긴장은 고조되어 자연스럽게 결말에 대한 관심으로 연결된다.

이처럼 중간 부분은 처음 상황에서 발생한 충격을 이어가는 과정이다. 다시 말하면 소재를 처리해 나가는 과정이 이 단계라고 할 수 있다. 이 과정에서 작가의 의도가 드러나며, 작품의 독특한 세계가 구현된다. 그러니 중간 단계는 단순히 처음과 끝을 연결하는 교량적인 역할만 수행하지 않는다는 사실을 유념해야 한다. 결말을 향해 전진하는 극 사건, 결말로 수렴되는 모든 극 행동이 보다 조직적으로 구축되는 단계가 이 부분이기 때문에 작가가 아주 면밀하게 플롯을 설계하지 않으면 이야기가 중구난방이 될 수 있다. 요컨대, 중간 단계는 모든 극 행동을 개연성 있게 전개해 극적 설득력을 높이는 과정이라고 보면 된다.

마지막 단계는 '끝'이다. 끝은 더 이상 극적 상황이 이어지지 않는 종결이다. 끝 이후에는 없는 게 끝이며, 처음에서 제기된 문제점이나 암시된 내용이 어떤 형식으로든 정리되는 부분이다. 모든 선행사건들의 필연적 귀결이면서 극적 의미가 선명하게 드러나는 대목이기도 하다.

〈산불〉을 다시 보기로 하자. 국군의 공비소탕이 본격화되어 포탄과 기총소사 소리가 요란하게 울리면서 5막은 시작된다. 그러니까 이 작품에서 끝은 상황의 긴박함을 청각적으로 제시하면서 개시된다. 처음 부분처럼 양씨와 최씨가 세상이 뒤바뀜에 따라 서로에게 품은 의심을 드러내며 싸움을 하고, 최씨는 딸 사월이가 임신한 사실을 알고 그녀를 닦달한다. 국군이 점례네 대밭에 불을 지르려 하자 양씨와 점례가 각각의 입장에서 저지한다. 조상 대대로 지켜온 대밭을 태울 수 없다는 양씨, 반면에 규복이 숨어있다는 사실 때문에 점례는 불을 놓으려는 국군에게 저항한다. 이러한 이중적인 장

면은 극적 리얼리티를 더욱 높이는 장치로써 극적 설득력을 높이는데 기여
한다. 사회적 의미보다는 개인이 처한 구체적인 삶의 모습을 제시하고 있기
때문이다. 그리고 이러한 극적 장치는 주제의식도 반영되어 있다. 특히 점례
나 사월이를 초점에 둘 때, 작품의 의미를 이데올로기보다는 성적 본능을
강조하려는 작가의식을 엿볼 수 있기 때문이다.

지금까지 살펴본 바와 같이, 〈산불〉은 구조적으로 인과율에 입각한 플롯을
통해 극 내용을 사실주의 수법으로 표현하고 있다. 일상어나 사투리를 구사
한다든가, 주인공이 점례, 사월, 양씨, 최씨 등으로 분산된 이른바 다주인공
을 내세워 일상적 삶을 비교적 객관적으로 재현하고 있기 때문이다. 작가는
이 작품에서 여성의 성적 본능을 강력하게 제기하고 있는데 이는 세대교체에
따른 문제와 함께 차범석의 희곡세계에서 중요하게 다뤄지는 주제이다.

간단히 정리하면, 플롯은 설정된 행동들을 작가 의도에 맞게 짠 틀이다.
그리고 이 틀은 상황에 대한 행동과 그 반응으로 조직된다. 플롯을 처음,
중간, 끝으로 나누어 이를 대입하면, 처음-상황 발생, 중간-상황에 대한
행동과 반응들, 끝-모든 행동과 반응들의 결과로 설명할 수 있겠다. 중요
한 점은 행동과 반응 그 자체에 있는 게 아니라 이러한 것들을 어떠한 틀로
제시하고 있는가에 작품의미, 작가의식 그리고 주제가 나타난다는 사실이다.

3) 플롯의 3요소에 따른 희곡 유형

희곡은 하나의 이야기다. 그리고 플롯은 이야기를 얽어짠 하나의 집이다.
분명한 의도로 지어진 한 채의 집, 이것이 희곡이다. 희곡이 이야기를 소재
로 해서 지은 집이라면 이야기가 마땅히 가져야 할 요소 즉 집의 재료가 있
어야 한다. 그것이 플롯을 이루는 요소들이다. R. S. 크레인은 이 요소를 통
해 세 가지 플롯으로 분류한 바 있다. 첫째 행동 중심의 플롯, 둘째 성격 중
심의 플롯, 셋째 사상 중심의 플롯이다. 이 세 요소는 이야기를 이루는 기본
단위이기도 하다. 희곡에서 하나의 이야기가 의미를 지닌 채 진행되기 위해

서는 인물의 행동, 성격, 사상이 밑바탕이 되어야 한다. 이 점은 결국 희곡
이 인물의 장르임을 다시 확인시켜 준다. 인물이 없는 희곡, 인물답지 않은
인물이 들어 있는 희곡은 사실 실패한 희곡이다. 그만큼 희곡 창작에서 무
엇보다도 비중있게 다뤄야 할 요소가 인물이다. 행동으로 외형화된 심적 동
기와 배경으로써 성격과 사상이 정확하게 구축되지 않으면 인물의 행동은
신뢰할 수 없을 뿐 아니라 공허해진다. 작품을 쓸 때 인물의 어느 부분에
초점을 두고 비중있게 다룰 것인가에 따라 행동, 성격, 사상의 희곡으로 유
형화할 수 있겠는데 이 점에 대해 알아보기로 하자.

첫째, 행동 중심의 플롯이다. 이는 말 그대로 인물의 행동이 중심이 되어
극을 진행한다. 물론 행동의 저변에는 그러한 행동을 유발하는 인물의 성격
과 사상이 밑바탕에 깔려있음은 말할 나위 없다. 이 플롯은 주인공의 행동
이 점차 상승하다가 하강하는 굴절을 보인다. 행동의 상승과 하강이란 내면
의 강한 욕구가 작동되어 열정적으로 추구하다가 어떤 계기로 전환되어 열
정은 급속히 냉각되고 인물의 처지는 급변하는 것을 말한다. 도형으로 말하
면 행동의 상승선과 하강선은 두 선이 만나는 정점을 사이에 두고 삼각형
형태를 띤다. 행동의 상승과 하강은 성격이나 사상과 무관하지는 않다. 내면
적 동기가 없는 행동은 없기 때문이다. 행동 중심의 플롯은 주인공의 행동에
보다 비중을 두기 때문에 역동적인 사건 진행의 희곡에서 많이 쓰인다.

둘째, 성격 중심의 플롯이다. 이 유형은 행동변화에 따라 성격이 달라지
는 과정에 초점을 둔다. 행동 중심이 내부적인 성격이나 사상 등의 요인에
의해 외연적인 행동의 변화가 두드러지게 나타나는 유형이라면, 성격 중심
의 플롯은 그 반대로 외연적인 행동변화로 말미암아 내부적인 성격이 변모
하거나 발전하는 쪽에 중심축을 맞춘 플롯이라고 할 수 있다. 셰익스피어의
〈햄릿〉은 햄릿의 복수 지연의 행동으로 인해 우유부단한 성격이 드러나지
만, 복수를 지연함으로써 햄릿이 인간사에 대한 깊은 통찰을 하게 된다.
〈햄릿〉처럼 외연적 행동보다는 내면적 특성에 초점을 두고 전개하는 희곡이
이 유형에 해당된다. 따라서 성격 중심의 희곡은 등장인물의 심리적 추이를

면밀하게 정리해 두어야 집필할 때 편리하다.

마지막으로 사상 중심의 플롯이다. 인물의 사상에 비중을 두고 설계된 플롯 유형이다. 그렇다고 행동이나 성격이 전혀 나오지 않는 것은 아니다. 희곡이 인물의 행동을 근간에 두고 있다는 사실은 새삼 언급할 필요가 없다. 그리고 행동은 성격에서 기인한다는 점도 간과할 수 없다.

사상 중심의 플롯은 행동이나 성격과 견주었을 때 상대적으로 사상이 전면에 부각되어 행동과 성격적 변화를 끌어가거나, 형이상학적 뼈대라 할 수 있는 사상의 표출에 비중을 두는 희곡을 말한다. 버나드 쇼의 〈인간과 초인〉 그리고 뮤지컬 〈마이 페어 레이디〉의 원작 〈피그말리온〉 등의 희곡들이 대개 이러한 유형을 보인다.

말이 정신의 외화(外化)라는 사실을 생각한다면, 사람에게 있어서 행동과 성격과 사상은 따로 분리될 수 없다. 사상이 성격을 지휘할 수 있으며 역으로 성격이 사상을 형성하기도 한다. 그리고 이러한 내면적 요인들이 작용하여 인물의 외연적 현상인 행동으로 나타난다. 그러므로 인물에 있어서 이러한 요소들을 분리한다는 것은 지극히 추상화된 개념으로써만이 가능할 것이다. 하지만 이러한 요소 가운데 어느 쪽에 보다 비중을 두고 극의 진행과정을 짜느냐에 따라서 행동 중심, 성격 중심, 사상 중심의 유형으로 나눌 수 있다. 이러한 플롯의 유형을 소개하는 것은 희곡을 창작할 때 특별히 어떤 요소에 작가의 의도를 담느냐에 따라 희곡의 유형이 달라질 수 있음을 말하기 위해서다.

4) 플롯의 종류

플롯의 종류는 다양하다. 희랍비극은 단순 구조를 보이지만 플롯도 세월이 지남에 따라 진화되어 다양한 종류로 확산되었다. 여기서는 몇 가지 기준을 설정해 플롯의 종류를 살펴보기로 하자.

시간을 다루는 방식과 사건의 개수에 따라 단순 구조, 이중 구조, 복합 구조로 나눈다. 단순 구조는 앞에서 다뤘던 〈산불〉처럼 하나의 이야기가 시간의 경과에 따라 순차적으로 진행되는 구조를 말한다. 시간적 진행에 따라 사건이 연결되고 인간의 운명이 형성되는 플롯이다. 가령, 어떤 극적 상황에 분규가 일어나면서 점차 상승하다가 새로운 힘이나 계기에 의해 극적 상황이 해결되는 유니크한 전개를 보인다면 단순 구조라 할 수 있다. 또한 다루는 중심사건이 하나일 경우도 이 구조에 해당된다. 요컨대 단순 구조는 단일한 사건을 시간의 흐름에 따라 전개하는 단순하면서도 자연스러운 플롯이다. 이에 해당되는 작품으로는 셰익스피어의 〈로미오와 줄리엣〉, 테네시 윌리엄즈의 〈욕망이라는 이름의 전차〉, 함세덕의 〈동승〉 등을 꼽을 수 있겠다.

이에 반해 이중 구조는 현재 진행의 사건을 전개하면서 과거로 역행하는 구조이다. 인간 내면의 복잡 미묘한 상황이나, 현재의 전사(前事)로써 과거가 현재를 간섭하는 인간사를 떠올리면 현재와 과거의 교차적인 구조의 의미를 알 수 있을 것이다. 그런가 하면, 두 개의 이야기가 동원되어 꼬아지는 형식으로 나아가는 플롯이 이중 구조다. 쉽게 말하면, 이 구조는 과거와 현재의 이중의 시간 설정, 중심적인 것과 부차적인 것의 이중적인 사건 설정을 보이는 플롯이다. 이러한 유형은 단순 구조에 비해 복잡하긴 하지만 주제의 의미를 확대할 수 있는 장점이 있다. 입센의 〈인형의 집〉, 체홉의 〈벚꽃동산〉, 박조열이나 이강백, 이윤택의 희곡작품이 과거와 현재가 겹친 구조를 보인다.

마지막으로 복합 구조라는 게 있다. 이는 이중 구조와는 달리, 과거는 물론, 환상적인 장면도 무대에 표현되도록 고안한 플롯이다. 그러자니 시간의 처리도 자연히 과거, 현재, 환상이 복잡하게 얽히게 될 수밖에 없다. 아서 밀러의 〈세일즈맨의 죽음〉이 이러한 유형의 대표적인 희곡이다.

두 번째로, 플롯을 나누는 기준을 정서의 밀도에 두었을 때 느슨한 플롯과 팽팽한 플롯으로 나눌 수 있다. 느슨한 플롯은 치밀하고 날카로운 행동보다는 인물의 정감, 배경 등에 보다 더 많은 비중을 두는 플롯이다. 이 플롯은 극의 분위기나 정서 등을 표출하는 표현주의 극에서 자주 활용된다.

존 밀링턴 싱의 〈바다로 가는 기사들〉, 유진 오닐의 〈털 많은 원숭이〉라는 작품은 인물의 역동적인 행동을 주도면밀하게 구성한 플롯이라기보다는 분위기 환기를 통해 드러나는 정서를 강조하려는 경향이 강한 경우다.

한편, 팽팽한 플롯은 앞의 경우와 달리, 여러 인물들이 등장해서 서로 복잡한 관계를 맺으면서 하나의 목적을 향해 면밀하게 구축되어 가는 과정을 보이는 유형이다. 주인공의 욕망과 이와 관련된 주변인물들과의 역동적인 상호작용이 일어나는 플롯이다. 19c 스테판 스탠톤이 말하는 '잘 만들어진 연극'(well-made play)은 구조적으로 부족하고 넘침이 없는 팽팽한 짜임의 연극을 말하는데 이 구조와 관련이 깊다. 느슨한 플롯이 정감에 호소하는 감성적 플롯 유형이라면, 팽팽한 플롯은 행동을 통해 이성을 요구하는 유형이라고 할 수 있다.

사건의 연속성 여하에 따라 아리스토텔레스 구조와 비아리스토텔레스 구조가 있다. 전자는 기승전결의 원리에 입각, 사건이 일련의 논리적인 흐름으로 직선적인 연속성을 띠는 경우라면, 후자는 전자의 경우를 전면 거부하면서 전혀 다른 방향으로 구조적 틀을 보인다. 아리스토텔레스 구조가 인과성과 논리적 필연성에 의해 사건이 진행되다가 대단원에 가서 카타르시스를 경험케 하는 특징을 보인다면, 비아리스토텔레스 구조는 직선적이라기보다는 순환적이고, 장면 연결도 논리적이지 않고 우연적 성격을 띤다. 장면은 전체 플롯과 상관없이 그 자체로 독립적인 의미로 남고 논리에 맞지 않은 사건들이 설정된다. 따라서 등장인물의 행동은 동기가 결여되어 있으며 상호 소통도 이루어지지 않은 경우가 허다하다. 아리스토텔레스식 구조는 목적론적 세계관에 부합된 논리하에서 구축된 플롯이라면, 비아리스토텔레스 구조는 세계의 부조리함과 인간 행위의 무목적적이고 불합리함을 드러내기 위해 고안된 플롯이다. 대표적인 부조리극 작가인 사뮤엘 베케트의 〈고도를 기다리며〉가 이러한 플롯을 보이는 대표적인 작품이다.

5) 플롯 작성의 여러 방식

매번 강조하지만 행동없는 희곡은 없다. 그리고 플롯없는 행동은 무의미하다. 플롯은 모든 연극 상황과 연극 요소에 대한 치밀한 기획이고 틀이다. 가령 1막에서 무대 중앙에 커다란 벽시계를 보였다면 그 이후에는 시간의 문제와 관련된 극 행동이 나와야 마땅하다. 단순히 장식적인 의미로 시계를 무대 중앙에 설치했다면 이는 연극에 대한 이해가 부족한 처사다. 이처럼 단순한 사물도 무대 위에서는 연극 언어의 기능을 갖고 극의 흐름에 기여한다. 따라서 연극에서 가장 중요한 행동이 구조화된 패턴을 유지한다는 건 손바닥에 손금이 있듯 당연한 일이다. 20c 후반에 들어와 일부 희곡이나 소설은 기존의 플롯 개념을 해체하거나 아예 플롯을 거부한다. 하지만 이 경우도 그 자체 나름대로의 플롯은 존재한다. 작가의 의도에 의해 디자인된 행동적 구조로서 플롯은 작가의 의도에 따라 다양하게 짜여질 수 있다.

① 사건의 인과적 질서로 연결하는 방식

앞에서 말한 단순 구조의 유형으로 가장 일반적인 플롯 작성의 방법이다. 인물의 행동이 시간적 추이에 따라 어떻게 변화되는지에 초점을 둔 플롯은 모두 이러한 방식이다. 유념할 일은 이 방식으로 할 때 사건의 이행이나 인물의 변화는 분명한 동기에 의해서 이루어져야 한다는 사실이다. 소포클레스의 〈오이디푸스왕〉처럼, 한 인물의 운명적 삶의 궤적을 시간의 경과에 따라 질서화하고 결말 부분에서 미처 알지 못했던 사실을 자각하는 내용은 이러한 플롯이 효과적이다. 천승세의 〈만선〉 역시 사건이 시간적 순서에 의지해 전개되는 작품이다.

〈만선〉은 어부 곰치를 중심으로 생존의 문제를 다룬 작품이다. 곰치는 곰처럼 미련한 성격의 소유자로 장년이 될 때까지 자기 소유의 배 한 척 지니지 못하고 산다. 그는 자식 셋을 바다에서 잃었지만 바다를 포기하지 못한다. 그러다가 칠산 바다에 모여드는 부서떼를 잡아 빚에 쪼들리는 생활을 청산하고 뜰망배라도 장만하겠다는 계획을 세운다. 그러나 선주 임제순이 빚 청산을 무리하게 요구하면서 배를 묶어두자, 배를 띄울 일이 다급해진 곰치는 불평등한 계약에 동의하고 만다. 그래서 곰치는 배를 타고 바다로 나가지만 폭풍이 치는 바람에 곰치가 탄 배는 난파당해 아들 도삼과 딸의 애인인 연철은 물에 빠져 죽고 만다. 아들 넷을 바다에서 잃은 곰치의 처 구포댁은 실성하여 또다시 바다의 제물이 될 수 없다며 갓난 아들을 육지로 보내기 위해 배에 태워 폭풍이 치는 바다로 떠나보낸다. 빚 이만 원에 팔려 갈 위기에 처한 딸 슬슬이는 목을 매 자살하고 곰치는 널쪽이라도 타고 간다고 폭풍우 몰아치는 바다로 나간다.

지금까지 줄거리를 보았듯이, 이 작품은 어부 곰치의 기구한 삶을 시간의 경과에 따라 보여준다. 곰치에게 있어서 미래에 대한 낙관적 전망은 오히려 비극적인 사건만 발생할 뿐 어둡다. 이러한 의미에서 이 작품은 환경에 의해 몰락하는 삶을 사건의 인과적 계기를 통해 보여주었다고 할 수 있다.

② 등장인물의 통일성에 주력하는 방식

역사극처럼, 다양한 인물이 등장할 경우 마치 꿰미에 구슬을 엮듯, 그들의 행동을 하나의 주제 속에 담아놓아야 한다. 등장인물의 통일성에 주력하는 플롯은 주인공을 중심으로 그와의 관계망을 형성하는 거미줄을 연상하면 된다. 한 복판에 주인공 거미가 있고, 주변에 가로, 세로로 인물들이 엮여있는 플롯이다. 그러나 이들 인물들은 각각 자신들의 삶의 영역 속에서 유일한 행동을 보여주는 또 하나의 주인공적 개념을 지녀야 한다. 그러면서도 여럿의 주인공이 작품의 본질적인 의미를 드러내는 중심 주인공에 수렴되도록 플롯을 구성해야 한다. 이 방식은 다중의 인물들이 상호 역동적으로 엮어지면서 주인공의 태도에 일정 정도 관련을 맺고 있기 때문에 작품의 크기와 스펙터클을 보여줄 수 있다.

이근삼의 희곡 〈게사니〉는 임진왜란이라는 비극적 사건을 게사니라는 한 여성을 통해 보여준다. 게사니는 전란 중에 남편과 아들을 잃고 급기야는

딸마저 왜병에게 강간당한 상황에서도 억척스러움을 보여주는 다부진 인물이다. 왕은 피란길에서 게사니로부터 현실적인 문제를 해결할 수 있는 해법을 간단명료하게 듣는다. 이 작품은 절대 권력의 왕, 그리고 그 주변부에 있는 조정 신료들이라는 권력과 이데올로기의 영역과, 게사니를 중심으로 엮어지는 민중들의 영역이 서로 상반되게 교차되면서 임진왜란의 문제를 미시사적 측면에서 접근하고 있는 역사극이라 할 수 있다. 이 같은 플롯은 게사니라는 주인공을 중심으로 가족들, 나그네, 상인 등의 인물군들이 형성되고, 한편으로는 선조를 중심으로 이덕형, 윤두수, 이유징, 유홍 등 권력층들이 배치되어 두 영역의 행동상을 마치 영화의 교차편집처럼 교차적으로 전개함으로써 삶의 진정성이 어디에 있는지를 파악할 수 있도록 짜여져 있다.

선　조: 조정에 선물로 들어온 게 있었는데 그저 신기하다고 생각했을 뿐 ……
　　　 총이 있어야 돼, 총이.
게사니: 이제라두 만들문 되지 않아요?
선　조: 어떻게?
게사니: 아, 왜놈을 잡아 총을 **빼틸문**(빼앗으면) 되니 않아요? 우리 백성,
　　　 손재간 하나는 도와요. 고대루 만들문 될 텐데.
선　조: 만들어봤자 쓰는 기술이 있어야지. 기술이 필요해. 훈련이 필요해.
게사니: 아, 왜놈한테 배우문 되디 않아요?
선　조: 왜적한테 배워?
게사니: 아, 배우문 배우는 거지. 전쟁에만 이기문 되지 않가시요? 나, 시
　　　 집가기 진엔 암존하다고 소문나시요. 그런데 지금 보라구요. 이런
　　　 데서 술장사, 밥장사나 하는 왈패가 됐시요. 오죽하문 나보고 게사
　　　 니라구 하게시요. 살라문 못하는 일이 어데 있겠시요? 왜놈한테 총
　　　 쏘는 걸 배우다 뿐이게시요? 내가 왕이라문 왜놈들을 얼러서 우리
　　　 군사로 써먹겠쉬다.
선　조: …… 옳은 말이군. …… 게사니가 뭐요?

왕을 중심으로 한 권력부 인물들의 장면과 게사니를 중심으로 민초들의

장면이 서로 교차해 가면서 플롯이 진행되다가 왕과 게사니가 만나는 장면이다. 왕의 피란길에서 만난 게사니는 왕 앞에서 자신의 말을 거침없이 해댄다. 살아남기 위해 게사니(거위) 같은 억척스러움을 보였듯이 전쟁도 그런 식으로 해야 살아남는다는 그녀의 지적은 형식과 명분의 논리에 빠져 있던 권력부에 일침을 가하는 통렬한 순간이다. 작가는 삶과 역사의 진실은 어디에 있는가라는 질문을 게사니의 이 대사를 통해 답변하고 있는 셈이다.

③ 기본 사상을 중심으로 하는 방식

크레인이 말한 사상 중심의 플롯이다. 작가가 전달하고자 하는 철학적, 형이상학적 사상을 작품의 뼈대에 두고 모든 극적 상황은 그 사상을 입증하고 강조하기 위해 짜여지는 방식이다. 브레히트의 〈코카서스 백묵원의 재판〉은 이 경우에 해당되는 대표적인 희곡이라 할 수 있다. 이 작품은 두 집단농장이 한 골짜기의 소유권을 놓고 분쟁을 겪는 줄거리다. 이 문제를 해결하기 위해 연극이 공연된다. 말하자면 여기서 극중극은 이 작품의 중심 사상을 증명하는 장치다. 브레히트가 주장하는 서사극은 관객에게 작가의 사상을 제시하고 이를 이성적으로 따져볼 수 있게끔 극중극 기법을 자주 활용한다. 연극 속에 또 하나의 연극을 삽입해 관객이 연극 속 연극의 내용에 대해 비판적으로 성찰할 수 있도록 유도한다. 이 작품의 마지막 결론은 이렇게 끝난다.

> 그러나 백묵원 이야기의 관객 여러분,
> 옛 사람들의 생각을 귀담아 들어 보십시오
> 거기 있는 것은 그것을 위해 적임인 사람들에게 속해야 합니다
> 따라서 아이들은 잘 자랄 수 있도록 어머니다운 이들에게,
> 차는 잘 운전되도록 훌륭한 운전사들에게,
> 이 골짜기는 과일을 수확할 수 있도록 관개시설을 한 사람들에게

극중극을 통해 골짜기가 원소유자에게 되돌아가야 한다고 주장한다. 관객은 눈앞에 펼쳐지는 극중극의 내용을 보면서 현실이 어떻게 변화되어야 하는지를 생각한다. 이것이 브레히트가 주장하는 의도이다.

한편, 버나드 쇼의 희곡은 사상을 해설하려는 의도를 다분히 지닌다. 그래서 그의 희곡을 사상의 희곡, 관념의 희곡(play of idea)이라고 한다. 그의 작품에 등장하는 인물들은 지적인 면에서는 물론이고 감정적으로나 영적으로 좀처럼 단순하거나 일차원적이지 않은 자신들의 사상에 이끌리는 사람들이다. 인물들이 지닌 사상은 삶에 대한 그들의 전체적인 전망이나 접근방식을 구성한다.

사상을 중심으로 둔 플롯은 인물은 물론 모든 극 상황이 관념이나 사상을 강조하는 데 초점을 둔다. 그러다 보니 연극적 놀이가 부족하고 생생한 인물창조에서 약간 비껴난 느낌도 있다. 그러나 희곡이 인간의 삶에 관한 진지한 토론이자 제시라면 이 같은 희곡을 통해 현실 속에서 부재하고 있는 철학적 의미를 성찰해볼 수 있을 것이다.

④ 옴니버스 플롯 방식

이 플롯은 몇 가지의 주요 모티프들을 중심으로 각각 다른 행동의 장면들을 기차처럼 연결한 방식이다. 각 장면별로 서로 다른 독립적인 이야기들이 전개되나 이를 꿰뚫어 핵심적인 중심의미가 설정되어 각 장면은 중심의미의 자장 안에 들어 있다. 연우무대에서 공연된 바 있는 〈풀코스 맛있게 먹는 법〉이라는 작품은 4개의 단막으로 구성된 옴니버스 플롯의 작품이다. 각 장마다 다루는 내용은 다르지만 일상 혹은 의식의 틀에 갇힌 현대인의 사랑방정식을 제시하고 있다는 점에서 동일한 주제로 묶을 수 있다. 또한 닐 사이먼의 〈굿 닥터〉도 이러한 형식을 보인다.

우리의 탈춤의 경우, 작품 전체를 관통하는 중심 주제가 있고 이 주제하에서 과장(장면)별로 각기 다른 인물들에 의해 다른 상황이 발생한다. 옴니버스(omnibus)는 기차처럼 기다랗게 연결된 버스를 의미하는데, 이처럼 하나의 주제하에 서로 다른 사건이 엮어지는 구조를 옴니버스 플롯이라고 한다. 각 장면별로 에피소드를 연결한 에피소딕(episodic) 구성과 비슷한 방식이다. 옴니버스 형식을 보여주는 〈봉산탈춤〉의 플롯을 각 과장별로 보면 다음과 같다.

> 1과장: (사상좌춤) 동서남북 사방신에게 배례하며 관객과 연희자의 안녕과 복을 빈다. 사상좌는 노장, 취발이, 목중, 상좌로 구성된다.
> 2과장: (팔먹중춤) 팔목중들(절에서 밥 짓고 물 긷는 등 잡일을 하는 불목하니)이 음주, 가무를 즐기면서 춤의 기량을 겨룬다. 목중들이 민가에 내려와 파계되어 가는 과정을 춤사위와 재담을 통해 보여준다.
> 3과장: (사당춤) 사당과 거사들이 등장해 서도 민요를 부르며 어울려 논다.
> 4과장: (노장춤) 10년 동안 도만 닦던 노장스님을 파계시키는 취발이의 계략이 전개된다. 팔목중들은 노장스님을 꾀어 속가로 모시고 나와 소무가 있는 곳으로 유인하면 소무는 노장스님을 유혹하여 파계시키고 이때 취발이가 등장하여 소무를 차지한다.
> 5과장: (사자춤) 부처님은 목중들이 노승을 파계시킨 모습을 보고는 벌을 주기 위해 백수의 왕인 사자를 보낸다. 사자에 쫓겨 들어온 목중들은 모든 일은 취발이가 시킨 일이라 알지 못하고 한 것이니 진심으로 회개하고 중이 되겠다며 용서를 빌자 이를 받아들이며 사자춤을 춘다.
> 6과장: (양반춤) 양반 삼형제가 거드름을 피면서 등장하나 말뚝이는 양반들의 무능과 부패한 생활을 풍자한다.
> 7과장: (영감·할미춤) 미얄할미는 땜쟁이 직업을 가진 영감을 찾기 위해 무당의 신분으로 굿을 하며 돌아다닌다. 그러다 천신만고 끝에 영감을 만난다. 그러나 영감에게 첩이 있다는 사실을 알고는 재산 분배, 처첩 간의 갈등 등으로 싸우다 영감에게 맞아죽는다.

노장의 파계, 양반 조롱, 영감의 취첩 행위 등 서로 다른 이야기가 과장별로 엮어져 있다. 그러나 전혀 다른 이야기를 통해, 〈봉산탈춤〉은 불교의 타락, 양반의 타락, 문란한 성생활이라는 현실의 타락 등 일정한 주제의식을 담은 사회비판적인 목소리를 지니고 있다는 점에서 하나의 주제로 꿰미를 엮을 수 있다.

⑤ 순환적 플롯의 방식

어떤 목적을 수행하기 위해 이와 관련된 행동들을 반복적, 순환적으로 전개시키는 방식이다. 삶은 이성적, 논리적으로 해결할 수 없는 부조리한 면이 있기 때문에 연극 역시 애써 이성적이고 논리적으로 완벽한 플롯을 구축할 필요가 없다는 것이다. 인생의 참 모습이 부조리한데 연극의 플롯을 정교하게 짜서 목적을 수행할 수 있다는 주장은 일종의 환상이며 기만이라는 것이다. 부조리한 삶의 조건을 부조리한 양식으로 제시하자는 부조리극은 이러한 플롯 방식을 활용한다. 기존의 기승전결식의 직선적 플롯을 거부하고 순환적 플롯을 보이는 부조리극을 반연극이라고 부르는 데는 이러한 이유가 있다. 부조리극의 대표적인 작품 사뮤엘 베케트의 〈고도를 기다리며〉는 연극이 계속 진행되는 과정에서 이렇다 할 인물의 행동이나 상황 변화가 없다.

에스트라공: 자, 그럼 가볼까?
블라디미르: 응, 가세나.

그들 꼼짝 않는다.

앞의 내용은 1막과 2막의 끝 부분이다. 2막물인 이 작품의 끝이 동일한 양상으로 끝나는 플롯적 의미는 무엇인가. 극적인 사건이 아예 없거나, 설령 사건이 있다 해도 지리멸렬해 별반 진척이 없었다고 말할 수밖에 없다. 그러나 어떤 희곡이든 행동(사건)이 없는 경우는 상상할 수 없으니 후자의 경우가 이 작품의 플롯상 특성이라 할 수 있다. 시간이 경과되어도 행동의 변화가 이루어지지 않고 지루한 반복만 되풀이되는 순환적 패턴을 보인다. 외부적 충격도 없고, 인물 자체에서 뿜어내는 열정도 과히 뜨겁지 않다. 길을 떠나자고 해놓고 지문은 '꼼짝 않는다'고 설명하기 때문이다. 이러한 방식으로 플롯을 짠 이유는 앞서도 말했듯이 삶의 부조리성을 보여주기 위해서다.

지금까지 플롯을 작성하는 여러 방식을 알아보았다. 작가가 플롯을 작성하는 방식은 작가의 마음이다. 곧 작가의 의도이다. 희곡이 행동을 드러내는 방식에 주안점을 둔 예술양식이라면 그건 작가에 의해서 고안되는 독특한 플롯이 있기 때문이다.

앞서 열거한 방식 외에도 60년대 미국에서 유행했던 해프닝이 있다. 이는 하나의 주제를 제시하고 그것을 중심으로 공연할 때마다 그 상황에 맞게 즉흥연기를 하는 방식을 말한다. 따라서 우리의 탈춤처럼 정교하게 짜여진 일정한 희곡이 있는 게 아니라 장면의 대체적인 핵심 상황만 주어질 뿐 나머지는 현장에서 즉흥적으로 상황을 만들어 나간다. 희곡에 크게 의존하지 않는다는 점에서 초창기 신파극이나 이탈리아의 코메디아 델 아르테와 비슷하다. 희곡 중심의 연극이 연기 중심의 연극으로 이동되는 현상이라고 할 수 있다. 어찌 보면, 이런 방식의 출현은 연극이 제자리를 찾는다는 생각도 든다. 애초에 연극은 몸의 연극이었지 말의 연극은 아니었을 테니까.

한편, 인과적 구조를 수평적인 플롯이라고 하고, 비인과적 플롯을 수직적 플롯이라고도 한다. 수평적 플롯은 행동이 시간에 따라 수평적으로 이동하는 형태이다. 한 사건이 다른 사건을 유발시켜 선행조건과 결과를 형성한다. 이런 방식은 연극세계를 쉽게 인식할 수 있다. 등장인물의 행동은 반드시 동기가 있기 때문이다. 반면에 수직적 플롯은 사건의 연계성이 희박하고 사건 그 자체를 위해 발생한다. 객관적인 외부세계의 질서를 말하는 것보다는 인물 내부의 심리적 상황 즉 불안, 두려움, 고뇌 등을 제시할 때 효과적이다. 수평적 플롯이 개연성과 필연성의 원리에 따라 구성되어 극 행동을 집약적으로 보여준다는 점에서 집약희곡이라고 하고, 장면 사이에 비연속성을 보이는 수직적 플롯은 확산희곡이라고 할 수 있다. 몇 가지 모티프 상황을 이벤트나 해프닝으로 엮은 경우는 모두 확산플롯이다. 이런 방식은 시작, 중간, 끝이라는 틀도 미약하게 나타나고 전체적인 구도도 확실하게 떠오르지 않는 경우가 많다. 다만 장면의 이미지가 연극의 지배적인 인상일 뿐이다.

6) 플롯 작성의 유의점

플롯 작성의 여러 방식에 이어 플롯짜기에 있어 유념할 사실들을 생각해 보기로 하자. 무엇보다도 플롯은 작가의 의도에 맞춰 다양하게 전개될 수 있다는 사실을 염두에 두어야 한다. 시간적 흐름에 극적 상황을 맞추는 단순 구조나 이중 구조만이 희곡의 유일한 플롯은 아니기 때문이다. 대체적으로 극작의 경험이 많지 않은 사람들은 이 방식이 효과적이고 수월하겠지만, 글의 내용과 성격, 작가의 의도를 구현할 제시방식을 고민한다면 플롯은 꼭 기존의 방식에 고착될 필요는 없다. 다만 여기서 유념할 일은 작품을 두르고 있는 하나의 통일된 원칙이 있어야 한다는 점이다.

플롯은 기획된 의도이다. 이 말은 플롯은 왜 그런 플롯을 선택했는지 목적이 분명해야 한다는 의미다. 앞의 부조리극처럼 인간의 조건과 삶의 부조리함을 제시하기 위해서는 제시방식이 논리적인 틀이어서는 곤란하다. 그래서 기존의 논리적인 플롯을 거부, 해체하고 대체적인 플롯을 고안하였다.

모든 플롯은 나름의 특성을 보유하고 있지만 공통적으로 지녀야 할 요소가 있다. 흥미와 서스펜스가 그것이다. 지금 여기에서 발생하는 행동은 흥미를 유발할 수 있어야 하고, 그 행동은 미래 상황에 대해 긴장감을 조성해야 한다. 서스펜스는 미래에 대한 긴장감을 말한다. 플롯을 설계할 때 가장 중요하고도 기본적인 사실은 어떻게 하면 흥미와 서스펜스를 만들어낼 수 있는가에 두어야 한다. 연극에서 흥미와 서스펜스는 긴장에서 나오고 긴장은 대립과 갈등에서 나온다. 희곡의 본질이 긴장이라고 한 루카치의 지적이나, 희곡의 본질은 대립이라고 한 해밀턴의 언급을 새삼 들먹이지 않더라도 지속적인 긴장을 유발하는 플롯을 작성한다면 일단 쓰고자 하는 희곡은 절반의 성공을 거둔 셈이다. 그렇다면 어떻게 긴장감을 조성해야 하는가. 간단하다. 주인공과 적대자가 자신의 처지에서 끈덕지게 맞서는 상황을 개연성 있게 만들어 나가면 된다. 도둑은 물건을 훔쳐 갈려고 하고, 주인은 뺏기지 않으려고 안간힘을 쓴다면 그 상황 자체가 흥미를 발생시킨다. 과연 뺏길 것인가, 빼앗을 것인가 귀추가 주목되어 미래에 대한 긴장도 조성될 수 있다. 이것이 서스펜스다. 흥미와 서스펜스는 모든 극 행동이 종결될 때까지는 어느 한 지점에서 멈춰서는 안 된다. 극 행동이 진행될수록 점층적으로 상승하는 방향으로 나아가야 한다. 이러한 방식의 흐름은 갈등, 대립, 충돌, 충돌 이후의 플롯 라인으로 압축된다.

관객의 흥미를 집중케 하는 요소는 상황, 대사, 행동, 분위기 등 다양하지만 가장 절묘한 방식은 플롯을 통해서이다. 흔히 밋밋하다거나, 싱겁다거나, 재미가 없다고 반응하는 경우는 플롯이 절묘하게 디자인되어 있지 않기 때문이다. 희곡 창작의 길을 바르게 걷는 사람은 한결같이 플롯에 대해 상당 시간을 할애해 가며 고심한다. 만약 그렇지 않고 플롯을 경시하게 되면, 설정된 여러 극적 상황이 해결되는 끝 부분에서 엉뚱하거나 뜬금없는 처리를 하게 된다. 이를테면 과거 희랍극에서 자주 보이는 데우스 엑스 마키나(deus ex machina)가 대표적인 사례다. 이 말은 초자연적인 존재를 등장시켜 문제를 해결하려는 장치로 기계라는 무대장치를 통해 하강한 신이라는 뜻이다. 이를테면 몰리에르의 〈따르뛰프〉에서 난데없는 왕의 출현처럼 지금까지의 극 논리와는 별반 무관한 뜬금없는 사람이 나타나 모든 극적 상황을 해결하는 방식이다. 우연성에 의존한 이러한 방식은 개연성의 논리에 위배되며 인위적으로 대단원을 처리하기 때문에 설득력을 잃어 희곡적 가치를 떨어뜨린다.

플롯은 그 자체가 하나의 상황게임이다. 작가가 인간과 인생의 어떤 단면을 소재로 해서 이렇게 저렇게 상황을 만들어보는 한판의 게임이다. 관객에게 환호를 받을 것인가 비판을 받을 것인가. 이 문제는 게임을 만들어내는 작가의 몫이다. 거듭 강조하거니와, 플롯은 글의 설계도로서 작가의 의도가 구현되는 작품의 틀이자 내용의 제시방식이다. 아울러 플롯이 제대로 되어

야 집필이 수월해진다. 그러므로 플롯은 정교하게 고안될수록 좋은 작품이
될 수 있다. 그리고 정교하게 고안된 플롯일수록 흥미와 서스펜스는 중첩적
으로 깔려 있다.

7) '잘 만들어진 극'

이 용어는 19c 프랑스의 극작가 스크리브의 멜로드라마와 소극(farce)이
치밀하게 구성된 작품에서 유래한다. 치밀한 구성이란 플롯과 등장인물 묘
사의 밀접한 융화를 말한다. 이러한 스크리브류의 논리적 구성은 19c 사실
주의 희곡을 배태하는 형식적 틀을 제공하였다. 오늘날 '잘 만들어진 극'은
구조적으로 완결성을 갖는 작품을 가리킨다. 누가, 무엇을 행동하는 게 가
장 적절한가. 이는 작가가 고심하는 핵심적인 사항이다. 이런 전제하에서
모든 요소들이 정연한 질서를 유지하는 극. 형식과 내용이 부합되는 극. 군
더더기 같은 이유 없는 부수물이 단 하나도 있지 않은 희곡, 한마디로 구조
적으로 깔끔한 희곡을 '잘 만들어진 극'이라 칭한다. 극작가는 누구나 이러
한 희곡을 쓰고 싶어 한다. 모든 극작가는 장소, 인물, 목적, 행동 등이 합
목적적으로 규합되어 하나의 구조물이 된, '잘 만들어진 극'(well-made
play)을 욕망한다.

그러면 어떻게 써야 하는가. 이에 대해 스테판 스탠톤은 '잘 만들어진 극'
의 일곱 가지 특성을 제시하였다. 첫째 플롯, 둘째 행위와 긴장의 패턴, 셋
째 등장인물의 운명의 상승과 하강, 넷째 운명의 급변이라는 카운터펀치,
다섯째 관객들은 이미 알고 있지만 극중 인물들은 알지 못하는 상태에서 생
기는 중대한 오해의 장면, 여섯째 논리적 대단원, 일곱째 개인의 행동 속에
서 반복되는 행동의 전반적인 패턴 등이다.

스탠톤의 '잘 만들어진 극'의 개념은 한마디로 플롯의 문제이다. '만들어진'
이라는 말 'made'는 '구성된' 혹은 '짜여진'이라는 뜻의 'design'이나 'plot'
의 의미가 강하다. 정리하면, '잘 만들어진 극'은 '형식과 내용', '전체와 부

분', '겉과 속', '처음과 끝'이 유기적으로 짜여진 플롯을 말한다.

　함세덕의 희곡 〈동승〉의 플롯을 분석해 보기로 하겠다. 이 작품의 초점은 현실세계의 문제점 고발이 아니라 개인 혹은 인간의 문제에 맞춰져 있다. 따라서 이런 유형의 희곡은 인간의 존재조건의 탐색에 그 의미를 둔다. 인물의 등퇴장과 장면상황을 기준으로 플롯 라인을 정리하면 다음과 같다.

　　발단: 도념이 어머니의 정체와 소재에 대해 갈망한다.
　　　　　서울의 안대가집 미망인과 자신의 어머니가 무척 닮았다고 이야기한다.
　　상승: 도념과 인수가 덫을 두고 실랑이를 벌인다.
　　　　　미망인이 도념을 양자로 데려갈 뜻을 비친다.
　　　　　주지가 미망인의 청을 거절하며 미룬다.
　　위기: 덫에 걸린 토끼가 발견되어 주지가 도념을 추궁하자 초부가 자신이
　　　　　했다고 하면서 도념의 위기를 모면케 해준다.
　　　　　인수가 주지에게 법당 뒤를 살펴보라며 도념의 비행을 말한다.
　　절정: 주지는 관세음보살상 뒤에서 죽은 토끼를 발견한다.
　　　　　미망인이 도념을 양자로 삼고 싶다던 예전의 말을 주지는 단념하라고
　　　　　이르자 도념은 절을 떠나겠다고 한다.
　　　　　미망인이 하는 수 없다며 한 달에 한 번씩이라도 보러 오겠다는 약속
　　　　　을 한다.
　　종결: 도념은 절을 떠나 비탈길을 내려간다.

　극의 줄거리를 따라 정리하면 위와 같은 5단계의 플롯 라인이 나타난다. 구스타프 프라이탁에 의해 정립된 5단계 플롯은 희랍비극과 독일 연극을 모델로 해서 완성된 유형이다. 프라이탁은 다섯 개의 막(도입, 상승, 정점, 하강, 파국)과 세 개의 극적 계기(자극적 계기-도입과 상승 사이, 비극적 계기-정점과 하강 사이, 마지막 긴장의 계기-하강과 파국 사이)를 제시하였다. 아울러 프라이탁은 플롯의 기본 원칙을 두 가지로 꼽고 있는데 첫째는 줄거리의 통일성이고, 둘째는 이성적으로 납득할 수 있는 개연성 있는 전개라는 관점에서 플롯을 파악하고 있다.

127

인용작 〈동승〉은 프라이탁의 5단계 구조틀에 부합되며 작품의 통일성, 전체성, 연속성, 인과성의 특성을 보여준다. 뿐만 아니라 플롯 전개의 중요한 기법인 사전 암시를 빈번히 배치하여 극적 긴장감을 조성하고 극 행동에 속도감을 부여하고 있다. 가령, 서울 안대가집 미망인을 보고 도념이 자신의 어머니와 무척 닮았다는 대사가 두 차례 나오는데 이는 장차 도념과 미망인과의 관계, 도념의 향후 행동변화, 이에 대한 주지의 반응 등 일련의 극적 호기심을 유발하는 사전 암시라고 볼 수 있다. 이와 같이 〈동승〉은 흥미와 서스펜스라는 서정적 사실주의 극의 특성을 살리면서 구조적으로 잘 짜여진 틀을 보여준다.

8) 오르가슴 패턴과 오이디푸스 궤적 플롯

희곡에서 플롯은 기본적으로 처음, 중간, 끝으로 나누어 각 부분이 분할적이거나 연속적 상황으로 제시된다고 이미 말했다. 그리고 플롯은 작가의 기획에 의한 고안물이기 때문에 의도에 따라 그 종류도 다양하다는 걸 언급하였다. 여기서 소개할 플롯은 오르가슴 패턴의 플롯이다. 일반적으로 소설에서 많이 사용되고 있는 이 방식은 어떤 행동들이 점차적으로 긴장을 고조시키면서 흥미를 정점으로 끌어올리고 다음에는 금세 끝을 내는 구조 양식이다. 한 마디로 절정 지향형 플롯이다. 클라이맥스 플롯(climax linear plot)과 마찬가지로 극의 클라이맥스를 향해 극의 모든 행동은 향한다. 이때 향한다는 것은 전진과 연속성의 개념이 있다. 그러다가 클라이맥스를 정점으로 극 행동은 급격히 하강하면서 모든 문제가 해결되어 대단원에 이르는 구조이다. 일반적으로 우리가 알고 있는, 클라이맥스가 있는 희곡은 대체로 이러한 유형의 플롯이라고 보아도 무방하다.

한편, 다른 하나는 오이디푸스 궤적(oedipal trajectory)의 플롯이 있다. 이는 희랍 호메로스의 서사시 〈오딧세이〉처럼 주인공이 수많은 어려움을 겪고 난 뒤 목적하는 바를 얻고 정착하는 구조이다. 내용이 길어지는 경우가 많아 보편적으로 희곡보다는 소설이나 영화에서 자주 사용되는 플롯이다. 안데르센 동화 〈엄마 찾아 삼만리〉와 같이 주인공이 목표를 찾아나서는 과정에서 많은 장애를 만나지만 이를 이겨내고 목표를 성취하는 스토리가 그 대표적인 예라고 할 수 있다.

9) 재현적 플롯과 자의식 반영적 플롯

일반적으로 희곡의 플롯은 주인공이 자기에게 대항하는 힘과 벌이는 싸움의 과정이자 그 결과다. 그러나 그 싸움은 현실 자체가 아니라 허구를 실제 현실로 믿게끔 조장한다. 무대 위의 현실이 진짜가 아닌 가짜로 만들어진 현실이지만 관객에게 극적 환상을 주기 위해 여러 상황을 구축한다. 일반 현실과 마찬가지의 밝기, 생활환경, 인물의 성격과 행동 면에서 현실을 빼닮도록 그럴싸하게 만든다. 그리고 일상적 삶을 무대에 재현하는 방식을 취해 관객의 몰입과 환상을 경험케 한다. 그래서 관객이 연극을 통해 진짜인 것처럼 환상에 빠져 들게 한다. 이러한 몰입을 통해 관객은 감정의 카타르시스를 경험하게 된다. 이것이 일반적인 연극의 원리다. 연극에서 '환영의 상자'(illusion box)의 개념은 재현적 연극무대를 말한다. 진짜인 것 같은 착각을 유발해 극중 상황에 몰입하고 이를 통해서 카타르시스를 경험하는 것이다. 카타르시스(catharsis)라는 용어는 아리스토텔레스에 의해 연극론에 도입되었다. 원래 '배설'이라는 뜻의 의학 용어로 관객이 몰입과 환상을 경험하면서 감정의 찌꺼기를 배설하고 난 다음에 느끼는 시원함, 즉 감정이 정화된 상태에서 느끼는 쾌적함을 말한다. 가짜로 만든 이야기를 진짜처럼 착각하게 만드는 비밀은 바로 이 플롯에 있다. 이런 플롯을 재현적 플롯이라고 한다. 일상의 삶을 그대로 무대에 재현하는 식으로 플롯 라인을 구축하기 때문이다.

이러한 재현적 플롯은 19c 입센의 희곡 이후 사실주의 희곡의 보편적 특성이 되었다. 우리의 경우 30년대 유치진의 〈토막〉이나 〈소〉는 당대 일제

강점기의 빈궁한 농촌생활을 객관적으로 묘파한 작품들로서 우리나라에서 사실주의 희곡이 수립, 정착되었음을 보여준 작품들이다. 특히 〈토막〉의 경우는 식민지 현실의 빈한한 농민들의 삶을 일제라는 구조적인 모순과 연결시켜 식민지인들의 비극적 파멸과 재생의 의지를 동시에 제시한 재현적 플롯의 수작이라 할 수 있다. 그러면 여기서 〈토막〉의 플롯 라인을 따라가 보기로 하자.

> 외양간같이 누추하고 음습한 토막집의 내부. 온돌방과 그에 접한 부엌. 방과 부엌 사이에는 벽도 없이 그냥 통하였다. 천장과 벽이 시커멓게 탄 것은 부엌 연기 때문이다. 온돌방의 후면에는 뒷골방에 통하는 방문이 있다. 좌편에 입구, 우편에 문도 없는 창 하나. 창으로 가을 석양의 여윈 광선이 흘러 들어올 뿐. 대체로 토막 내부는 어두컴컴하다.

작품의 첫 무대지시문에서 엿볼 수 있듯이, 토막집은 초라하기 그지없다. 재현적 플롯에서 공간은 그 자체로 만족하는 게 아니라 세계상을 표현한다. 이 점을 두고 볼 때 작품에서 주된 공간이 되는, 그리고 작품의 제목인 '토막'은 단순히 극 행동이 발생하는 공간적 의미의 이상을 지닌다. 그건 당시 농가의 일반적 생활공간으로 확장된 의미 즉 식민지인들의 일상적인 생활공간으로 확대된다. 이 시대 대부분이 농업에 종사하는 계층이고 보면, 토막은 비단 농가뿐 아니라 식민지 현실의 일반적인 생활공간이라 해도 지나치지 않다. 미래에 대해 이렇다 할 비전도 없을 것 같은 암울한 현실을 '어두컴컴'한 토막 내부의 조명으로 처리함으로써 극의 의미를 시각화하고 있다.

이러한 공간적 배경에서 두 가족이 산다. 주인공격인 명서네와 온갖 세간을 빼앗긴 뒤 겹방살이로 들어온 경선네. 작가는 작품의 초점을 한 집안의 문제에 두지 않고 굳이 두 가족을 설정하였다. 그러니까 이 작품의 플롯은 명서네와 경선네의 이야기가 두 가닥으로 꼬이면서 진행되는 구도를 보인다. 그런데 명서네의 유일한 희망인 아들 명수의 귀국이 허사가 되듯, 경선네의 희망도 찾을 길이 없다. 어두운 밤에 등불 하나만 의지한 채 산속으로 들어가는 경선 일가의 모습에서 우리는 낙관적 미래를 읽어낼 수가 없기 때문이다. 결국 이 작품은 두 가닥의 이야기가 모두 비관적인 결말로 이어지고 있는 셈이다. 한 가족이 아닌 두 가족을 굳이 설정한 이유는 말할 나위 없이 식민지 삶의 비참함을 일반화하려는 의도를 보여주기 위해서다.

경선네는 밀린 세금 때문에 '바가지 한 조각' 빼고는 온갖 세간을 집행당하고 쫓겨나 명수의 부엌 한쪽에 움막을 만들어 살고 있다. 경선처는 밥을 구걸하면서 목숨을 연장한다. 한편 명서네는 몸이 불편한 금녀가 짜는 가마니(1막)나 똬리(2막)가 유일한 호구지책이다. 두 집안의 가장은 모두 가장으로서 기능을 상실한 인물들이다. 경선이가 집달리에게 모든 세간을 빼앗긴 후 홧김에 강을 건너 넘어갔고, 명서는 동장이 가지고 온 명수의 신문 사진이 빌미가 되어 앓아눕는다. 이는 노동력을 제대로 행사할 수 없는 현실을 고발하는 작가의 의도라 할 수 있다. 이 같은 플롯의 설정은 두 가족의 생활을 이중적으로 보여주면서 식민지 현실의 척박한 상황이 당대의 보편적인 현상임을 강조하기 위해서다.

2막으로 구성된 이 작품의 1막은 가을을 배경으로 하고 있다. 명서의 집에는 유일한 생계수단인 가마니 기계가 있다. 명서의 딸 금녀는 이를 통해 생계를 유지해 나간다. 막이 오르면 명서는 편지를 쓰고 있다. 일본으로 돈 벌러 간 명서의 아들 명수는 7년째 일본에 가 있는데 이년 전부터 소식이 끊겼다. 소식이 궁금한 명서는 마침 일본으로 돈 벌러 가려는 명수의 친구 삼조의 편에 소식을 전하기 위해 편지를 쓴다. 명서는 하루라도 빨리 집으로 돌아오라는 당부를 삼조에게 전한다. 그러던 어느 날, 동장은 신문에 난 명수의 사진을 보여주면서 명수가 일본에서 해방운동을 하다가 체포된 기사를 읽어준다. 명서 일가는 그럴 리가 없다며 자위하지만 모두 불안해한다.

2막의 배경은 초봄이다. 1막의 가마니 기계는 없어지고, 대신 금녀가 손으로 똬리를 만들어 팔아 생계를 유지한다. 1막에서 2막으로 시간이 경과되면서 생활은 더욱 궁핍해지는 상황을 가마니 기계에서 손으로 만드는 똬리로 시각화하고 있다. 갈수록 피폐해지는 현실에서 명서네의 유일한 희망은 일본에 돈 벌러간 아들 명수가 돈을 많이 벌어 집으로 돌아오는 일이다. 그러나 돌아온 건, 명수가 아닌 명수의 백골이 담긴 소포 상자 하나다. 낙관적 희망은 일거에 무너지고 절망과 비탄스러운 현실에 대한 증오심만 커진다.

작가는 미래에 대한 불안한 정황을 '바람소리'로 청각화하면서 전망 없는 현실을 제시하고 있다. 또한 시간이 지나도 생활 형편은 나아지지 않고 오히려 더욱 곤궁한 처지가 되어 민족공동체가 해체될 위기감까지 암시하는 다음의 대사는 당대의 삶에 대한 작가의 비판적인 시선이 드러나고 있다.

> 순돌네! 순돌네까지 모두 이 동리를 떠나고 가면, 우리는 외로워서 어떡하니. 모두들 지망없이 서간도로, 북간도로, 일본으로 어디로 뿔뿔이 헤쳐 가버리면 우리 이웃은 열 손구락을 꼽아서 누가 남는단 말이야.

떠나려는 경선처에 대한 명서처의 울부짖는 듯한 대사는 민족 현실을 그대로 반영하면서 동시에 민족공동사회의 해체 위기감을 드러낸다. 결국 경선네는 달랑 등불 하나 들고 어두운 밤에 길을 떠난다. 그러나 그 길은 열려진 길이 아닌, 산속이다. 이는 현실을 외면할 수밖에 없는 민중들의 삶에 대한 표현임은 말할 나위 없다.

집안의 명줄인 가마니 기계를 날려 버리고, 유일한 희망인 아들 명수도 백골이 되어 소포로 돌아왔을 때, 명서 일가의 희망은 낙망으로 변해 버린다. 애초에 시작 부분에서 설정된 등장인물의 욕망은 실현되지 않고 좌절된다. 이러한 플롯은 비극성을 띠게 된다. 하지만 작가는 이러한 '무덤 같은 집'에서 '산지옥'으로 살고 있는 현실에서도 비극성을 거둬내고 미래에 대한 긍정적 열림을 금녀를 통해 제시하고 있다.

> 아버지! 아버지 마음을 상하시지 맙소 네. 오빠는 죽었습니다. 밤낮으로 기다리든 우리 일꾼은 죽어버렸어요. 이같이 섭섭하고 슬픈 일이 어디 또 있겠습니까! 그러나 아버지, 아버지 혼자가 외아들을 잃고 저 혼자가 오빠를 잃은 것

이 아니랍니다. 아버지, 오빠는 우리를 위하여 싸우다가 용감히 죽었습니다. 어버지 서러워 마시오. 우리의 영광이예요. 서러워하지 마시고 살아갑세다. 이 대로 살어갑세다. 내일부터 나는 더 애써 부지런히 똬리를 만들겠습니다. 내일 장에 저 맨들어둔 것을 다 팔면 또 몇 십 전이 생기지 않나요. 걱정 마세요. 네 아버지. 우리는 여전히 살아갑세다.

명서의 딸 금녀는 희미하게 꺼져가는 잿속에서 명멸하는 불빛이다. 절망적인 환경 속에서도 현실을 딛고 일어서려는 그녀는 비극적 상황을 견뎌내고 삶을 다시 추스른다는 점에서 주제 제시자라고 할 수 있다. 작가의 의도를 대행하는 인물이기 때문이다.

이와 같이, 재현적 플롯은 현실을 소재로 하되 현실을 그대로 무대 위에 올리면서 무대 현실에 대해 비판적인 시선을 유지하는 구조이다. 사실주의극의 일반적 특성이 현실 고발과 비판에 있듯이, 재현적 플롯은 단순히 현실적 삶을 무대 위에 옮겨 놓는 스타일이 아니라 작가가 재현하는 과정에서 자기 목소리를 반영한다. 그것은 '있는 현실'을 통해 '있어야 할 현실'에 대한 제시다. 일반적으로 재현적 플롯을 사용하는 사실주의 희곡의 특성이 여기에 있다. 극 행동을 기승전결의 논리에 의해 한 꿰미로 묶어 상황 속에서 인물의 반응을 제시하고 문제를 해결하는 과정을 보여주는 '과정의 플롯'은 모두 재현적 희곡이라 할 수 있겠는데 이는 20c 후반에 들어 새로운 플롯 유형의 등장으로 점차 그 세력이 약화되는 추세에 있다.

20c 후반에 등장한 플롯의 주류적인 방식은 자의식 반영적 플롯이다. 쉽게 말하면, 연극 속에 또 하나의 연극을 삽입한 극중극 방식의 플롯이다. 물론 엘리자베드 시대에 셰익스피어는 〈햄릿〉을 극중극 형식으로 제시한 바 있다. 그러나 최근의 극중극은 다분히 작가의 자의식이 반영된 틀이라는 점에서 〈햄릿〉의 경우와는 다르다. 메타 연극적 플롯은 연극의 환상성을 거부한다. 연극은 어디까지나 허구이고, 객관세계의 재현도 아니며 재현할 수도 없다는 데서 출발한다. 객관적인 세계의 재현에 대한 회의와 거부감이 희곡

의 플롯과 연극의 양상을 변화시켜 버렸다.

제의에서 시작된 연극이 세월이 지남에 따라 플롯이 정교해지고, 인물성격 창조가 발달하면서 재현적 플롯은 상당 기간 동안 연극의 대표적인 전통으로 이어져 왔다. 이러한 플롯은 정점을 중심으로 갈등의 엉킴과 풀림이 진행되는 피라미드 형태를 띤다. 도입과 상승 사이에 자극적 계기가 마련되고 정점과 하강 사이에서는 비극적 계기가 도입된다. 그리고는 마지막 긴장의 계기가 하강과 대단원 사이에서 조성되면서 파국을 맞는 구조가 재현적 플롯의 일반적인 형태다. 가령, 앞의 〈토막〉을 예로 든다면, 동장이 들고 온 신문은 자극적 계기가 되고, 경선네의 떠남은 비극적 계기이며, 마지막 아들 명수의 백골이 든 소포는 파국으로 치닫게 하는 긴장의 정점이라고 할 수 있다. 동장이 들고 온 신문은 극 행동을 상승시키고 이로부터 아들 명수에 대한 궁금증이 더해가면서 정점으로 치닫는다. 경선네가 집을 나서고 새로운 국면이 조성되면서 아들 명수를 기다리는 명서처의 행동으로 이어진다. 백골의 소포를 받아들면서 절규하는 명서와 명서처의 울부짖음은 파국적 상황으로 극 행동의 하강선을 뚜렷이 한다. 결국 이 작품은 갈등의 상승과 하강의 피라미드 형태를 보이면서 극적 계기를 정확하게 배치함으로써 잘 만들어진 구조를 보여준다.

재현적 플롯은 이처럼 가상의 현실을 설정하고 그 현실 속에서 극 논리를 펼친다. 그리하여 관객이나 독자가 제시된 현실에 감정적으로 몰입하면서 환영의 현실을 진짜 현실처럼 착각하게 만들어 현실세계의 지평을 인식케 한다.

그러나 객관적 진리나 이성보다는 주관적 인식과 감정이 보다 더 중요하게 취급되는 모더니즘 이후, 희곡의 플롯도 더이상 전통에 기대지 않고 새로운 시도를 하게 된다. 그것은 한마디로 작가 자의식이 투사된 연극이라고 할 수 있다. 이러한 플롯 형태는 연극은 어디까지나 한판의 놀이라는 관점에 입각한다. 현실과 과거가 자유롭게 교차되고, 극중 내용과 현실의 경계가 와해된다. 그럼으로써 극중 내용과 현실을 대비적으로 인식케 한다. 결국 이러한 플롯은 극중극이라는 메타 연극 형식을 취하면서 연극을 통해 현실을 재인식하게 하는데 그 목적을 둔다고 볼 수 있다.

피란델로의 〈작가를 찾는 6인의 등장인물〉은 지금까지의 플롯과는 판이하게 다른 모습을 보여준다. 작가가 작품을 쓰다가 그만 두어버린 희곡의 등장인물 6명이 어느 연극 리허설 무대에 나타나 배우들에게 자신들의 이야기를 연극으로 만들어 달라고 요구한다. 작가에 의해 내팽개쳐진 미완의 존재인 자기들을 완성시켜 달라는 것이다. 또한 피란델로의 또 다른 작품인 〈당신이 그렇게 생각한다면 당신이 옳아〉는 인간에 대한 정확한 진실은 알 수 없는 것, 따라서 진실은 상대적이라는 주제를 제시한다. 이와 같이 자의식 반영적 플롯은 기존의 플롯 개념을 해체한다. 가상과 현실, 허구와 진짜의 경계가 무너지고, 시간과 공간도 정밀한 재현적 플롯과는 판이하게 다르다. 현대에 이르러 이러한 플롯의 변화는 문학적 연극의 전통을 거부하고 연극 자체의 놀이적 요소를 강조한 연극적 접근이라고 할 수 있다. 그러면 자의식 반영적 플롯의 한 유형으로 윤대성의 〈사의 찬미〉를 살펴보기로 하자.

이 작품은 삼각관계를 기본 구조로 삼고 있다. 극중극 형식으로 연극 만들기라는 메타 연극적 기법을 통해 연극 현실과 연극 속(극중극) 현실을 대비하도록 고안된 플롯을 사용해 기존의 플롯 문법을 해체한다. 플롯 라인을 따라가 보기로 하자.

극중극에서 김우진, 윤심덕, 홍난파 세 인물의 삼각관계가 이들 역할을 맡은 극중 배우의 삼각관계와 맞물려 설정된다. 연극 속 연극 내용은 이렇다. 유부남인 김우진은 당대 성악가 윤심덕을 만나 사랑한다. 홍난파의 경고에도 불구하고 이들 사랑은 더욱 강렬해진다. 그러나 가부장적 사회, 예술과 현실 문제로 고민하던 이들은 모든 가부장의 가치를 부정하고 현해탄에서 함께 물에 빠져 죽는다. 한편, 겉 연극에서는 김우진의 역할을 맡은 홍현태가 윤혜진을 짝사랑하는 관계로 설정된다. 그러나 이들은 결국 '자신의 바다'를 찾아 떠난다.

윤심덕: 바보! 바보 같은 사람! 가! 우리 어디로 가버려! 아무도 없는 곳
　　　　우리 둘만이 있을 곳으로!

김우진: 가자! 어디든 …… (두 사람 끌어안은 채 퇴장)

홍난파: 그들의 사랑은 불타기 시작했습니다. 그들의 아름다웠던 꿈이 좌절
　　　　될수록 그들은 서로에 의존했고 몸과 마음을 함께 불태웠습니다.
　　　　세인의 시선으로는 불륜의 사랑이었고 퇴폐적인 환락이었습니다.
　　　　그러나 이때부터 김우진은 윤심덕의 최후의 도피가 되었습니다. 죽
　　　　음에 임할 때까지 ……

분장실

연출가, 주간지 보며 기다리고 있다. 윤과 김 퇴장하며 들어온다.

윤심덕: 뭐 났어요?

연출가: 이게 무슨 소리야? 미스 윤, 기자하고 인터뷰한 적 있나?

윤심덕: (주간지 본다) 어머!

연출가: 우진이 너하고 미스 윤 아파트 드나들며 동거한다고!

김우진: 뭐라구요?

연출가: 미스 윤 아파트는 박 사장이 사 준 거라면서?

윤심덕: 말도 안돼요.

연출가: 도대체 지금 이 마당에 이런 게 왜 터져? 박 사장이 극장 지원해
　　　　주겠다고 기분 좋게 약속하고 나갔는데. 이게 뭐야? 누구 망하게
　　　　하려구 이러는 거야?

극과 극중극의 사랑이 긴밀한 유사성을 가지고 맞물려 돌아간다. 그리고 극과 극중극 사이의 경계가 없이 자유롭게 넘나드는 플롯으로 짜여져 있다. 이러한 메타 연극적 플롯은 연극과 현실의 경계를 흐릿하게 지움으로써 두 시대의 사랑을 대비적으로 보여주는 효과가 있다. 이를테면 극중극에서 김우진과 윤심덕의 사랑은 가부장제와 봉건결혼 제도에 대항하는 자유연애라는 시대적 근대성을 띠고 있는 반면, 극에서 이들 역할을 맡은 배우들의 80년대 말기의 사랑은 기성 가치를 파괴하면서도 아무런 대안조차 제시하지 못하는

어정쩡한 사랑의 풍경을 보여준다. 결국 이러한 장치를 통해 작가가 읽어내는 80년대의 사랑은 즉자적이며 존재론적 사랑이면서 한시적 사랑, 뚜렷한 이념이 고갈되어버린 사랑이라고 할 수 있겠는데 이를 과거와 현재의 두 사랑 이야기를 섞는 방식으로 플롯화함으로써 그 의미를 강화하고 있다.

〈사의 찬미〉는 '사랑'의 문제 외에도 예술가의 삶과 존재의 의미를 탐색한 작품이기도 하다. 앞의 인용문의 분장실 이후 대사는 바로 지금 현재의 우리 연극의 현실을 단적으로 보여주는 장면이다. 건물주(박 사장)에 의해 쫓겨날 처지에 있는 극단과 배우들의 처지는 자연스럽게 극중극의 현실과 같은 모습으로 병치된다. 무대공간을 셋으로 구분해 극단 사무실에서는 극단의 재정 형편과 건물주의 연극에 대한 몰이해로 소극장 건물이 헐리게 된 문제를 보여준다. 한편 분장실에서는 김우진과 윤심덕의 역할을 맡은 두 배우가 사회적 통념에서 벗어난 사랑으로 괴로워한다. 이러한 두 장면과 교차하면서 극중극 소극장 무대에서는 김우진과 윤심덕이 자신들의 삶, 다시 말해 그들의 이상과 현실 사이의 괴리를 고민하는 장면이 설정된다. 예술과 현실의 괴리에서 발생되는 예술가의 고민은 과거 20년대나 현재나 별반 차이가 없이 동일함을 극중극 기법을 통해서 보여주고 있는 셈이다.

이와 같이 작가 자의식의 반영으로써 플롯은 현대극의 한 특성이 되었다. 윤대성의 또 다른 작품 〈신화 1900〉이랄지, 이현화의 〈불가불가〉 등의 작품 역시 메타 연극으로서 현실과 허구의 경계를 지우고 이질적인 두 세계를 뒤섞어 보여줌으로써 연극 속에서 현실을 인식하는 자의식을 분명하게 반영하고 있다.

4. 중심 플롯과 부수적인 플롯

단 하나의 플롯으로도 충분히 가치 있는 작품을 쓸 수 있지만 좋은 이야기는 하나 이상의 플롯 라인을 가지고 있다. 작가의 중심의도 즉 중심 주제가 들어 있는 구조를 중심 플롯이라고 하고 다른 곁가지의 이야기 구조를 부수적인 플롯이라고 한다. 가령, 〈햄릿〉에서 중심적인 이야기는 죽은 아버지를 위해 과연 아들 햄릿이 복수할 수 있을 것인가에 있다. 그러나 복수는 지연되어 결국 햄릿과 그 주변인물들은 비극적으로 파멸한다. 이것이 〈햄릿〉의 중심 플롯이다. 그러나 이것만 있는 게 아니다. 햄릿과 어머니와의 관계, 햄릿과 오필리어와의 관계, 폴로니우스와 오필리어의 관계 등이 얽히면서 중심 플롯 곁에서 또 하나의 이야기를 만들어 나간다. 이런 것들이 부수적인 플롯이다. 앞서 예로 들었던 〈토막〉에서 명서네 가족이 일본에 돈 벌러간 명수가 오기를 기다리는 내용이 중심 플롯이라면, 경선네 이야기가 부수적인 플롯이다.

그러면 중심 플롯의 진행방향에 따른 특성을 알아보고 이에 따라 소포클레스의 비극 〈안티고네〉를 중심으로 분석해 보겠다.

중심 플롯은 연극의 구조화된 기본 줄거리를 말한다. 주인공의 행동이 연극의 핵심 요소인 만큼, 중심 플롯은 주인공의 행동변화 과정을 다룬다. 앞서 이미 언급한 여러 플롯 유형 가운데 4단계 유형을 통해 단계별로 행해지는 극적 사건을 살펴보기로 하겠다. 먼저 도입부다. 이는 희곡의 첫 부분으로, 장면이 설정되고 극 내용에 대한 최소한의 정보가 제공된다. 중심인물과 종속인물들이 소개되고 주인공의 주변적 상황에 대한 정보가 제공되는 가운데 외부의 힘이 도입됨으로써 정적인 상황이 붕괴되고 주인공이 새로운 국면을 맞이하게 된다.

〈안티고네〉에서 프롤로그는 도입부에 해당된다. 프롤로그는 원래 서장 혹은 서막의 개념으로 본격적으로 극 행동이 시작되기 전의 상황이나 극 행동이 발생하기 전의 상황을 소개한다. 주인공 안티고네가 동생 이스메네에게 크레온 왕의 명령에 대해서 말한다. 오빠의 시체를 들판에 버린 크레온 왕은 자신의 명령을 어기고 시체를 매장하는 자를 처벌하겠다는 내용이다. 안티고네는 이스메네에게 오빠의 시체를 거두어 매장하겠노라며 자신을 도와 달라고 한다. 하지만 이스메네는 신의 법은 대단히 중요하나 나라를 위해서 만들어놓은 법을 어길 만한 힘이 자기에게는 없다며 거절한다. 우리는 여기서 〈안티고네〉의 중심 플롯을 어느 정도 알아차릴 수 있다. 왕의 명령을 따르지 않겠다는 안티고네와, 왕명을 지키려는 크레온과의 대립이 그것이다. 둘 사이의 대립과 갈등은 작품이 진행되는 내내 지속된다. 이어서 안티고네와 크레온 왕의 중심인물이 소개되면서 두 인물의 운명이 어떻게 될 것인가에 극의 흥미를 집중시키고 있다. 하지만 아직은 본격적인 충돌은 나오지 않는다. 어디까지나 도입부에서는 앞으로 극 사건의 중심적인 행동에 대한 분위기나 정보를 제공할 뿐, 본격적인 사건 진전은 일어나지 않기 때문이다. 안티고네와 대립하는 크레온 왕이 프롤로그에 등장하지 않는 것은 이러한 이유에서다.

두 번째 플롯 라인은 상승 혹은 분규이다. 이는 갈등과 대립의 감정이 층계를 오르듯 점차 상승하는 단계다. 그래서 이를 라이싱 액션(rising action)이라고 한다. 외부의 힘, 혹은 정적인 상황을 붕괴하는 자극적인 충격이 가해지면서 주인공은 가파른 감정의 상승을 경험하게 되는 단계다. 모든 사건과 행동이 정점을 향해 전진하는 과정이라고 할 수 있다. 이러는 가운데 주인공이 외부의 힘에 대응하는 방식에 대해 흥미를 갖게 되고, 장차 주인공의 운명이 어떻게 변할 것인가 긴장하게 된다. 곧 상승의 과정은 흥미와 서스펜스를 바탕으로 한 플롯의 두 번째 단계로 발생된 문제가 심화되는 단계다. 따라서 이 부분은 극의 대부분을 차지한다. 어떠한 동기가 있었는가. 주인공의 행동화된 동기에 저항하는 세력은 무엇이며 이는 주인공에게 어떠한 충격을 가했는가. 주인공은 이를 어떻게 대응해 나가는가 등 일련의 스토리 라인이 이 단계에서 다뤄져야 할 내용들이다. 여기에다가 부차적인 이야기가 엮어지면서 여러 상황들이 복잡하게 얽혀가기도 한다. 그러므로 상승 혹은 분규 과정은 치밀한 플롯 설계가 이루어지지 않으면 안 된다.

〈안티고네〉의 프롤로그가 도입부라면 이어지는 다섯 개의 에피소드는 라이싱 액션에 해당되는 플롯이다. 안티고네가 동생에게 자신의 의지를 표명

139

하는 장면의 도입부가 끝나고, 크레온 왕이 원로원에서 연설을 하는 장면으로 에피소드1 즉 상승 플롯이 시작된다. 크레온은 오이디푸스 왕의 두 아들이 싸움터에서 서로 상대를 죽이고 말았다며 그 결과 가까운 핏줄로서 자신이 왕위를 계승받게 되었다는 저간의 사정을 말한다. 이는 극 행동이 시작되기 전의 이야기 즉 전사(前事)이다. 이를 통해 관객은 극의 전반적인 분위기와 상황을 알아차리게 된다. 그런데 크레온 왕은 폴뤼네이케스는 추방당한 신분인데도 자신의 조국 땅과 조상신들의 신전을 불과 칼로 치려했으니 그를 매장해서는 안 된다고 명령한다. 오빠의 시체를 매장하겠다는 프롤로그에서의 안티고네 의지는 이 대목에 이르러 본격적으로 맞서게 된다. 이런 맞섬과 대립은 긴장을 조성할 수밖에 없다. 왕명을 어기고 그녀의 의지대로 실천하게 되면 안티고네의 죽음은 불 보듯 뻔하기 때문이다. 극적 긴장감은 조성되고 앞으로의 극 행동에 주목하게 된다. 이러한 서스펜스는 파수병의 등장으로 더욱 강화된다. 파수병이 크레온 왕에게 누군가가 시체를 매장했다고 보고하자 왕은 범인을 잡아오라고 명령한다. 결국 파수병에 의해 잡혀온 안티고네는 크레온 왕에게 자신의 의지를 강변한다.

> 네, 감히. 그것은 신께서 내리시니 명령이 아니었습니다. 지상의 인간들을 다스리시는 저 최고의 정의는 그러한 법을 만들지 않습니다. 내리신 포고는 강력한 명령이었습니다. 그러나 당신의 모든 힘이란 것도 신의 영원한 불문율에 비하면 미천하기 짝이 없습니다. 하늘의 법은 오늘에만 존재하는 게 아닙니다. 그것은 과거에도 있었고 미래에도 있습니다. 그것은 영원하게, 인간을 완전히 초월해서 작용하고 있는 것입니다. (후략)

왕명도 신(하늘)의 뜻을 어길 수 없다는 그녀의 논리는 이 작품의 핵심 갈등이자 주제가 담긴 내용이다. 국가 질서를 수호하기 위해서 왕명을 어긴 자를 처벌해야 한다는 크레온의 입장과, 시체를 매장해 영혼을 편안하게 보내야 한다는 안티고네의 입장은 각각 국가와 인륜의 논리를 대변하면서 상호 충돌한다. 헤겔은 이 같은 대결양상에 의미를 두고 이 작품을 희랍비극

의 최고작이라고 극찬한 바 있다. 그런데 이들의 대립은 선과 악의 갈등에
서 비롯된 게 아니라 각자 자신의 입장에서 기인한다. 도틀어 말하면, 선
(善)과 선의 대결이다. 흑백논리의 싸움이 아니라 각자 자신의 입장에서 심
적 확신을 가지고 촉발된 대립과 갈등은 향후 극 행동의 방향을 주목하게
하는 요인이 된다.

대립인물이 등장하고, 대립의 원인이 분명히 밝혀졌다. 그리고 이들의 맞
섬이 선악의 대결이 아니라 각각 합리적인 목적의 대립이라는 점에서 향후
어떤 양상으로 바뀔 것인지 흥미를 갖게 한다. 상승을 더욱 추동시키는 극
행동은 에피소드2에 이르러 더욱 강화된다. 크레온 왕의 아들 하이몬이 등
장해서 안티고네의 행동을 옹호하고 나선 것이다. 그래서 크레온은 아들 하
이몬과 대립한다. 왕은 안티고네를 황량한 벌판으로 데리고 가서 산 채로
바위굴 속에 가둬 넣겠다고 한다. 이러한 말의 힘이 구체적 행동으로 제시
되는 장면이 에피소드4로 이어진다. 에피소드5는 라이싱 액션의 극점에 해
당한다. 예언자 테이레시아스가 등장해 왕이 새로운 재앙을 불러들였다고
하자 코러스장은 안티고네를 동굴 속에서 풀어주라고 왕에게 부탁한다. 이
에 크레온 왕은 번민한다. 그는 결단코 운명과는 싸우지 않겠다며 안티고네
를 풀어주려고 마음먹는다. 이제 극의 방향은 두 가지 길 가운데 어느 한쪽
을 선택할 수밖에 없다. 크레온이 자신의 명을 스스로 어기고 안티고네를
석방할 것인가. 아니면 끝까지 자신의 왕명을 수호해 안티고네를 죽일 것인
가. 어떤 경우이든 중심인물인 안티고네와 크레온은 존재의 변화가 이루어
지는 대목이다. 크라이시스(crisis), 위기의 순간이다. 주인공의 행동의 방향
이 바뀌면서 운명이 전환되고 인물은 무엇인가를 깨닫게 된다. 급전과 인지
(후회)라는 희랍비극의 가장 핵심 요소가 발생하는 지점이다.

〈안티고네〉는 마지막 정점을 향한다. 사자가 등장해 안티고네가 목을 매
죽고 그 옆에서 크레온의 아들 하이몬도 자살해 죽음의 길을 안티고네와 함
께했다는 내용이다. 크레온이 하이몬의 시체를 안고 등장해 자신의 어리석
음을 통탄한다. 그러는 사이에 왕비가 죽었다고 사자가 보고한다. 지금까지

141

상승하던 모든 극적 행동은 파국을 향해 갑작스럽게 전환된다. 이 부분이 폴링 액션(falling action)이다. 주인공에게 비극적 힘이 가해지면서 주인공은 이제 파멸을 맞이한다. 모든 선행사건들의 불가피한 결과들이 주인공 눈앞에서 발생하며 주인공은 더이상 극 초반의 욕망과 열정의 소유자가 아니라 초라하고 연민을 불러일으키는 인물로 바뀐다. 모든 극적 상황은 종결되고 모든 선행사건들은 가지런히 하나의 종결지점으로 모아진다. 카타스트로프(catastrophe)라는 말은 이런 경우를 의미한다. 안티고네의 죽음, 하이몬의 죽음, 왕비의 죽음이 결국 크레온 왕의 자기파멸을 불러왔다. '어서 오라 죽음이여, 다시는 태양을 보지 않으련다' 크레온의 절규는 고귀한 인물의 몰락 그 자체다. 하마르티아(도덕적인 결함)로 인해 행복한 상황은 불행의 나락으로 떨어지고 인물은 그 순간 자신의 삶을 후회하고 잘못됨을 깨닫게 된다. 결국 이 작품은 인간이 얼마나 어리석은 존재인지를 비극적 플롯에 맞춰 보여주고 있다.

142

지금까지 희랍비극 〈안티고네〉를 통해서 중심 플롯의 단계별 극 행동 특성을 살펴보았다. 희랍비극은 하나의 사건 즉 하나의 중심 행동을 소재로 삼는 단일 플롯이라서 부수적인 곁가지 플롯이 없다. 하지만 근대극 이후에는 중심 플롯에 부수적인 플롯이 설정되어 이중적 의미를 주는 경우가 많이 있다.

보통 부수적인 플롯은 중심 플롯을 도와주는 보족적인 기능을 수행한다. 중심 플롯의 의미를 강화하고 확대하며 중심 플롯의 정서를 고양시키는 데 도움을 준다. 하지만 부수적인 플롯이 그 자체로 독립적인 의미를 갖는 경우도 없지 않다. 이럴 경우, 부수적인 플롯은 중심 플롯에 종속적이지 않고 또 하나의 주제의식을 갖게 되지만 대체적인 경우, 부수적인 플롯은 중심 플롯의 영역에서 벗어나지 않는 범위에서 설정된다.

그런데 어떠한 플롯이든 읽을 만한, 혹은 볼 만한 꺼리가 있어야 한다. 이때 '보는 재미', '읽는 재미'를 제공하는 것이 흥미와 서스펜스다. 플롯에서 이 요소가 없다면, 공기가 빠져 버린 풍선처럼 보잘 것이 없다. 플롯에서 흥미와 서스펜스의 중요성, 이는 아무리 강조해도 지나치지 않다.

1) 흥미와 서스펜스

앞서 거듭 강조했다시피 희곡 플롯에서 기초가 되는 건 흥미와 서스펜스이다. 흥미가 현재적 상황에 대한 관심이라면, 서스펜스는 장차 다가올 상황에 대한 긴장감에서 나온다. 점점 고조되는 긴장은 미래에 대한 기대감으로 치달으면서 마지막 끝 부분에 도달해 종결된다. 독자와 관객은 바로 이러한 점에 매력을 느껴 희곡과 연극을 만난다.

그런데 비단 문학이나 연극뿐만 아니라 세상사가 즐거운 요소로 가득차면 얼마나 좋을까. 눈빛 닿는 데마다 꽃밭의 환희요, 귀로 들어오는 소리마다 경이로운 멜로디며, 만나는 사람마다 천사 같은 마음이라면 우리는 굳이 뼈와 살을 분리하는 듯한 글쓰기의 고통, 예술 창조의 힘듦을 감내하지 않을 것이다. 하지만 세상일은 즐거움보다는 괴로움이 더 많다. 아름다운 것들은 오래지 않아 소멸되고, 인간의 욕망은 바닷물처럼 채울수록 더욱 갈증이 난다. 세상살이가 즐거움에서 멀어지고, 작가의 머릿속 세계와 현실세계가 담장을 두르면 두를수록 글쓰기와 예술은 더욱 생명의 불꽃을 돋우게 된다. 그리하여 희곡은 마음과 이반된 현실, 정상에서 벗어난 비정상, 원칙에서 미끄러진 반칙과 변칙, 질서를 무너뜨리는 무질서를 창작의 동기로 삼는다. 지극히 평범하고 정상적이며 고요한 질서가 있다면 희곡은 다가서지 않는다. 일탈된 인물, 교묘하게 변형된 삶의 모습에서 희곡은 출발한다. 그래서 관객은 연극을 보러 극장에 간다. 연극세계는 곧 문제적인 인물의 삶을 흥미진진하게 펼쳐놓기 때문이다. 이때 흥미진진함은 인물의 행동의 작용과 반작용의 상호관계에서 발생한다.

희곡에서 흥미와 서스펜스의 활용은 바로 이러한 점과 관련이 깊다. 왜 그런가, 어떻게 진행되는가, 결과는 어찌 되는가 등등의 요소가 극의 플롯을 이루는 기본이 된다. 이러한 궁금증은 관객으로 하여금 장차 무슨 일이 발생할 것이라는 호기심을 유발케 한다. 그런데 이러한 일련의 행동적 추이는 극의 초반에 모두 보여주지 않는다. 차츰차츰 극이 진행되어 가는 과정에서 하나씩 작가는 정보를 드러낸다. 그리고 마지막 막이 닫힐 즈음해서 작가는 비로소 관객이 기대했던 것을 보여준다. 이것이 서스펜스다. 서스펜스는 다가올 사건에 대한 기대감이며 극을 전진시키는 힘이다. 〈맥베스〉의 앞부분을 보기로 하자.

> 맥베스: 말을 해봐라. 대관절 너희들은 뭣들이냐?
> 마녀1: 만세, 맥베스! 만세, 글래미스 영주!
> 마녀2: 만세, 맥베스! 만세, 코더 영주!
> 마녀3: 만세, 맥베스! 장차 왕이 되실 분
> 뱅 코: 왜 놀라시오? 두려워하시는구료. 듣기에도 솔깃한 일을? 그런데 대체 너희들은 허깨비냐, 외형에 보이는 그대로냐? 나의 동료를 너희들은 현재의 칭호와 미래의 영달과 왕위의 예언으로 환영하니, 저분이 저렇게 어리둥절하고 있잖느냐. 그래 내게는 아무 말도 안 해줄 거냐? 너희들이 시간의 종자를 꿰뚫어보고, 자랄 종자를 예언할 수 있거들랑 말을 해봐라. 너희들의 호의를 청하거나 증오를 두려워할 나는 아니다.

이 작품은 맥베스 장군이 마녀들의 유혹에 빠져 왕을 살해하고 왕위를 차지한 다음 결국 살해되는 이야기로 요약할 수 있다. 모든 극 행동 다시 말하면, 맥베스가 왕위 찬탈을 위해 진행시키는 일련의 음모는 앞의 인용된 장면으로부터 촉발된다. 따라서 마녀들의 음성은 이 작품을 전진시키는 계기로서 서스펜스 역할을 한다. 과연 맥베스는 마녀의 예언대로 왕이 될 수 있을 것인가. 이 문제가 〈맥베스〉의 중심 행동이자 관객의 기대감이다. 〈맥베스〉에서 보듯이 희곡에서 최초의 서스펜스는 플롯의 처음 부분에서 이루어진다. 그래야만 극은 긴장감을 유지하면서 발전할 수 있다. 그렇다고 처음에서만 서스펜스가 조성되는 것만은 아니다.

모두 나간다. 무대는 잠시 비어 있다. 왼쪽 문에서 초인종 소리가 들린다.

하녀의 목소리: 네, 나가요!

처음 시작할 때처럼 하녀가 등장하여 문 쪽으로 간다. 두 번째 초인종 소리가 들린다.

하녀(방백): 되게 급한 아가씨로군! (큰소리로) 기다려요! (왼쪽으로 가서 문을 연다) 안녕하세요? 새로 온 학생이죠? 수업 들으러 오셨죠? 지금 기다리고 계시거든요. 오셨다고 말씀드릴게요. 금방 내려오실 거예요. 자, 들어오세요. 어서요. 막.

이오네스코의 희곡 〈수업〉의 마지막 부분이다. 이 작품은 교수, 학생, 하녀 세 인물이 등장한다. 교수는 교수라는 권력을 이용해 언어를 매개삼아 욕구를 충족하는 인물이다. 교수의 학생 살인이 대부분의 논자들이 지적하듯이 성행위의 가학적 행위라고 한다면 하녀는 교수가 권력을 지나치게 남용함에도 불구하고 애써 외면하는 대중의 상징이라고 할 수 있다. 교수는 자신에게 공부를 하러 온 학생을 40명이나 죽였다. 그리고 앞의 인용문처럼 또 다른 희생자가 교수를 방문하면서 작품은 끝난다. 결국 이 작품에서 작가는 언어가 인간존재의 파괴에 대해 책임이 있음을 고발하고 있다. 작품의 끝은 작품의 처음과 동일한 상황으로 연결되면서 극 내용의 순환, 반복성을 암시한다. 학생이 교수를 방문해 수업을 받으면서 이가 아프다고 말하지만, 교수는 이에 아랑곳하지 않고 식칼을 외쳐댄다. 소통되지 않는 언어, 상호 감정이 차단된 상황에서 교수의 지식과 언어는 폭력과 살인을 낳게 된다. 구조적으로 순환 반복적인 패턴을 보이는 이 작품은 끝나는 부분이 다시 시작 상황과 일치되어 한 학생을 죽음으로 몰고 가는 서스펜스를 장치하였다. 이와 같이 서스펜스는 극의 내용을 강렬하게 끌어가는 장치이면서 팽팽한 긴장감을 유발한다.

145

보통 희곡작품에서 서스펜스는 중심 서스펜스와 부차적 서스펜스로 나타난다. 중심 서스펜스는 작품 중심 행동에서 발생하는 갈등의 서스펜스이고, 부차적 서스펜스는 중심인물의 주변부에서 일어나는 긴장감이다. 가령, 오영진의 〈맹진사댁 경사〉에서 중심 서스펜스는 중심 플롯인 갑분과 미언의 결혼 성사 여부에 있다. 그런데 신랑이 다리를 저는 불구자라는 소문이 돌자 맹진사는 계략을 세워 딸 갑분이의 몸종 입분이를 대리신부로 내세워 혼인을 성사시킨다. 이때 입분이를 사랑하던 머슴 삼돌이는 상전인 맹진사에게 저항하면서 입분이를 신부로 보내면 자신은 어떡하라는 소리냐며 대든다. 이렇게 되면 순간적으로 삼돌이와 맹진사는 대립하는 상황이 발생하는데 이것이 부차적 서스펜스이다. 이러한 부차적인 서스펜스 장치는 본질적으로 극의 긴장을 배가시키기 위해 마련된다. 극의 끝 그러니까 종결부는 조성된 모든 극적 긴장이 해소되는 국면을 말한다. 이때 모든 극적 긴장의 해소는 중심 갈등의 중심 서스펜스와 이에 곁가지로 설정된 부차적 서스펜스를 아우른다.

세상에는 기적이 없다. 기적이 있으려면 있을 만한 준비와 노력이 필요하다. 성공적인 희곡작품을 창작하기 위해서는 성공을 보장할 수 있도록 사전 준비와 노력이 수반되어야 한다. 그것은 서스펜스의 적절한 활용 여부에 있다. 서스펜스는 희곡의 성공 여하를 결정하는 또 하나의 창작의 힘이다.

2) 놀이의 플롯

희곡 창작에 이르는 길에서 플롯에 대한 언급은 마지막으로 치닫고 있다. 지금까지의 내용에서 우리는 플롯의 창의적인 고안은 작품의 성공 여부를 결정하는 중요한 가늠자임을 알았다. 그러면 작품의 성공은 과연 견고한 플롯만으로 가능한가. 우리는 이러한 근본적인 문제에 대해 고민할 필요가 있다. 어떠한 소재라도, 어떠한 인물을 설정하더라도 플롯만 완벽하게 구축되면 일사만통으로 성공적인 희곡작품을 보장할 수 있는가. 이러한 질문에 답

변하기 위해서는 연극의 본질을 떠올려야 한다. 그러면 연극의 본질은 무엇인가. 그리고 그것은 플롯과 어떠한 상관성을 맺고 있는가.

희곡은 말할 나위 없이 연극 상연을 전제로 한 문학양식이자 공연의 1차 텍스트다. 그렇다면 연극은 무엇인가. 우리는 종종 연극무대에서 일상의 삶을 그대로 빼닮은 현실 재현의 작품을 만나기도 한다. 이건 연극 소재가 되는 일상의 삶이 매우 극적인 성격을 띨 때 가능하다. 그렇지 않고서는 생활세계의 한 단면이 그대로 무대 현실로 구현되지는 않는다. 연극무대는 일상의 생활세계에서 발생하는 행동(사건)에서 소재를 취하지만 생활세계 자체가 될 수 없다. 왜냐하면 작가는 작품을 쓰는 과정에서 소재를 다루는 방식또는 소재를 구조화하는 방식을 통해 작가 의도를 반영하기 때문이다. 달리말하면, 희곡은 소재를 다루는 작가의 조종술에 의해 창작된다. 이때 소재의구조화니 작가의 조종술은 플롯을 짜는 과정에서 이루어진다. 플롯 작성은희곡을 창작하는 데 있어서 반드시 거쳐야 할 과정이다. 뒤집어서 말하면,플롯 없는 창작은 생각할 수조차 없다. 그러므로 일상의 삶이 그대로 무대위에 재현되는 경우는 거의 없다고 보아야 한다. 작가는 극적 인물을 창조하고 극적 상황을 설정해 극적인 장면을 구축한다. 인물과 상황과 장면을창조하고 설정하고 구축하는 일을 달리 말하면 소재의 놀이화라고 말할 수있다. 이를 놀이의 플롯이라고 명명해 보자.

놀이의 플롯은 사실 연극의 본질인 놀이성에 기초한다. 앞서 1장에서 언급했듯이, 연극의 원초적인 모습은 신을 위한 놀이로부터 시작되었다. 그러므로 놀이의 플롯은 이런 맥락에서 볼 때 가장 연극적인 면모를 지닌 플롯이다. 이 플롯이 연극을 연극답게 만든다. 어떠한 인물에 대해, 혹은 어떠한 삶의 현상에 대해 작가는 놀이적 개념을 적극적으로 생각하면서 플롯을짠다. 그래서 관객에게 즐거움도 주고, 놀이 속에 잠재된 의미화된 기호들을 제시한다.

그렇다면 희곡에서 놀이적 플롯은 어떻게 만들어질 수 있는가. 이 점을파악하기 전에 놀이에 대한 의미 있는 접근이 필요할 듯하다. 놀이는 세 가지의 특성을 지니고 있다. 구체적으로 볼 때 놀이의 특성 하나는 '얻기 위한 투쟁'이고, 둘은 '어떤 것에 관한 표현'이며 셋은 '나름의 규칙'이 있다.

먼저 '얻기 위한 투쟁'은 놀이 참여자들을 긴장으로 몰아넣는다. 이는 놀이를 지켜보는 사람도 마찬가지다. 긴장을 조성한다는 점에서 놀이는 연극과 상당히 닮았다. 이런 점에서 놀이의 플롯은 연극에서 자주 활용되며 관객에게 관극심리를 자극시킨다. 한편, 투쟁의 방식은 대결구도에서 가능하다. 서로 상반된 세력이 엇비슷한 힘의 균형을 유지하면서 맞서야 흥미 있는 대결이 된다. 토끼와 거북이의 경주처럼 힘의 균형이 맞지 않는 대결은 재미없다. 결과가 뻔하기 때문이다. 물론 이러한 경우, 특별한 상황을 부여해 극적으로 처리할 수 있다. 가령, 상처를 입은 토끼와 거북이랄지, 아기 토끼와 아빠 거북이랄지 등등. 어찌 됐든, 투쟁은 갈등과 맞섬의 결과이다. 놀이의 목적이 무엇인가를 얻기 위한 투쟁에 있다는 점은 시사하는 바가 적지 않다. 이때 '얻음'의 대상이 반드시 사물인 것만 아니다. 연극에서는 오히려 아리스토텔레스가 말한 '발견'(agnorisis)의 의미가 더 강하다. 이런 점에서 놀이의 플롯은 희곡 창작의 관점에서 매우 주목을 요하는 대목이다.

두 번째로, '어떤 것에 대한 표현'의 문제다. 가위바위보, 수수께끼, 흉내내기, 모방적 재현의 놀이 등 모든 놀이는 어떤 것을 표현한다. 침묵과 정태적인 모습 자체가 놀이가 될 수는 없다. 놀이를 play라고 하는 점을 상기하면 놀이가 움직임, 행동 등의 의미와 매우 가깝게 있음을 시사한다. 가령 침묵의 표정을 짓는다 해도 이것이 놀이가 되기 위해서는 이 침묵의 표정이 무엇을 말하는지 알아맞히는 게임이 되어야 한다. 따라서 '어떤 것에 대한 표현'이라는 놀이 특성은 표현과 행동을 반영하고 있는데 이 역시 연극과 직접적인 관련이 있다. 연극을 나타내는 드라마는 희랍어 드라메논(dramenon)에서 나왔다. 이 말은 '행위 된 어떤 것'을 의미한다. 즉 '표현으로써 연기된 것'을 드라마라고 한다. 사실 배우의 행동이 없는 연극무대를 상상할 수 있겠는가. 심리적인 변화로써 내적인 행동이든. 그것의 외연적 표출로써 외적인 행동이든 연극은 인물의 행동변화가 반드시 있게 마련이다. 이것을 보기 위해 관객은 극장문을 연다. 도틀어 말하면, 연극은 어떤 사태에 대한 행동적 반응이다.

로제 카이유와는 그의 저서 『놀이와 인간』에서 놀이를 네 가지로 분류한 바 있다. 그에 따르면 미미크리(mimicry) 즉 흉내, 모방놀이가 문화적 형태로 자리잡은 게 연극을 비롯한 공연예술이라고 한다. 연극이 모의놀이인 미미크리에서 발전했다는 사실은 연극의 특성이 가짜로 꾸며진 상황에 대한 행동에 있음을 말해준다. 이미 언급했듯이 플롯의 단계에서 처음의 과정이 가능성의 세계를 다룬다는 점은 이를 입증한다. 희곡의 처음 부분이 '불가능한 가능성의 세계'(impossible but possible world)를 제시한다는 점은 모의놀이의 '모의'의 개념으로 이해해도 무방하다. 현실적으로는 존재하지 않는, 그래서 불가능한 일이지만, 극적 상황을 개연성 있게 몰아가는 과정에서 가짜는 진짜와 같은 환상을 갖게 되는 것이다. 결국 희곡은 존재하는 실상을 재현하는 게 아니라 존재할 수도 있는 가능한 일들을 꾸며서 제시하는 행동 양식이라고 할 수 있다. 이는 연극이 태생적으로 미미크리를 조상으로 두었기에 그 조상의 특성을 보유할 수밖에 없기 때문이다. 모의놀이로서 가짜로 꾸며진 상황이나 대상을 흉내내는 미미크리의 특성을 ……

이제 마지막으로 남은 놀이의 특성은 규칙이다. 모든 놀이는 고유한 규칙이 있다. 자주 쓰는 말로 게임의 룰 혹은 게임의 법칙이다. 이것은 놀이 참여자들끼리의 약속이다. 그것이 위반되면 그 순간 놀이의 세계, 곧 환상의 세계는 깨지고 현실세계로 바뀐다. 그런데 어떤 놀이든 약속을 위반하는 놀이 파괴자가 있기 마련이다. 그래서 놀이는 더욱 재미가 있고 박진감을 연출하는지도 모른다. 연극이 정교하게 짜여진 약속(convention)임은 두말할 필요도 없는 당위성을 갖는데 바로 이 점이 규칙으로써의 놀이 특성과 연관된다. 또한 놀이 파괴자가 으레 있어 놀이 자체를 흥미와 긴장으로 몰아넣듯이, 연극도 약속으로써의 무대 위 상황과는 아랑곳하지 않고 자기 멋대로 나가는 인물이 존재한다. 이러한 인물은 극의 긴장을 떨어뜨리는 희극적 인물이기도 하고, 반대로 더욱 긴장을 강화시키는 인물이 되기도 한다.

149

지금까지 살펴보았듯이, 연극과 놀이는 일란성 쌍둥이처럼 매우 닮아 있다. 연극이 미미크리라는 놀이에서 출발했기에 놀이의 특성이 그대로 연극의 특성과 겹친다. 이러한 점에 입각해 설계하는 플롯이 놀이의 플롯이다. 누가 시켜서 강제적으로 행하는 게 아니라 놀이는 자유스런 분위기에서 조성된다. 그런가 하면, 놀이는 실제 생활이 아니라 여기서 벗어나 새로운 환상의 세계를 창조한다. 놀이의 탈일상성이다. 놀이가 문명의 기초라고 말한 호이징하는 호모 루덴스(Homo rudens)라는 말을 들어서 인간만이 놀이를 즐긴다고 하였다. 이 점에서 희랍 문명을 찬란하게 틔운 동력은 바로 희랍 비극에 있었던 것은 아닐까 생각해볼 일이다. 수천 명의 관중이 운집한 원형극장에서 희랍 시민들은 연극을 감상하였다. 관객은 불행으로 전락한 주인공으로부터 연민을 느끼며 동시에 자신에게도 그런 비극적 재앙이 올 수 있다는 생각에 공포감도 갖는다. 그러는 과정에 관객은 연극을 통해 자기인식을 하게 되고 개인적 자아의 성숙을 꾀하게 된다. 바로 이 점이 문명의 얼굴이 아니겠는가. 세계 연극사에 희랍 연극이 맨 처음에 나오는 건 그만큼 연극을 배태시키는 토양이 마련되었다는 증거다. 이를테면 풍부한 신화, 생활화된 토론문화 등은 철학과 문학을 발전시켰고 이러한 점에 힘입어 희랍 비극이 탄생된 것이다. 문명과 인간의 성장에 토대가 되는 놀이가 연극과 동질동형(同質同形)의 양상을 띤다는 사실은 새삼스럽게 우리를 주목하게 만든다. 여기에 놀이 플롯의 의미와 가치가 있기 때문이다.

놀이의 플롯을 효율적으로 짜려면 의당 놀이를 관찰해야 한다. 놀이는 시간과 장소가 제한되어 있다. 시간이 무진장으로 허용되는 게 아니다. 가령, 스포츠는 주어진 시간 내에서 승패를 결정하는 게임이다. 이처럼 놀이는 시간과 공간이 분명하게 제한되어 있다. 또한 놀이는 반복 가능하며 고유한 질서가 있다. 아울러 경쟁적인 성격의 놀이일수록 긴장의 강도는 더 커진다. 이러한 점은 사실 놀이의 플롯에만 국한되는 건 아니다. 희곡의 모든 플롯이 이 점에 기초하고 있기 때문이다. 그리고 보면 희곡과 연극세계는 놀이의 세계라고 해도 틀린 말이 아니다. 놀이 특성을 희곡으로 살리기 위해서는 앞서 말한 점을 유념할 필요가 있다. 가령, 메타극은 연극의 놀이적 특성을 보여주는 대표적인 형식인데, 겉 연극 속에 들어있는 속 연극은 일정한 시간과 장소에서 벌어지면서 일정한 질서를 보여주거나 새로운 질서를 창조해 겉 연극에 관여한다. 이와 같이 놀이의 플롯은 놀이의 특성을 십분 반영함으로써 짜여질 수 있다.

이를 정리해 보기로 하자. 주인공이 무엇인가를 얻기 위한 투쟁을 그린다. 이는 주인공이 욕망을 실현하기 위해 반대자와 다투는 과정을 말한다. 두 번째로 표현 즉 행동성이다. 이는 만들어진 액션을 통해 극의 내용을 의미화, 맥락화한다. 셋째 일정한 규칙이 지배한다. 이는 약속으로써의 연극임을 드러내야 한다는 점이다. 넷째, 시간과 공간의 제한성이다. 다섯째 고유한 질서가 있어야 한다. 여섯째 경쟁 구도로 짜야 한다. 일곱째 현실과 거리두기를 통해 연극세계가 의도적으로 만들어진 환상세계임을 드러내야 한다. 마지막으로 이 모든 것이 하나의 조작된 가짜임을 보여주되 그 속에는 진실성(reality)을 담고 있어야 한다.

현대희곡 가운데 놀이성 그 자체를 희곡의 기본 뼈대로 삼은 작품이 적지 않다. 가령 우리의 경우, 이근삼의 〈국물 있사옵니다〉, 박조열의 〈토끼와 포수〉, 차범석의 〈바람 분다 문 열어라〉, 윤대성의 〈출세기〉, 이강백의 〈마르고 닳도록〉, 이만희의 〈용띠 위에 개띠〉, 장진의 〈아름다운 사인〉 등은 놀이성을 극대화한 희곡들이다. 이 가운데 〈출세기〉를 택해서 희곡에서 놀이성의 양상이 어떻게 드러나고 있는지 알아보기로 하겠다.

이 작품은 실화를 바탕으로 구성된 희곡이다. 광산촌 갱이 붕괴되어 광부들이 매몰된다. 그 가운데 주인공 김창호가 유일한 생존자이다. 김창호의 아내 박여인은 임신한 배를 움켜쥐고 탄광으로 간다. 광업소장과 안전실장은 광부들을 구출하는 비용을 따지며 손익계산을 한다. 홍 기자는 사건 현장으로 달려와 특종기사에 골몰한다. 생존자가 있다는 소식에 각 신문, 방송사 기자들이 몰려오고 홍 기자는 흥분하여 국민의 성원을 호소한다. 김창호가 구출되고 병원에서 검사를 마친 다음, 그가 생존할 수 있었던 이유를 설명한다. 방송과 CF촬영 등 바쁜 일정을 보내는 김창호는 유명인사가 되고 이에 따라 형편도 바뀐다. 요정에서 흥청망청 돈을 써대는 그는 돈이 떨어지자 술집에서 쫓겨나고 여러 사람들에게 도움을 요청하지만 거절당한다. 아내 박여인이 사산을 하자 김창호는 괴로워한다. 다시 광산에서 사고가 났다는 소식을 접한 김창호는 광산으로 달려가고 홍 기자는 인터뷰를 요청하나 생존자가 없다고 하자 모두 현장을 떠난다. 김창호는 땅속이 아닌 하늘로 가서 놀라운 기록을 세우겠다며 떠난다.

이상의 줄거리에서 엿볼 수 있듯이 이 작품은 70년대 발표 당시의 상황과 조우하고 있다. 경제개발을 최우선 순위에 둔 70년대는 모든 걸 산업화의 논리에 복속시킨 시대다. 그 결과 인간가치가 훼손되고 인간성이 배제된 사회현상이 도처에서 불거져 나왔다. 이러한 존재 현실에 대한 반성과 비판이 함께 반영된 작품이 〈출세기〉다. 주인공 김창호가 매스컴의 상업자본의 논리에 휘둘리며 도구적 가치로 전락하고 더 나아가 대중매체가 한 개인의 파멸을 부추기는 비극의 원천임을 고발한다. 현대문명의 야만성은 16일간 땅속에 묻혔다가 극적으로 구출된 한 인간 생명의 승리에는 관심이 없고 이를 오직 상품가치로 악용하려 드는데 있다. 따라서 대중매체는 이 작품에서 안타고니스트다. 인간의 진실에는 눈이 어둡고 매스컴의 상업성에 관심을 둔다. 이는 작가의 매스컴에 대한 비판적 목소리라고 할 수 있겠다. 진실이 아닌 흥미 본위의 보도 자체는 이 작품을 일정한 거리를 두고 볼 때 사회현실에 대한 작가의 놀이적 접근이라 하지 않을 수 없다. 그리고 그 놀이성 속에 날카로운 비판의 비수를 감추고 있다.

김창호: 제발 빨리 구해 주시오. 내 가족들한테도 알려주시오. 무섭습니다.
　　　 (전화 끝낸다)
실　장: 어떡할까요?
소　장: 기술자를 동원해서 방법을 강구해야지. 살아 있다는데 생사람 죽일
　　　 수야 있나?

홍 기자: 이건 아주 흥미 있는 사건인데 …… 갱 속에 살아남은 최고 기록
이 어떻게 됩니까?

매스컴의 비인간성에 대한 고발과 비판은 작가가 대상을 희화화(carica-ture)함으로써 나타난다. 따라서 이런 상황에서 발생하는 웃음은 차갑다. 대상을 왜곡시켜 그 특성을 극대화해 비정상적으로 일그러진 사회현상을 제시하는 작가의 태도는 특정 대상을 놓고 조롱하면서 노는 아이들의 그 모습과 흡사하다. 결국 작가는 70년대라는 산업사회가 안고 있는 문제, 즉 인간의 상품화, 상업적 자본논리에 의해 흥미 본위의 보도를 일삼는 매스컴의 행태를 대상으로 삼아 조롱하듯이 다룬 기법을 보였다. 이러한 태도는 실제 사건을 면밀히 관찰하고 '있는 현실'이 보여주고 있는 결핍 요소를 발견해 놀이적 태도로 대상을 다루는 창작술에서 기인한다.

그러나 단순히 사회의 병든 현상을 조롱이라는 놀이적 태도로 일관해서는 작품의 질적 의미가 얕아질 수밖에 없다. 이를 극복하기 위해 작가는 이중 플롯을 구사하고 있다. 다시 말해, 주인공 김창호의 매몰과 구출 그리고 여기에 따른 영광과 몰락의 플롯 라인이 그 하나이고, 김창호의 아내 박여인의 분만과 아이의 죽음이 중심 플롯 속에 감추어진 서브 플롯이다. 이러한 이중적 플롯 장치는 놀이를 통해 대상을 조롱하고 힐난하는 1차원적 의미를 뛰어넘어 작가의 주제의식을 드러내려고 의도화된 고도의 기법이라 할 수 있다. 즉 아이의 탄생과 죽음을 아버지의 영광과 몰락이라는 플롯과 동일하게 설정한 기법이다. 이를 통해 순수, 생명, 자연인 등 아이의 이미지를 매스컴으로 동강난 김창호의 삶과 겹치게 함으로써 자연인을 파괴하는 주범이 바로 상업성을 추구하는 현대 매스컴에 있다는 것을 보여준다.

집 필

5장

입신의 완전한 경지란,
연습에 연습을 거듭 쌓아가는
반복의 과정에 다름 아니다.
(神者不過習者之門)

—양 자—

1. 창작을 위하여

1) 아르고스의 눈을 갖자

쾌도난마식으로 원하는 글을 써내려갈 수만 있다면, 마이더스의 손처럼, 화수분처럼 생각만으로도 글이 펑펑 쏟아져 나온다면 얼마나 행복할까. 그러나 글쓰기는 그렇게 만만한 것도 아니고 호락호락 진행되는 것도 아니다. 경우에 따라서는 뼈와 살을 분리하는 듯한 고통도 따르고, 더러는 쓰는 행위에 대해 회의도 생기며, 모자란 자신의 글쓰기 힘 탓에 자기연민에 빠지기도 한다. 그러나 궁이후공(窮而後功)이라 했다. 좋은 글은 반드시 고통의 과정을 거쳐야 한다. 아니 이러한 과정을 견뎌내야 좋은 글이 탄생된다. 그런데도 왜 그렇게 글을 쓰지 않고서는 배기지 못하는가.

글쓰기는 고도의 지적 행위이다. 더구나 예술작품의 창작은 창조적 행위인지라 그 어려움과 고충은 이루 헤아릴 수 없다. 그러므로 문학이나 예술분야에서 대가를 이룬 사람은 추앙의 대상이 된다. 예술가로서의 입지가 그만큼 어렵기 때문에 예술가로서 자격과 능력을 갖추기 위해서는 남모르는 고뇌와 담금질의 시간을 필요로 한다. 삶의 물질적 환경으로부터 완전히 벗어날 수 없는 게 우리 인간이지만, 특히 예술가는 물질의 영역과 그 가치에서 한 발짝 물러나 있어야 한다. 아니면 적어도 물질에 대한 걱정을 덜 수 있는 환경이 되든 가. 그런데 그게 어디 가당한 일인가. 예술가나 작가는 예나 지금이나 가난하고 배고픈 직업이다. 물질보다는 정신을 더 숭상하고 현상보다는 숨은 진실을 찾아나서는 사람인지라 어찌 보면 당연한 일이기도 하다. 그렇다면 고통과 허기 속에서도 굳이 글을 일으켜 세우려 하는 욕심은 무엇 때문인가.

한마디로 말하면 우리가 사람이기 때문에 쓴다. 사람이기 때문에 고통받고 사람이라서 슬프며 사람이니까 외롭다. 원하는 것이면 무엇이든 손에 쥘 수 있는 것도 아니고 마음먹는 대로 모든 일이 수월하게 풀리는 것도 아니다. 유기체의 운명이라서 언젠가는 소멸하니 비극적 인식을 가질 수밖에 없고 각자 자신의 입장에서 세상을 재단하려 들수록 고통은 가중된다. 또한 사람 사이에 욕망이 뒤섞이어 불온한 관계가 맺어지기 일쑤라서 마음을 우울하게 한다. 그런데 사람이기 때문에 감정을 가지고 있고 모든 것을 판단할 수 있는 능력을 보유하고 있다. 이것이 글을 쓰게 하는 힘이다. 시성 이백은 말한다. 슬픔이 시인을 일으킨다고. 인간이 원래의 자연으로부터 아득히 멀어져 갈 때, 삶이 진정성으로부터 도망칠 때 글은 생명의 불꽃을 찾아 나선다. 그러면 어떻게 불꽃을 찾아 떠나리오?

삶을 규율하는 방식은 무엇인가. 이 물음에 대한 진지한 태도는 인생관이니, 가치관이니 혹은 세계관으로 확립된다. 이러한 기준에 따라 글 쓰는 이는 삶을 바라보는 독자적인 눈빛이 확립되어야 한다. 그냥 현상학적인 그늘에 주목하는 것보다는 그늘의 실체를 꿰뚫는 직관과 혜안이 있어야 한다. 장자식으로 말하면, 사물을 사물로 보지(以物觀之) 말고 사물에 내재하고 있는 진정성을 보는 자세(以道觀之)가 필요하다. 흔히 '아르고스의 눈'이라 말하는 꼼꼼한 관찰과 감식력은 이들을 자라게 하는 비타민이다. 이 아르고스의 눈을 가질 때라야만이 사물을 다양하게 관찰할 수 있다. 뿐만 아니라 현상을 가로지르는 본질과 맞닿을 수 있는 것이다. 작가는 인간가치와 인간의 존재방식에 대한 진지한 모색가로서 '발견의 눈'을 지녀야 한다. 그것은 곧 자신과 타자화된 삶과의 거리조정이요 진정성의 가치에 관한 발견으로 존재해야 한다. 물적 토대와 정신가치 사이에 가로놓인 수많은 관계양상이 어떤지, 생에의 구경(究竟)으로 나가는 존재방식은 어떠해야 하는지, 인간 본원의 문제는－생로병사, 사랑, 이별, 증오, 복수 등－어떻게 이루어져야 하는지 등등이 발견의 대상이 되어야 한다. 아울러 개별적인 삶 그리고 이를 시간적으로 확장한 역사와, 공간적으로 늘어뜨린 사회에 대한 깊은 천착이 있어야 한다. 이러한 버거운 짐에 대한 명쾌한 해결 과정은 사실 도달할 수 없는 '천국에 이르는 길'일지도 모른다. 그러나 작가는 나름대로 천국의 풍경화를 작품에 담아놓아야 한다. 시대와 인종 그리고 국경을 뛰어넘어 모두에게 타당한, 보편적인 가치로써 천국의 풍경화를 말이다.

요컨대, 삶에 대한 진정성을 안고 있어야 좋은 예술작품은 탄생될 수 있다. 그 진정성은 인간의 실존적 삶과 존재양태에 대한 열린 비전으로 제시되어야 한다. 소위 '형이상학적 가치'나 '작가의식'이라는 말은 이의 유개념일 뿐이다. 투철한 작가의식을 갖기 위해서는 반드시 필요한 조건이 있다. 관찰이 그것이다. 인간은 물론, 자연과 사회현상에 대한 세심한 관찰은 작품을 쓰게 하는 원천적인 힘이며, 동시에 작가의식을 배양할 수 있는 자생력을 길러준다. 과거 한시(漢詩)가 자연관찰과 이의 내면화라는 선경후정(先景後情) 구조를 기본틀로 삼은 것은 우연이 아니다. 자, 눈을 뜨자. 가슴의 눈, 디오니소스의 눈을 뜨자. 그리고 차가운 아폴론적 머리로 이를 가늠해 보자. 누군가 말하지 않았던가. 세상은 하나의 책이 되기 위해 존재한다고. 한 송이 들꽃에서 우주를 본다던 윌리엄 블레이크의 열린 감각을 가지고 세상을 바라보면서 진정성(authentic)을 발굴해 내사. 그래야 작가(author)의 권위(authority)가 세워지는 법이다.

2) 집필에 앞서

문학의 다른 장르도 마찬가지지만 희곡 창작은 고도의 정치한 기술을 요한다. 왜냐하면, 희곡은 문학적 읽기도 읽기지만 연극이라는 양식으로 이동되는 특성 때문이다. 연극적 보여주기를 위한 글쓰기는 시나 소설과 변별되는 희곡만의 독자성이다. 요컨대, 문학성과 공연성이라는 희곡의 이중적인 운명은 창작의 어려움을 불러온다. 그렇다고 해서 희곡이 난공불락의 요새만은 아니다. 희곡 역시 삶의 이야기를 다룬다. 그리고 이야기 세계는 언어로 구축되고 행동으로 제시된다. 희곡의 특성 즉 언어와 행동이라는 요소는 희곡 창작에서 매우 중요한 기본 개념이 되어야 한다. 희곡을 써놓고 보면, 언어적인 서술이나 묘사는 매우 훌륭한 데 반해 행동은 미약하게 나타나는 경우를 흔히 볼 수 있다. 그러나 이는 희곡의 옷을 입고 있지만 속살은 소설인 셈이다. 희곡의 중요한 개념을 인식하지 못하고 썼기 때문이다. 희곡은 1차적으로 언어로 형성되지만 행동으로 완성된다. 아니 언어 그 자체가 강력한 행동성을 갖지 못한다면 희곡 언어로는 부적절하다. 희곡의 연극성은 행동화할 수 있는 언어로 보장된다. 희곡쓰기의 어려움은 이 첫 관문을 통과해야 풀려진다.

둘째로, 희곡의 장르론적 특성을 충분히 알아야 한다. 장르는 전통적으로 서정, 서사, 극으로 나누어져 왔다. 그리고 이들의 대표적인 글 형태가 시, 소설, 희곡이다. 이러한 장르 갈래 이론은 선험적인 게 아니라 문학작품에 내재하고 있는 공통적인 특성에 따라 분류되었다. 희곡이 극 장르라는 점은 자연스럽게 극이란 무엇인가라는 질문을 요구하게 된다. 즉답을 피하고 창작과 관련, 소재 선택의 문제를 들어 알아보기로 하자. 가령, 자연의 아름다운 풍경을 언어화하려면 시가 적절하고 삶의 모습을 파라노라로 제시하려면 소설이 좋다. 그렇다면 희곡은 어떤가. 전쟁이 스치고 간 자리에 신산스런 삶이 남아 있다고 치자. 객관적으로 싸움은 멈췄지만 전쟁 체험이 가져다 준 미완의 전쟁 상흔은 현재적 삶을 끊임없이 간섭하면서 아픔을 준다. 이러한 소재가 희곡으로는 적합하다. 왜냐하면 경험세계의 충격과 그 충격으로 인해 현재적 삶이 균열된다면 갈등이 존재하기 때문이다. 폐일언하고 글양식을 장르라고 한다면, 장르는 소재의 선택과 그 처리방식에 의해 갈래를 나눈다. 예컨대, 목질(木質)에 따라 용도가 다르듯이, 용도에 걸맞은 양식과 형태 그리고 소재의 질이 있기 마련이다. 따라서 집필에 앞서 우리가 염두에 둘 일은 사건을 어떻게 발전시킬 것인가. 아니면 무슨 일을 다룰 것인가. 어떤 도덕적 관점이 관여해야 가치로운가 따위의 고민보다는 쓰고자 하는 내용이 과연 희곡이라는 극 장르에 걸맞은 것인지 선판단하는 일이다.

셋째로, 희곡을 이루는 요소에 대해 깊이 있는 인식이 필요하다. 전체는 그 자체로 전일하지만 따지고 보면 세부적인 요소들이 모여 하나를 이룬다. 하루가 낮과 밤으로, 한 해가 차가움과 뜨거움의 기운으로, 인간이 남자와 여자로 이루어져 있듯이 전일체는 그것을 이루는 요소들이 반드시 존재한다. 희곡도 마찬가지다.

아리스토텔레스는 희곡을 이루는 6가지 요소에 대해 강조했다. 그리고 그것은 교과서적 영향력으로 오늘날 서구연극은 말할 것도 없고 우리의 희곡 창작에 큰 목소리를 내고 있다. 그만큼 아리스토텔레스의 관점은 현재적으로도 유효하다고 할 수 있다. 서구연극 일변도에 대한 생리적 거부감이 있을지라도 오늘날 문화, 예술 일반의 담론이 서구화되어 이제는 우리의 근성처럼 되었기 때문에 이를 완강히 버틸 수는 없다. 차라리 서구의 양식에 천착하면서 우리의 정서와 전통을 습합시키는 문제를 뒤엎어 모색하는 게 오히려 현실적으로 바람직할지 모른다. 어찌되었든, 우리의 구체적인 삶과 정서를 서구의 희곡 원리에 맞춰 창작할 때 우리는 좋든 싫든 〈시학〉의 저자가 강조했던 점을 염두에 두지 않으면 안 된다. 플롯, 인물, 사상, 언어, 장면, 노래의 요소가 그것이다. 이들 요소들이 서로 불가분의 관계로 유기체처럼 짜여져 한 편의 희곡을 이룬다. 그러니 전체를 만들어내기 위해서는 전체를 이루는 부분적인 요소의 의미와 특징 그리고 기능면을 세심하게 알아야 한다.

극 장르의 개념을 깊이 인식하고 희곡의 언어(대사)를 비롯한 여러 요소들에 대한 이해가 된 다음에 집필에 들어가야 한다. 이러한 인식과 이해는 이론적인 학습과 병행해서 실제 연극을 감상하고 희곡작품을 무수히 읽어냄으로써 가능해진다. 과거 아리스토텔레스가 그랬듯이, 수많은 연극공연을 감상하고 작품읽기를 부단히 함으로써 집필의 요령을 터득할 수 있다. '독서백편의자현'(讀書百篇義自見)이라고 했듯이, 좋은 작품을 생산하기 위해서는 좋은 작품을 평소 많이 읽고 또 읽어 왜 좋은지를 찬찬히 따져보는 독서습관을 길러야 한다. 그러면 집필의 이치가 스스로 걸어 나와 독자를 창작의 길로 안내해줄 것이다.

2. 희곡 인물의 형상화

'구슬이 서 말이라도 꿰어야 보배'라는 말이 있다. 작품을 쓰는 과정에서 제아무리 착상이 발랄하고 구상이 그럴 듯하며 소재가 참신하다 해도 이들을 작품의 내적 논리에 맞게 꿰지 않으면 끈 떨어진 구슬처럼 값어치가 없다. 쓰고자 하는 희곡에 소재, 인물, 구성, 시간, 공간 등을 미학적으로 엮어가는 글쓰기의 실질적인 과정이 집필이다. 따라서 집필은 희곡쓰기의 가장 중요한 과정, 즉 요체요 관건이라 할 수 있다.

언어는 사고의 외화(外化)이지 그냥 소리나 기호가 될 수 없다. 희곡의 언어세계는 작가의 사고로 이루어지고 그 사고를 구현하는 건 당연히 언어를 비롯한 희곡의 여러 요소들이다. 이 가운데 희곡의 인물은 단연 가장 중요하다. 언어도 인물에 의해 전달되며 행동도 인물에 의해 발생한다. 그러니 인물이 없는 희곡과 연극은 단 하나도 없다. 설령 동물이나 식물 혹은 초자연적인 존재가 등장한다 해도 이 역시 인물이다. 인물은 행위의 주체이자 희곡내용을 진행시키는 요소로서 극의 기능을 수행한다. 그러면 희곡 인물은 어떤 존재여야 하는가. 이를 알기 위해 희곡 인물의 특성을 살펴보기로 하자.

1) 일상 인물과 희곡 인물

흔히 열 길 물 속은 알아도 한 길 사람 속은 모른다고들 한다. 그만큼 알 수 없는 존재가 사람이다. 사람이 사람인 것은 사람답게 해야 사람인데 사람노릇을 하지 못하는 사람도 많다. 겉은 멀쩡한데 속은 텅 빈 무기질 인간도 있고, 사람이 인성을 지니지 못하고 야수가 되는 경우도 있다. 또한 자신도 자신을 정확하게 알지 못하는 경우가 허다해 쓸쓸함을 맛보면서 난감해한다. 인간은 천사가 되기에는 너무 악하고 악마가 되기에는 너무 선한 존재라고 파스칼은 말한다. 천사와 악마의 중간자이기 때문에 사람은 양가적인 존재인지도 모른다. 이처럼 참으로 어렵고도 어려운 게 사람에 대한 문제다. 그래서 문학과 연극을 비롯한 많은 예술들이 사람을 예술적 대상으로 삼아 탐구하는지도 모른다. 어찌 보면, 사람을 다루는 동서의 소설이나 희곡은 사람에 대한 다양한 해석의 스펙트럼이라고 할 수 있다. 사람이 등장하지 않는 문학과 연극을 상상할 수 없으니, 모든 문학과 연극은 바로 사람의 문제에 주목한다.

원하든 원하지 않던 일상을 사는 사람들은 너나없이 두 가지의 가치를 지니고 살아간다. 이상적 가치와 현실적 가치가 그것이다. 이상적 가치는 나름대로 지니고 있는 꿈의 실현이고, 인류의 공동선에 대한 지향이다. 반면에 현실적 가치는 그때그때 순간적으로 살면서 생성된다. 이상적 가치가 절대적 가치라면, 현실적 가치는 상대적 가치다. 일상 인물은 이상적 가치보다는 현실적 가치에 집착한다. 지금 여기라는 현실 자체에 의미를 두고 최선을 다해 나간다. 생물학적 존재로서 생명 유지를 위해 필요한 것들은 구하고, 사회적 존재로서 뒤떨어지지 않으려고 노력한다. 쾌적한 삶을 위하여 오늘의 고통을 감수하고 내일을 준비하면서 현실의 고통에서 최대한 벗어나려고 안간힘을 쓴다. 이것이 일상 인물이 사는 모습이다.

그러나 희곡 인물은 이와 다르다. 달리 말하면 희곡 인물은 따로 있다. 앞서 사람은 두 개의 가치를 지니고 있다고 했는데, 희곡 인물은 이 두 가치 사이에 벌어진 틈새를 메우려고 노력하는 존재다. 현실적 가치에 애오라지 삶의 푯대를 세우고 현실에 만족하며 순응하는 인물은 희곡 인물로서 적절하지 않다. 희곡 인물은 욕망을 지녀야 하며 욕망실현을 위해 부단히 생동한 자기변화를 모색한다. 그러는 과정에서 성격과 환경 탓에 자신의 정체성이 굴절되기도 하고, 욕망실현이 물거품이 되기도 한다. 이와 같은 굴곡진 운동성을 가진 인물이 희곡에서는 바람직하다. 거대 세계와 대결하거나, 타인과 대립하는 인물, 이상과 현실, 사랑과 이념, 감정과 이성, 자아(self ego)와 타아(alter ego) 사이에서 끊임없이 불화하고 갈등하는 인물이 바로 굴곡진 운동성을 지닌다. 또한 숨어버린 진실과, 억압되어버린 진정한 자아를 찾기 위해 노력하는 인물 역시 희곡 인물의 특성이다. 결국 희곡 인물은 삶의 의미를 찾고자 투쟁하는 인물이요, 그 성취를 위해 노력하는 의지적인 인물이다. 바로 이러한 점에서 희곡 인물은 따로 있다는 것이다. 일상 인물이 그대로 희곡세계에 들어가지 못하는 이유가 바로 여기에 있다.

한편, 인간은 현실성과 가능성을 동시에 지닌 이중적인 존재이다. 현실조건에 적응하며 살아가는 존재인 동시에 현실을 넘어서서 나아가려는 가능성을 지닌 존재이다. 그런데 현실조건이 인간의 가능성을 탈취하면 현실성의 차원에 머물러 일차원적 인간이 된다. 그러나 희곡 인물은 현실성과 가능성의 두 차원에서 서성거리며 끊임없이 존재의 변화를 모색한다. 차원 뛰어넘기 혹은 존재 변화하기를 집요하게 시도하는 인물들이 희곡세계를 만들어낸다. 그래서 희곡 인물은 문제적인 존재다. 안주에서 탈주를 꿈꾸며 반란을 끊임없이 도모하는 인물이기 때문이다.

또한 한 인물의 성격적 특성이나, 세계나 타인에 의해 훼손된 인물 역시 희곡에서 자주 다루는 인물들이다. 햄릿, 오셀로, 맥베스, 리어왕은 각각 내면의 성격적 결함으로 인해 파탄에 이르는 인물들이다. 또한 박조열의 〈오장군의 발톱〉에서 오장군이나, 오태석의 〈심청이는 왜 두 번 인당수에 몸을 던졌는가〉에서 심청이, 김광림의 〈홍동지는 살아 있다〉에서 홍동지 등은 세계에 의해 파괴되는 인물들이다.

　세상사는 시비(是非)와 곡직(曲直), 선악(善惡)과 정사(正邪), 진위(眞僞)와 장단(長短)이 있게 마련이다. 이러한 이중항 가운데서 파우스트적 고뇌를 보이는 인물이 곧 희곡 인물이다. 그러므로 희곡 인물은 열정, 의지, 번민, 투쟁, 행동 등의 특성을 지녀야 한다. 정적인 인물, 마치 시렁 위에 얹혀진 물건처럼 그 자리에 고착되어 변화하지 않은 인물이나, 성격적 특성이 도드라지지 않는 인물, 삶의 방식이 밋밋하고 지극히 평범함을 보이는 인물은 희곡을 역동적으로 끌어갈 수 없다. 그래서 희곡 인물은 어떤 형식이든 지간에 문제적이어야 한다. 작가는 이러한 문제적 인물을 통해 한 편의 희곡세계를 구현하고 주제를 제시해 관객에게 의미를 제공한다.

　테네시 윌리엄즈의 〈욕망이라는 이름의 전차〉는 자매 이야기다. 몰락했지만 과거의 영화로웠던 삶에 파묻혀 방탕한 삶을 보여주는 언니 블랑쉬와 그와 반대로 고향을 떠나 현실적인 삶에 안주하는 동생 스텔라. 두 여성의 대조적인 삶이 작품의 기본 줄거리다. 과거의 화려했던 가문의 품위를 유지하며 그 환상 속에서 살고 있는 블랑쉬에 대해 동생 스텔라는 불안한 시선을 감추지 못한다. 결국 스텔라의 남편 스탠리에 의해 블랑쉬는 파멸의 길로 접어들고 스텔라는 자신의 남편 스탠리가 언니 블랑쉬를 정신이상자로 만든 장본인임을 알게 되면서 절망한다. 이 작품은 블랑쉬와 스텔라라는 두 초점 인물을 통해 서로 다른 삶의 방식과 이들의 삶에 개입하는 육욕적인 스탠리와의 관계를 다루고 있다. 특히 블랑쉬의 환상적 기질을 창조한 작가의 역량이 뛰어나다. 블랑쉬의 이러한 내면적 특성은 이 작품의 모든 극적 행동을 유발하는 원인이기 때문이다.

　오영진의 〈살아 있는 이중생 각하〉 역시 희곡 인물을 탁월하게 창조한 작품이다. 이름이 암시하듯, 이중생은 '이중 생활' 혹은 '이중 생각'을 하는 인물이다. 그는 일제 세력에 빌붙어서 머슴의 아들인 용석이와 자신의 아들 하식이를 징병에 우선적으로 보내는가 하면, 사업상 유리한 조건을 얻기 위해서 작은 딸을 미국인 란돌프와 정략적으로 교제하게 한다. 그의 이러한 자기기만적인 행위는 결국 배임횡령, 공문서 위조, 탈세 등의 죄목으로 수감

된다. 그러나 그는 잠시 석방된 틈을 타서 자신의 재산을 보호하려고 거짓 죽음을 연출한다. 해방이 되어 일본인으로부터 되돌려 받은 국유림의 관리인에 불과한 이중생은 버젓이 사장 행세를 하면서 장차 '농림대신이나 상공대신, 재무장관이나 하다못해 조폐국장 한 자리쯤 굴러 들어오지 않으리라구 누가 장담하겠나'라며 허황된 꿈과 망상에 사로잡힌다. 법률적 자살로 위장해서 사위 송달지 앞으로 재산을 상속하여 이를 구제해 보겠다는 이중생의 흉계는 결국 물거품이 되고 진짜 자살을 함으로써 파멸로 끝나고 만다. 탐욕스런 망집과 허황된 생각, 물질과 권력욕에 사로잡힌 이중생은 자기인식이 부족한 기만적인 인물이다. 이와 같이 〈살아 있는 이중생 각하〉는 주인공을 통해서 훼손된 인물을 고발, 풍자한 작품이다.

2) 인물 설정의 비밀

인물은 희곡세계를 구현한다는 점에서 그 중요성을 아무리 강조해도 지나치지 않다. 행동의 장르, 배우의 장르, 대립과 긴장과 충돌의 장르인 희곡은 궁극적으로 인물로 시작해서 인물로 끝나는 인물 탐구의 장르이다. 플롯라인을 끌어가고 갈등을 일으키며 해결하는 주체가 인물이며 주체의 이러한 행동 과정에서 구현되는 의미도 결국 인물에 대한 해석의 결과이다.

그렇다면 희곡에서 인물을 어떻게 설정해야 하는가. 이에 대한 가장 단순한 전제는 다양한 탐구가 가능한 인물이어야 한다는 점이다. 타인과, 환경과, 세계와의 교류 방식은 행동을 통해 드러나고 행동은 인물의 내면적 특징을 통해서 나타난다. 그러므로 인물 탐구는 결국 내면성에 대한 탐구이다. 작가가 훌륭한 희곡 인물을 창조하기 위해서는 평소 인간의 행위를 통찰하는 눈빛이 있어야 한다. 이 세상에는 수십 억의 사람이 있고 수백 억의 사람들이 살다가 죽었다. 그러나 이 가운데 똑같은 사람은 단 한 경우도 없다. 동일한 인간이 없다는 것은 희곡 인물을 창조하는 데 중요한 정보를 제공한다. 다양한 존재론적 삶의 방식을 관찰하면서 인간과 삶에 대한 심오한 의미를 발견하는 일이다. 작가가 창조한 인물이 인간에 대한 새로운 비전을 제시했다면 성공한 작품이라 할 수 있다. 일상 어디서나 만날 수 있는 평범하고 밋밋한 아무런 특성이 없는 무기질 인물을 설정했다면 이 연극은 결코 성공작이라 할 수 없다. 일상적인 인물을 굳이 극장까지 가서 다시 확인할 필요가 하등 없기 때문이다. 관객은 작가가 창조한 일련의 사건에서 어떤 인물이 어떻게 행동하는가를 관찰함으로써 인물들을 추론한다. 그리고 그 의미를 되새기며 자신의 생각을 확장시킨다. 따라서 인물 설정에서 가장 중요한 요체는 탐구 가능한 인물을 찾아야 한다. 한 인물의 성격, 욕망, 행동, 정서적 움직임이 어떠한 삶의 방식을 드러내는지. 어떻게 사회현실과 갈등을 빚고 있는지. 그리고 이러한 것들이 어떤 극적 의미를 띠고 있는지를 발견할 수 있도록 작가는 인물을 고안해내야 한다. 지상의 위대한 희곡은 한결같이 인간 성격과 인간성의 심오한 통찰을 담고 있다. 셰익스피어의 〈햄릿〉만 놓고 보더라도 그렇다. 복수심에 불타는 햄릿이 복수를 감행하지 못하는 것은 단순히 우유부단하거나 실천력이 박약해서가 아니다. 죽은 아버지의 원혼을 단칼에 씻을 수 있는 기회가 있음에도 불구하고 햄릿은 복잡하고 심오한 생각을 파낸다. 원수를 죽여 오히려 천당에 보내는 아이러니가 그를 괴롭혀 결국 절호의 기회도 무산되어 버린다. 복수 지연의 이유에 대해 많은 사람들이 자신의 견해를 밝혔듯이 햄릿은 다양한 인물 탐구가 가능한 인물임에 틀림없다. 희곡 〈햄릿〉은 햄릿이라는 인물을 통해 인간의 여러 심적 상황을 통찰해 드러냈기에 오늘날 인구에 회자되는 것이다. 그래서 인물은 희곡의 생명이다.

이제 희곡에서 인물이 얼마나 중요한 요소인지를 알았다. 그러면 인물은 몇 명이 적당한가. 이에 대해 알아보자. 무엇보다도 인물을 설정할 때 유의해야 할 점은 꼭 필요한 인물만 등장시켜야 한다는 점이다. 결론부터 말하면, 인물의 수는 행동이 충분히 만족된다는 전제하에서 적을수록 좋다. 희곡은 제한된 무대와 시간 속에서 행동을 보여주기 때문에 압축되고 정제된 형식이다. 이를 희곡의 경제성의 원리라고 한다. 최소를 통해 최대를 겨냥하는 경제의 원리를 희곡 창작에 적용시킨다면 인물과 대사다. 인물은 한 작품에서 유일무이한 존재여야 한다. 동일하거나 비슷한 다른 인물을 설정했다면 이는 바람직한 창작술이 아니다. 각기 다른 내면적 특성을 뚜렷이 지닌 인물들 사이의 긴장관계가 희곡을 끌어가게 되는데 이때 서로 성격이 엇비슷한 인물을 설정하면 충돌소지가 그만큼 떨어지게 된다. 이처럼 비경제적인 인물은 극적 기능이 약하게 나타나게 되어 희곡 인물로서 역할을 수행하지 못한다. 오캄의 면도날(occam's razor)처럼 가장 단순하고 적은 것이 가장 합당하다.

그렇다면 희곡 인물은 한 사람만으로도 충분히 가능하다는 결론이 나온다. 그런데 희곡은 갈등과 대립의 장르인데 과연 한 사람이 갈등하고 대립한다는 게 말이 되는가 의심스러울 것이다. 갈등과 대립은 이항관계에서 만들어진다. 칡넝쿨과 등나무넝쿨처럼 두 사물이 전제될 때 갈등과 대립은 가능하다. 물론 그렇다. 희곡은 대립과 갈등 없이는 존재할 수 없다. 그렇다면 모노드라마라는 1인 인물의 연극은 갈등과 대립이 없다는 말인가. 그건 그렇지 않다. 이 경우는 등장하는 인물은 한 명이지만 극적 기능을 수행하는 잠재된 인물은 적어도 하나 이상이다. 모노드라마는 대개 고백 형식의 희곡인데 대체적으로 한 사람의 삶의 뒷길을 반추하면서 어렵고 힘들었던 여정을 풀어낸다. 이때 인물을 어렵게 만들었던 다른 인물이 분명히 존재할 수밖에 없다. 따라서 1인극일지라도 대립과 갈등 관계는 분명히 설정된다.

한편 다른 시각에서 보자. 등장인물이 단 한 사람일지라도 자아의 갈등을 다루는 희곡이라면 이 역시 대립과 갈등이라는 희곡적 원리에 부합되기 때문에 문제시되지 않는다. 오히려 분열된 두 자아를 설정하는 것은 최소의 인물을 등장시켜 구현할 수 있는 가장 적절한 소재가 된다.

이처럼 등장인물이 비록 한 명일지라도 극적 상황은 조성된다. 그러면 극적 상황을 만드는 데 중심인물의 수는 몇 명 정도가 효과적일까. 두 명으로 한다면 발생 가능한 상황은 두 개다. 가령 A와 B를 등장시킨다면, A가 B에게, 거꾸로 B가 A에게 행동하고 반응하는 관계가 만들어진다. 주고받는

식의 관계, 전화걸기와 받기의 관계는 너무나도 단순하다. 그래서 대개의 경우 주변 인물을 설정해 단순성을 극복하려고 한다. 베케트의 〈고도를 기다리며〉는 블라디미르와 에스트라공의 두 중심인물이 주축이 되어 극을 끌어가면서 중간에 럭키와 포조라는 두 주변인물이 등장한다. 중심인물이 두 명일 때는 많은 인물이 등장하는 경우보다 행동성이 약화되어 나타날 수밖에 없다. 그래서 이러한 경우는 맛깔스런 대사를 통해 극의 긴장을 높여야 한다.

한편, 주인공(protagonist)과 반대자(antagonist) 구도로 작품을 끌어간다면 두 명의 인물은 가장 경제적인 설정이라 할 수 있다. 주인공의 욕망 추구와 이를 가로질러 방해하는 반대자가 설정되면 대립이 형성되고 대립이 형성되면 긴장이 조성될 수 있다. 따라서 두 명의 인물은 긴장과 대립이라는 극의 요건을 충족시키며 극적 상황을 만들어나갈 수 있다. 그러나 이러한 구도의 인물 설정에서는 부수적인 인물이 있어 둘 사이를 조정하는 역할을 한다든지, 팽팽한 긴장관계를 해소하는 희극적 인물을 창조해 넣어야 극적 사실감을 높일 수 있다. 때리는 시어미보다 말리는 시누이가 더 밉다는 말이 있듯이, 장기판에는 으레 훈수 두는 사람이 있어 판세를 역전시키듯이, 제삼자의 관여가 상황을 더욱 박진감 있게 몰아갈 수 있기 때문이다.

그렇다면 세 명의 등장인물은 어떨까. A, B, C 인물이 각각 다른 인물과의 관계를 맺는다면 여섯 개의 상황이 만들어진다. 세 인물이 지니고 있는 공동의 목표가 있다면, 이를 향해 전진해 가는 방식이 세 가지로 나타나고, 이들 사이의 상호관계에서 발생할 수 있는 상황은 A→B, B→A, B→C, C→B, A→C, C→A 등과 같이 여섯 개 만들어질 수 있다. 결국 등장인물을 세 명으로 설정하면, 행동과 반응에 간섭이 끼어들어 극을 역동적으로 끌어가면서 지루하지 않게 하는 비밀이 숨어 있다. 이만희의 〈피고지고 피고지고〉는 왕오, 천축, 국전 세 명이 등장해 인생의 의미를 성찰케 하는 작품이다. 인물 간의 애증의 감정이 상호 교차하고 난타라는 여성에게 향하는 저마다의 방식에 차이를 드러내면서 극적 재미를 유도하고 있다.

등장인물의 수는 적을수록 좋지만 행동이 충분히 구현되어야 한다는 전제가 있어야 한다고 했다. 행동은 중심사건이자 중심의미를 매개하는 기호이다. 한 작품에 다양한 주제가 있을 수 없듯이 하나의 중심사건에 다양하게 분산된 여럿의 행동은 있을 수 없다. 따라서 초점화된 행동의 주체는 하나 이상 세 명 정도가 가장 적당하다. 여기에 주변적인 인물이 나오고 중심인물의 상대역이나 보조역할 인물을 설정해 희곡세계를 핍진성 있게 구축하여야 한다.

그러면 인물을 설정할 때 고려해야 할 몇 가지를 알아보기로 하자. 먼저 인물의 행동은 생뚱하게 나와서는 안 된다. 우연적인 것이나 돌발적인 행동은 극의 개연성을 파괴해 인물 형상화에 실패하고 만다. 행동은 동기가 분명히 나와야 하고 행동에 대한 다른 인물의 반응 역시 필연적으로 제시되어야 한다. 둘째, 인물 간의 대조와 차별화가 이루어져야 한다. 이는 앞서 말한 인물 설정의 경제성의 원리에 관한 부분이다. 서로 다른 각인각색의 인물이 충돌을 야기하고 극적 상황을 만들어낸다. 요컨대 희곡 인물은 그 작품 안에서 유일무이한 존재라야 한다. 셋째, 인물은 삶의 의미를 찾고자 애쓰고 투쟁하는 인간상을 반영해야 한다. 동기가 결여된 행동, 목표의식이 실종된 행동, 무의미한 행동은 극적 인물의 행동이라 할 수 없다. 넷째, 인물의 특성은 인물 자신의 대사나 행동 혹은 다른 인물의 대사나 행동을 통해서 드러내야 한다. 희곡은 말하기(telling)에 의존하는 것이 아니라 보여주기(showing) 기법에 의존하는 장르다. 달리 말하면, 작가가 극중 상황에 직접 개입하는 것이 아니라 창조된 인물들에 의해 극중 상황을 보여주는 게 희곡이다. 따라서 희곡 인물은 대사나 행동을 통해 제시되어야 한다. 마지막으로 이러한 인물의 설정은 창작의 본 단계인 집필과정에서 이루어져서는 곤란하다. 사전에 구상하는 과정에서 충분히 정리된 다음에 이를 기초로 삼아 초고를 써내려가야 실수가 생기지 않는다. 앞서 이미 말했던 인물 시놉시스는 그래서 절대적으로 필요하다.

3) 성격 창조와 형상화

한 편의 글이 작품이 되기 위해서는 일상과는 다른 뭔가 새로움이 담겨 있어야 한다. 구조와 인물, 주제와 스타일, 분위기와 기법 면에서 작가의 창조적인 의도가 제대로 구현되었을 때, 글은 창조적인 예술품이 된다. 作品이라는 말 자체가 품격 높은 이야기를 만든다는 의미가 있듯이, 연극이 인간의 삶의 이야기를 그대로 반영해서는 일상 그 자체의 재현이요 복제일 따름이지 품격 있는 제작품은 될 수 없다. 희곡에서 이러한 문제는 인물의 창조와 긴밀히 관련되어 있다. 인물창조는 달리 말하면 성격 창조이다. 일상적인 삶의 질서에 함몰되어 다람쥐 쳇바퀴 굴리듯 타성에 젖어 있는 인물은 생동하지 않기 때문에 희곡 인물로서는 부적절하다. 만약에 이러한 스타일을 희곡 인물로 결정했다면 독특한 성격을 부여해야 극적인 인물로 탄생할 수 있다. 결국 희곡 인물은 희곡이라는 장르 원리를 구현할 수 있는 인물이어야 하는데 이는 성격의 창조로 가능하다. 헤라클리터스는 성격이 운명이라고 했다. 자신의 삶을 경영하거나 타인과 교류하고 사회적 생활을 영위하는 근본은 개인의 내면적 특성으로 말미암는다. 성격 자체가 어떤 행동을 초래하는 원인이 되기 때문에 희곡작품의 성공 여하는 성격 창조에 달려 있다. 그런데 희곡에서 인물의 성격은 말과 행동을 통해 주로 제시된다. 즉 직접적으로 본인의 성격을 말하는 게 아니라 해당 인물의 대사나 행동 혹은 다른 인물들의 말을 통해서 간접적으로 제시된다. 작가가 직접 등장인물의 성격적 특성을 언급하는 소설의 식접적 제시외는 달리 희곡은 대화와 행동을 통해 성격이 드러난다. 대화와 행동으로 사건을 진행시키고 인물을 제시하는 이러한 방식을 극적 방법이라고 한다.

대부분 인물의 성격은 대화와 행동을 통해서 드러나지만 그밖의 방법에 의존해 희곡 인물의 성격이 창조되기도 한다.

선장은 나이 40대에 신장이 5피이트 10인치나 되지만 양어깨나 가슴의 비중이 거대하여 훨씬 작게 보인다. 굳센 인상이 깊게 주름져 있는 얼굴엔 회청색 눈이 무정하리만치 차갑고 얇은 입술은 굳게 다물어져 있다. 굵은 머리털은 길고 희끗희끗하다. 묵직한 청색 재킷과 선원용 장화 속으로 구겨 넣은 청색 바지를 입고 있다. 그의 뒤를 따라 2등 항해사가 들어온다. 야위고 햇빛에 그슬린 얼굴로 깡마른 체구에 6피이트나 되는 키다. 그도 선장과 거의 같은 옷차림이다. 나이는 삼십 정도 보이는 사내다.

유진 오닐의 〈고래〉라는 작품의 주인공 선장과 항해사에 대한 묘사다. 나이, 신체적 특징과 그에 따른 인상과 성격적 특성을 지시문을 통해 충분히 알 수 있다. 희곡에서 선장 키니는 자기고집이 강하고 다른 사람들의 말을 경청하지 않는 완고한 성격의 소유자로 아내와 선원들의 의사와 달리 오직 고래잡이에만 전념한다. 그런데 고래를 잡는 일이 꼭 돈 때문만은 아니다. 빈 배로 항구에 도착하면 사람들의 놀림감이 될 것에 대한 두려움이 앞서기 때문이다. 선장의 이러한 내면적 특성은 그의 외모와 관련된 것으로 묘사하고 있다. 귀가 두꺼워 다른 사람들의 말을 경청하지 않거나, 실리보다는 명분을 좇는 선장을 큰 키가 왜소하게 보이게 하는 커다란 어깨와 가슴을 묘사하는 것이 그렇다. 이런 인물은 보통 외형적 과시에 기민함을 보이는 경우가 많다. 작가가 섬세하게 이와 같은 인물을 제시하는 것은 나이와 외모적 특성이 곧 성격과 직결된다는 인식에서 비롯된다.

성격을 형상화하는 방식은 앞의 경우 외에도 많다. 인물의 지적 수준이나 정서뿐 아니라 행동을 통해서 주체의 내면적 특성을 제시하기도 한다. 가령, 앞에서 예를 들었던 〈안티고네〉는 비록 왕명일지라도 자신이 판단할 때 그릇된 것이라면 이를 단호히 거부하는데 이런 안티고네의 모습은 주관의 믿음을 굽히지 않는 그녀의 소신이라 할 수 있다. 이같이 환경과 대립하는 과정에서 성격을 드러낼 수도 있다. 또한 크레온은 아들과 왕비 등 주변인물이 죽어나가고 예언자가 불길한 예언을 하자 스스로 죽음의 길로 들어서면서 절망하게 되는데 이처럼 자아발견과 각성을 통해서도 성격이 드러난다.

그밖에 다른 인물과의 대조를 통해서나 갈등, 고백, 등장인물의 이름 등에서 어느 정도 성격적 특성을 제시할 수 있다. 이미 말했듯이 오영진의 〈살아 있는 이중생 각하〉에서 자기기만의 이중 성격을 이중생이라는 이름에서 충분히 유추할 수 있고, 천승세의 〈만선〉에서 주인공 곰치는 곰처럼 미련하게 자신의 욕망만을 앞세우는 성격의 일단을 엿볼 수 있다. 또한 이근삼의 〈유랑극단〉에 등장하는 인물을 보면, 극단장은 李世上, 부단장은 수염, 활달한 기질의 남자배우를 金剛山, 池利山, 강물처럼 변함없이 흐르는 여자의 특성을 나타내는 尹河水, 바닷가에서 살았다는 朴海女 등 인물의 이름은 각기 처해 있는 환경과 내적 특성을 암시한다.

요컨대 인물의 성격은 나이나 신체적 특징 외에도 이름, 고백, 외부와의 갈등, 다른 인물과의 관계, 제스처, 버릇, 과거의 경험에 대한 기억과 반응 등에서 다양하게 제시할 수 있다. 하지만 가장 분명한 것은 내면적 특성으로써 성격이 겉으로 들어나는 양상은 무엇보다도 대화와 행동에 있다. 말은 사고의 전 단계이며 행동은 정신의 육체화에 다름 아니기 때문이다. 따라서 희곡에서 인물창조는 대화와 행동에 의해 가능하다. 물론 이러한 외연적인 모습은 성격을 비롯한 심리적, 정서적, 유전적 요인 등 내적인 상황과 관련이 깊고 동시에 물리적, 환경적 요인 등 외적 상황이 작용하기도 한다. 아니 정확히 말하면, 내적 특성은 인물의 외적 상황에 의해서 만들어진다고 볼 수 있다. 인물이 수행하는 극 행동만이 아니라 그러한 행동을 유발하게 된 배경과 동기 등을 과거와 관련지어 구축해야 한다. 인물의 창조는 단순히 가짜 인물을 내세우는 것으로 끝나는 것이 아니라 한 인물의 과거, 현재, 미래까지 아우르는 포괄적인 정보를 가지고서 현재적인 행동을 만들어내야 한다. 그러므로 작가는 인물을 완벽하게 장악해야 한다. 달리 말해, 인물에 대한 완전한 이해가 있어야 성격 구축을 성공할 수 있다.

꼭 필요한 인물만 등장시켜 어떤 상황을 제시하는 게 희곡이다. 인물 설정은 경제적인 원리에 입각해야 함을 이미 언급한 바 있다. 성격 창조와 관련하여 유념할 일은 특정 성격을 대표하는 인물들로 등장시켜야 한다는 점이다. 불요불급한 인물은 희곡에서 허락되지 않는다. 한 인물은 하나의 독특한 개성을 지녀야 한다. 서로 다른 개성의 소유자가 하나의 상황을 맞닥뜨려 반응하는 양상이 곧 희곡세계를 이루기 때문이다. 각자 성격적 차이에서 오는 갈등이나 상황에 반응하는 태도가 다르면 반드시 갈등이 조성되고 충돌은 불가피해진다. 루카치가 희곡의 핵심 동력으로 대화와 행동을 꼽은 이유는 대화와 행동이 성격적 특성을 직접적으로 드러내는 외적 형태이기 때문인데 바로 이 점에서 희곡은 성격의 창조에 성공 여부가 결정된다고 할 수 있다.

독특한 개성을 지닌 단 한 명의 인물들로 구성된 희곡은 유형화된 인물들로 설정된다. 가령 희극의 경우, 자기기만의 알라존(alzon)형, 자기비하의 에이런(eiron)형, 어릿광대나 촌뜨기 같은 볼모로쵸스(bolmorochos)형 인물들이 등장한다. 비극의 경우는 위대한 신분임에도 불구하고 자기결함을 지녀 비극적 인물이 된다. 결국 희곡의 인물 창조는 성격 창조에 그 본질이 있다. 그러므로 독특한 성격을 창조한다는 것은 매우 성공적이고 이색적인 희곡을 창조하는 것과 동궤에 있다고 해도 지나치지 않다.

오영진의 〈맹진사댁 경사〉는 한 작품 안에 다양한 유형의 인물들이 집합되어 생활세계를 집약적으로 보여주는 듯하다. 탐욕형 인물(맹진사), 해학형 인물(맹노인), 이상적 인물(미언), 콩쥐형 인물(입분), 팥쥐형 인물(갑분) 등 다양한 특성을 보유한 인간 군상들이 등장해서 극적 줄거리를 이끌어 나간다. 이러한 인물 창조와 설정은 사실감을 높이는 동시에 성격 그 자체가 갈등을 유발하기 때문에 극을 끌어가는 동력을 확보했다고 볼 수 있다.

이번에는 성격을 창조하는 요령에 대해서 알아보기로 하자. 대체로 성격 창조는 구상 단계에서 어느 정도 이루어진다. 인물과 사건과 배경의 윤곽을 떠올리면서 인물 설정과 성격적 특성을 준비하고 정리한 게 인물 시놉시스인데 이는 구상 단계에서 완성되어야 하기 때문이다. 성격을 효과적으로 창조하는 첫 번째 요령은 각 인물을 따로 떼어 개별적으로 성격을 부여하는 일이다. 인물 시놉시스를 작성할 때 이런 작업은 정리되어야 한다. 개별적인 성격 부여는 앞서 말했듯이 인물의 내, 외적 특성을 총체적으로 살펴서 개연성 있도록 해야 한다. 다른 인물과 연관성 속에서 성격이 부여되기도 하는데 이 역시 충분히 그럴 만한 개연성을 가져야 인물을 신뢰할 수 있다. 개연성 있는 성격 부여란 과거의 경험이나 외적인 신체적 특징이 현재의 성격과 직간접적으로 연관되는 경우를 말한다. 또한 유전적 환경, 종교적 신념, 물질적 조건 등에 의해서 형성된 지적, 정서적 특성 등이 인물이 수행하는 대화나 행동을 통해 제시함으로써 가능하다.

> 안숙이네는 광주서 낳고 자라고 성에 눈 뜨기 전부터 부모의 강제로 어두운 상업을 수십 년간 여일히 계속하여 왔다. 어지간히 황금배가 붙은 끝에 필경은 어느 부산 놈에게 창자를 갈아 먹힌 뒤로는 다시 행운이 돌아오지 못하고 고행과 탐악(耽樂)과 퇴폐와 황금과 또 오입쟁이들과 버팀질을 하다가 어찌 어찌하여 목포로 흘러 들어왔다. 그때가 벌써 서른 살 넘어 사십이 가까웠을 때였다. 사람 생각이 변환하기 쉬운 나이가 닥쳐왔던지 목포에 들어와서 일시는 순직한 생활을 붙들어 남 모양으로 살아가려는 생각도 있었지만 원래 배운 바탕이 있는지라 여전한 길을 걷게 되었다. 그러나 20년 전부터 수십 년간 지내 온 생활은 예상으로 알고 다시 새로운 결심과 각오로 새로운 직업을 얻게 되었다. 사람이 이 세상에 살아가는 이상, 이상이니 선량이니 하는 것은 전혀 소용이 없다는 이치를 철저히 깨닫고 세상이 백(白)이면 나도 백(白), 세상이 흑(黑)이면 나도 흑(黑)이 아니면 이 세상에서 살아갈 길이 없다는 것을 믿게 되었다. 이외에 다른 인생관이란 그에게 없다. 그리해서 소위 뚜장이 노릇을 시작했다. 그리하여 그의 첫 희생은 관구네이었다.
>   관구네도 그의 인생관과 큰 차는 없으나 관구네는 어떠한 방편으로 생각하였고 안숙이네는 유일무이한 윤리적 주장으로 주장하였다.

상당히 긴 이 지시문은 20년대 김우진의 〈이영녀〉라는 희곡의 1막 그러니까 작품이 시작되기 전에 나온다. 인용문에 나오는 두 인물, 안숙이네와 관구네는 생활의 처지가 서로 비슷하고 세상을 바라보는 견해도 별반 차이가 없다. 이처럼 환경과 생활관이 비슷한 처지에 놓인 인물들을 설정한 것

은 이들이 극중 현실에서 토란잎에 물방울 모이듯 모여 의지가지로 살아가
는 개연성을 부여하기 위해서다. 특히 안숙이네는 일찌감치 '어두운 상업'을
했던지라 그녀의 과거 경험은 현재적인 행동으로 옮겨지면서 관구네의 삶에
일정한 영향력을 행사하리라는 예상을 가능케 한다. 그런데 작가는 여기서
중요한 극적 행동을 암시하고 있다. 바로 안숙이네와 관구네가 서로 비슷한
처지이긴 하지만 단 한 가지 다른 점은 관구네는 '윤리적 주장'을 한다는 것
이다. 이는 장차 발생할 극 행동에 매우 중요한 동기를 마련하는 언급이다.
다시 말해 주인공 이영녀(관구네)가 안숙이네의 지시대로 몸을 팔아 생계를
유지하고 살지만 반윤리적인 행위에 대해서는 단호히 거부할 수 있는 행동
적 근거를 작가는 사전에 제시하고 있다. 작품이 시작되기 전인 1막 지시문
에서 작가는 꼼꼼하게 마치 소설 쓰듯 인물의 과거와 현재를 언급함으로써
장차 발생할 극 행동에 개연성을 부여하고 있다. 이렇듯, 개연성 있는 성격
부여는 과거의 경험이나 그 경험에 의해서 형성된 성격적 특성이 향후 행동
에 영향을 미칠 수 있도록 하는 데 있다. 개연성 있는 성격 부여는 결국 인
물을 신뢰하게 하고 설득력을 갖게해 창조된 희곡세계에 진실성을 부여한다.

　한편, 인물의 언어적 특성이 곧바로 성격을 드러내기도 한다. 거듭 반복
하거니와 희곡의 핵심은 플롯과 인물이고 이 두 요소를 끌어가는 동력은 인
물의 성격이다. 그러므로 성격이 외연적으로 표출된 언어는 행동과 더불어
성격을 파악할 수 있는 가장 요긴한 요소이다. 작가는 인물 시놉시스와 이
미 작성된 플롯이라는 집필의 설계도를 보면서 집필에 임하게 된다. 그런데
이때 종종 극작가를 당황스럽게 하는 것이 인물의 언어구사 문제 즉 대사이
다. 이는 집필과정에서 당면하는 현재적인 골칫거리다. 제아무리 지문을 통해
서 성격을 멋지게 형상화했어도 막상 인물이 구사하는 언어가 성격과 부합되
지 않으면 결국 성격 창조는 실패로 돌아갈 수밖에 없기 때문이다.

　　　선　조: 여인, 내 사정을 알아서 하는 말인데, 당분간 여기를 떠서 북쪽으
　　　　　　　로 피난 가시오

게사니: 피난이요? 우린 군사가 아니야요. 아, 왕도 피양성을 지킨다는데 우리가 왜 도망갑네까. 왜놈들을 대동강 물귀신 만든다는데요. 아, 왕이 시작한 쌈인데 왕이 잘 해주갔지요. 기리니깐 피양성을 지킨다구 약속했디요. 피양사람들, 약속 하나 잘 지킵네다

선 조: 왕도 피난갈지 모르지 않소? 위험이 닥쳐오면

게사니: 아, 왕이라구 목숨이 두 개 있게시요? 그래두 왕이 약속네길 하구서 어케 도망갑니까?

선 조: 왕이 피난을 간다는 말 못 들었소?

게사니: 나하구 왕하구 어케 말을 합네까?

선 조: 내가 왕인데 ……

위의 작품은 앞에서도 인용한 바 있는 이근삼의 〈게사니〉 희곡이다. 작가는 이 작품에서 독특한 인물을 창조해내고 있다. '게사니'라는 별명을 지닌 주인공은 전쟁으로 남편과 아들을 잃고 술집장사를 하는 여자인데 거위처럼 꽥꽥거리며 억척스런 생활을 한다고 해서 거위의 평양 사투리인 '게사니'가 붙여졌다. 임진왜란을 배경으로 하고 있는 이 작품은 크게 두 개의 공간으로 나누어 극적 상황을 대비시키고 있다. 궁궐과 게사니 집이다. 두 공간은 서로 다른 두 세계 즉 권력과 민중의 세계를 상징한다. 권력세계는 명분과 형식에 매몰되어 진솔성을 잃은 형식 언어들이 지배하는 위선과 허위의 집단인 반면 민중세계는 현실에 솔직하게 반응하면서 어려움을 견뎌나가는 민초들의 세계다. 이처럼 다른 세계는 두 공간에서 보여주는 언어의 차이에서도 극명하게 나타난다. 인용 장면은 피난길에서 선조가 게사니를 만나 대화를 나누는 대목이다. 규지할 수 있듯이, 선조의 언어는 바른 표준어로써 공식적인 세계를 표상한다. 반면에 평안도 사투리를 구사하는 게사니의 언어는 거리낌 없이 자유스럽다. 눈앞에 왕이 있음에도 불구하고 게사니는 대상이 왕이든 촌부이든 관심 없다. 어찌하면 이 전쟁이 끝날 수 있는가. 그리하여 죽은 남편과 아들은 그랬다 해도 두 딸이라도 무사할 수 있을까. 끼니라도 제때 때워야 하는데 난리통에 어찌 해야 할까 등 생존의 문제

가 시급할 따름이다. 어떤 신하가 역적이니 아니니 왕이 양위를 해야 하느
니 말아야 하느니 따위는 전혀 관심이 없다. 이처럼 게사니의 언어는 거칠
지만 그 자체로 자유스럽고 활달한 생활세계, 일체의 허위와 가식의 형식을
거부하는 민중세계의 소박함과 투박함을 고스란히 드러내는 데 기여한다.
'게사니'의 인물 창조는 바로 이러한 점에서 성공적이라 할 수 있다. 그녀의
억척스런 행동과 언어는 신산스러운 전쟁이 가져다준 결과로써 바로 내면적
특성에 다름 아니다. 결국 게사니가 억척스런 생활모습을 보이고 왕 앞에서
당당하게 전쟁을 이기는 방법을 말할 수 있는 것도 전쟁이라는 환경이, 궁
극적으로는 정치가 실종된 나라 현실이 그런 인물을 창조해냈다고 할 수 있
다. 이와 같이 인물이 구사하는 언어는 언어주체의 성격과 내면세계를 드러
내는 중요한 도구이다.

4) 성격을 제시하는 세 가지 방식

희곡을 집필하는 과정에서 첫 관문은 성공적인 인물을 창조해 극 행동을
진전시키는 일이다. 여기서 진전이라는 말은 집필의 진행을 말함인데 곧 대
화와 행동을 이용해 극 사건을 앞으로 밀고 나가는 실질적인 글쓰기 과정이
다. 이때 요구되는 것이 성격을 어떻게 독자 / 관객에게 제시하느냐라는 문
제다. 물론 성격은 대화와 행동으로 구현되지만 구현의 방식에서 차이가 있
다. 이를 세 가지 면에서 접근해 보기로 하겠다.

첫째, 다른 인물들의 대사를 통해 특정인물의 성격이 제시되는 경우
둘째, 본인 스스로 대사나 행동을 통해 자기 성격을 자신이 제시하는 경우
셋째, 해설자가 특정인물의 성격을 제시하는 경우
성격을 제시하는 방식은 이외에는 없다. 간단하지만 제시방식은 작품의도
와 관련지어 선택해야 한다. 어떤 방식이 작품의 의미를 효율적으로 만들어
낼 수 있을까 고민하는 일은 글을 더욱 효과적으로 끌어올리기 위해 고심참
담하는 과정인데 이는 집필하는 순간순간마다 일어난다. 그리고 이 문제는

대사와 직결된다. 대사는 인물의 성격과 관련이 있기 때문에 창조된 인물을 가장 효과적으로 제시할 수 있는 대사에 대해 고민하지 않으면 안 된다. 인물도 설정되어 인물 시놉시스로 정리되었고, 사건의 진행방향도 구조화되어 플롯 라인이 확보되었음에도 불구하고 집필이 더디게 진행되는 이유는 바로 이 점에 있다. 성격에 부합된 대사, 인물을 제대로 구현할 수 있는 대사를 찾기 위해 극작가는 하루에 한 장 분량도 써나가지 못할 때가 많다. 그만큼 인물 즉 성격을 제시하는 언어방식은 집필을 어렵게 만드는 까다로운 요소이다.

한편, 인물의 성격이 처음부터 제시된 상태에서 극 사건이 발생하는 경우도 있고, 사건이 발생해 전개되는 과정에서 인물이 말하고 행동하는 방식에 의해 성격이 드러나기도 한다. 이 역시 어느 쪽이 더 낫다고 할 수는 없다. 형식은 그 형식 안에 담는 내용에 의해 달라져야 하기 때문이다. 대개의 경우는 사건이 발생하고 인물이 사건에 대응해 나가는 과정에서 보여주는 말과 행동에 의해 성격이 나타난다.

〈햄릿〉을 잠깐 살펴보기로 하자. 숙부에게 독살당한 부왕의 유령이 햄릿에게 말한다. 그는 고민에 빠져 든다. 숙부가 아버지를 살해하고 왕위를 탈취했으며 어머니를 취한 패륜을 보였으니 이를 용서할 수 없어 복수의 기회를 엿본다. 그러나 여러 복잡하게 얽힌 인간사 때문에 복수의 행동은 지연되고 결국은 햄릿과 주변 인물들이 죽는다. 이러한 과정에서 햄릿은 많은 독백을 한다. 살 것인가 죽을 것인가 망설이기도 하고, 복수의 칼을 뽑아 기도하고 있는 숙부를 죽이려 하지만 기도하는 순간 죽는 것은 곧 천당으로 갈 것이니 참다운 복수가 아니라는 판단에서 칼집에 도로 칼을 넣는다. 이러한 햄릿의 행동에서 자연스럽게 그의 성격적 특성을 발견할 수 있다. 우유부단함, 지나칠 정도의 사변, 행동을 억제하는 우울증 …… 결국 햄릿의 비극은 그의 성격에서 비롯되었다. 그래서 〈햄릿〉을 성격비극이라고 한다. 주인공이 운명과의 대결에서 몰락하는 희랍 연극을 운명비극이라고 하듯이, 셰익스피어가 창조한 인물들의 비극적 파멸은 성격에서 기인하기 때문에 그의 비극을 성격비극이라고 한다. 오셀로의 질투와 의심, 맥베스의 야망, 리어왕의 의심 등 인물의 성격적 결함이 모두 그들을 파멸의 세계로 끌고 갔다.

이제, 처음부터 성격을 제시하는 경우를 들어보기로 하자. 이 경우는 대개 첫 지시문에서 주인공의 성격의 일단을 행동이나 환경과 결부시켜 보여준다.

> 환갑이 넘은 그는 옷차림이 수수하다. 무대를 지나 집 문 앞으로 걸어오는 그는 몹시 고단해 보인다. 열쇠로 문을 열고 부엌으로 들어와 이제는 살았다는 듯이 가방을 내려놓고 아픈 손바닥을 만져 본다. 무어라 중얼거리며 한숨짓는다. '아이구 이젠 살았다'라고 말하는 듯. 문을 닫고 주방 뒤 휘장을 젖히고 가방을 거실 안으로 들여놓는다.
>
> 그의 아내 린다가 오른쪽 침대에서 부스럭거린다. 이윽고 일어나서 옷을 입고 귀를 기울인다. 사실 린다는 남편의 행동에 짜증이 나는 때도 있지만 싹싹하고 지긋스럽게 꾹 참아 왔던 것이다. 그녀는 남편을 사랑한다. 아니 그 이상이다. 남편을 숭배한다. 이제 와서는 남편의 종잡을 수 없는 성질이라든지, 불끈 화를 내는 성벽이라든지, 분에 넘치는 야망이라든지 이따금 당치않은 괴벽을 나타내는 따위가 이 여자에게 있어서는 도리어 남편의 마음 가운데 잠재해 있는 거센 욕망을 새삼스레 상기시키는 역할을 하는 것이다. 그러한 욕망을 이 여자 자신도 가져보는 것이지만, 그러한 의사 표시를 하고 끝까지 추구할 만한 기질은 없다.

현대인의 비극을 묘파한 아서 밀러의 〈세일즈맨의 죽음〉에 나오는 첫 지시문이다. 앞서 성격비극과 운명비극을 잠깐 언급했는데, 아서 밀러의 이 작품은 현대의 비극을 다룬 중요한 작품이다. 상황의 비극 혹은 자아의 비극이라고 이름 붙일 수 있는 주인공 윌리 로먼의 죽음은 비단 윌리에게만 국한된 게 아니라 현대인들의 자화상을 대변하는 존재적인 비극이라고 할 수 있다. 인용문에서 작가는 주인공 윌리 로먼에 대한 성격 묘사를 그의 아내 린다의 입장에서 설명하고 있다. 윌리 로먼이 과거에 비해 성격이 달라졌지만 린다가 남편에게 향하는 마음은 변하지 않았음을 말하고 있다. 린다가 윌리에게 향하는 여일한 마음과는 달리, 윌리의 심리상태가 과거와 달라졌다는 사실은 향후 어떤 극 행동을 유발하기에 착상된 계기적인 상황 설정이라고 할 수 있다. 윌리가 고단한 몸으로 집으로 돌아오는 모습, 예전과 다른 신경질적인 행동 등은 윌리에게 어떤 위기의 상황이 오고 있음을 암시한다.

이같이 작품 처음에 주인공의 심리적 특성을 소개함으로써 향후의 극 행동에 관심을 유도할 수 있으며 이러한 심리적 특성이 발생시킬 수 있는 상황에 대해서 극적 긴장감을 조성할 수 있다. 뿐만 아니라 창작의 입장에서 본다면, 작가는 처음부터 주인공의 성격을 확정하고 집필을 시작하기 때문에 집필과정에서 성격이 흔들린다든가, 써나가는 중간에 성격 형상화가 애매모호하게 이루어지는 경우는 약하게 나타난다.

5) 프로타고니스트와 안타고니스트

모든 희곡은 행동하는 인물이 존재한다. 행동한다는 것은 무슨 의미인가. 몸의 움직임만이 아니다. 마음의 움직임도 행동이다. 마음이 움직여야 결국 몸이 움직이는 것이니까 당연한 말이다. 그런데도 행동이라는 말은 육체성만 떠올리는 경우가 많다. 역동성, 운동성 등 시각적인 육체의 몸놀림, 이것이 행동이라고 오해하는 경우가 있다. 희곡 인물의 행동은 내면적 변화를 말한다. 내면적 변화가 몸을 일으켜 행동을 취하게 한다. 그렇다면 내면적 변화란 무엇인가. 이는 무엇이 행동을 유발하는가라는 질문과 동궤에 있다. 내면적 변화를 일으켜 행동을 유발하는 한복판에는 욕망이 있다. 욕망이 발생하면 그것을 성취하려는 욕구가 작동하고 그 욕구로 인해 행동이 나오게 된다. 결국 희곡 인물은 욕망의 인물인 셈이다. 강렬한 의지와 열정을 가지고 어떤 것을 욕망하는 인물, 이것이 희곡 인물이다. 그런데 욕망도 삿된 것이 있는가 하면 합목적적이고 타당성 있으며 인류 공동선을 실현하는 쪽의 건강한 욕망도 있다. 그 어느 쪽이든 작가는 창작동기를 여기서 찾게 된다. 정확히 말하면 인물의 욕망 그 자체가 아니라 욕망을 추구하는 과정에

서 부수되는 행동들, 모순들, 반응들에 대한 작가의 시선이 창작의 불씨를
지핀다.

그리고 나서 작가는 창작의도를 갖게 되는데 바로 이러한 의도를 작품상
에서 구현하는 인물을 프로타고니스트(protagonist)라고 한다. 그러니까 프
로타고니스트는 작가의 대리적인 인물, 작의를 실현하는 인물로서 희곡세계
를 주도해 나가는 주동인물 즉 주인공이다. 자 이렇게 되면 희곡 창작에서
적어도 작가와 동료의식을 갖는 인물 한 명은 확보된 셈이다. 그런데 희곡
은 본질적으로 이항대립의 아곤(agon) 구조를 보이며 긴장을 유지하는 장르
라는 점을 다시 환기한다면 대립자 없이 주인공 혼자 대립, 긴장, 대결할 수
는 없다. 그러므로 희곡이 만들어지기 위해서는 주인공의 맞서는 자를 설정
해야 한다. 이가 곧 반대자이다. 중심인물과 반대자를 희곡의 중심인물이라
고 한다. 흔히 중심인물을 주인공만 생각하는 경우가 있는데 이는 잘못됐다.
작품의 의미나 주제는 주인공이 반대자의 저항을 어떤 양상으로 대응, 극복
해 나가느냐에 달려 있기 때문에 반대자 역시 주인공 못지않게 중요한 인물
이다.

주인공이 추구하고자 하는 욕망을 처음부터 인정하지 않거나, 욕망실현의
과정에서 집요하게 방해하는 반대자를 안타고니스트(antagonist)라고 한
다. 주인공의 적수 또는 대립자로서의 방해꾼 즉 반동인물이다. 인물 면에
서 본다면, 희곡은 두 인물이 치열하게 각축하면서 벌이는 한판의 게임이라
고도 할 수 있다. 따라서 반대자도 주인공과 엇비슷한 힘을 지녀야 한다.
힘의 균형이 있을 때 상호간에 대립은 팽팽한 장력이 생기게 된다. 주인공
이 욕망을 갈구하는 힘의 크기에 비례해서 반동인물도 비등한 크기를 가져
야 한다.

그런데 프로타고니스트가 열정을 품은 의지의 존재로서 어떤 목적을 추구
하는 인물이라고 할 때, 반동인물이 반드시 사람으로 나오는 것은 아니다.
경우에 따라서는 주인공의 의지를 무력화시키는 가정적, 사회적, 시대적 환
경이 될 수도 있고, 정의를 추구하는 과정에서 맞서는 불의가 반동인물이

될 수 있다. 요컨대 반동인물이 사람이 아닌, 외부 환경이나 추상적 관념이 되기도 한다. 가령, 채만식의 〈제향날〉은 3막으로 구성되었는데 각 장면별로 동학, 3.1운동, 신화시대 등 시간적으로 단절되어 있다. 뿐만 아니라 각 장면의 주인공들 역시 직접적으로 연결되지 않고 독립적으로 설정된 장면 단위의 행동 주체일 뿐이다. 김성배, 영수, 상인, 프로메테우스 등의 장면별 주인공은 다른 인물들과 어떤 연관성이나 사건의 계기적 관계에 놓여 있는 인물이 아니다. 그런데 이들은 나름대로 신조로 삼는 관념적 가치를 위해 적대적인 세계와 대립한다. 그러니까 반동인물이 희곡상으로 명백하게 드러나지 않는다. 매우 드문 경우이긴 하지만 그렇다고 이 작품에 주인공을 파멸에 이르게 하는 반동인물이 없다고 볼 수 없다. 각 시대별로 주인공은 나름대로 가치의 실현에 목표를 두고 행동하는 인물들이다. 그렇다면 이들을 파멸케 하는 요인은 특정인물이 아니라 가치가 실종된 정의롭지 못한 사회 분위기 혹은 불의 그 자체이다. 결국 〈제향날〉에서 안타고니스트는 생명을 억압하는 적대적인 세계 그 자체라고 볼 수 있다.

희곡은 결국 이들에 의해 이룩되며 희곡적 의미가 발현된다. 작가가 창조한 주인공이 무엇을 욕망하는가. 그리고 반대자는 왜 저지하는가. 둘 사이에서 발생하는 긴장과 갈등이 엉키면서 플롯은 상승하고 어떤 계기가 마련됨으로써 양자 간의 엉킨 갈등은 풀리고 상황은 어떤 양상으로 종료되는가 등에 의해서 희곡은 의미화된다. 이 중심에 주인공과 반대자가 있다. 두 인물 사이의 갈등 관계, 이것이 희곡의 본령이다. 그러므로 창작을 구상할 때 무엇보다도 먼저 주인공과 반대자를 창조하는 일이 앞서야 한다. 왜냐하면 작가의 의도를 구현하기 위해 작품 속에서 뛰는 사람들은 바로 이 인물이기 때문이다. 인물 시놉시스는 특별히 이러한 중심인물에 대한 폭넓은 정보를 정리해 두어 집필할 때 유익하게 활용하기 위한 일종의 집필용 자료 카드인 셈이다.

6) 문제적인 인물을 만들어라.

일상생활에서 만날 수 있는 평범한 사람이 무대 위의 인물이 되려면 뭔가 특별한 것이 있어야 한다. 독특하고 개성적인 성격, 욕망에 사로잡힌 인물, 강렬한 의지를 지닌 인물, 훼손된 가치관을 가진 인물, 일상 범주에서 벗어난 비정상적이고 일탈된 인물들이 희곡세계를 창조해낸다. 이들을 문제적인 인물이라고 부르자. 이들은 언제나 문제발생의 가능성을 지니고 있기 때문에 다른 사람들과 만나게 되면 곧바로 극적 상황이 조성된다. 특히 인물 중심의 희곡은 상황에 의해 희곡이 전개되는 것보다는 인물이 상황 속에서 만들어내는 행동으로 이루어진다. 문제적인 인물은 또 다른 문제적인 인물을 만나 더욱 문제 상황을 일으키고 이러한 상황들은 점차 복잡하게 얽히면서 작품은 미로의 숲길처럼 꼬이게 된다.

브레히트의 초기 작품 〈소시민의 결혼〉을 통해서 인물상의 특징을 살펴보기로 하자. 제목 그대로 소시민의 결혼 축하연이 신랑집에서 개최된다. 신랑, 신부가 초청한 하객은 신부 아버지와 여동생, 신랑의 고객이자 친구, 신랑집 아파트 수위의 아들 그리고 부부 한 쌍이다. 축하연 저녁요리는 신랑 어머니가 준비해 거실 탁자로 나른다. 그런데 신부 아버지는 식사를 하는 내내 틈만 나면 이야기 보따리를 풀어놓고 수다를 떤다.

> 아버지: 아니야 모를 거야. 앞서 너희들은 내 계란 이야기를 중단시켰고, 다음은 수세식 화장실 이야기를 중단시켰어. 이 이야기는 재미있는 것인데 말이다. 그러고는 포르스트씨 이야기를, 요하네스 제크 뮐러에 대해서는 전혀 이야기하지 않겠다. 그에 대한 이야기는 정말 좀 길지. 하지만 그것도 기껏해야 십 분 정도지. 좋아. 어쩌면 다음 기회에 이야기할 수 있을 거야 …… 말하자면 ……
>
> 어머니: 야콥, 어서 술을 잔에 따라!
>
> 아버지: 아우구스트 증조부께서는 수종증으로 돌아가셨단다.

　신부 아버지는 결혼 축하연 저녁식사 자리에서 결혼과는 아무런 관련이 없는 말들을 끊임없이 늘어놓는다. 참석자들 중 그 누구도 이야기를 듣지 않음에도 불구하고 그는 계속해서 말을 해댄다. 수세실 화장실 이야기, 수종병으로 죽은 삼촌의 임종 이야기, 그가 유산으로 남긴 침대를 신혼부부에게 주겠다는 이야기 등 신부의 신경을 곤두세우는 이야기들이 결혼식 축하연 자리에서 마구잡이로 쏟아져 나온다. 이뿐만이 아니다. 외설스런 친구의 노래, 축하연에서 부부싸움 등 소시민들의 일상사가 축하연 자리에서 툭툭 불거져 나온다. 이 과정에서 신랑이 직접 만든 가구들이 하나씩 망가지는 것처럼 축하연에 모인 하객들의 지극히 소시민적인 행동으로 결혼 축하연은 망가져 버린다. 이 작품은 누구랄 것도 없이 축하연 참석자 모두가 문제적인 인물들이다. 말하자면 현실감각을 잊고 그들의 일상적 삶에 매몰된 일탈적인 모습을 보여준다. 인물들이 결혼 축하연에서 신랑, 신부에게 앞날의 축복을 위해 행동하는 것이 아니라 각자 그들의 버릇과 일상에 젖어버린 행동들로 축하연 분위기를 망가뜨리고 만다.

　영화 〈왕의 남자〉의 원작으로 유명해진 연극 〈이〉를 보자. 이 작품은 연산과 광대 장생과 공길이 삼각 축을 형성하면서 진행된다. 물론 연산의 주변에는 녹수와 신하, 내시 등 궁중 사람들이 포진되어 있다. 절대 권력의 핵심부인 궁궐로 들어간 광대 장생과 공길은 연산 앞에서 놀이를 벌이면서 쓴 소리를 마다하지 않는다. 그러나 연산은 공길을 가까이 두고 더욱 놀이에 빠져든다. 한편으로는 녹수에게, 한편으로 광대 공길에게 연산의 삶은 저당잡힌 셈이다.

　　녹수: 바보! 젖 주랴? (연산이 쓰고 있는 굴건을 벗기며) 바보 같으니, 잊어. 다 잊어요. 기억을 지워. 그럼 아프지 않을 거야.
　　연산: (녹수에게 안기며) 나 아침에 일어나 살아 있다는 것 때문에 아무것도 할 수 없었어. 일어나 내 손을 보는데 불현듯 눈물이 흘렀어. 다 무너졌어. 다 타 버렸어. 꽃들도 말을 않고 새들도 울지 않아. 모든 것이 공. 죽어지면 푸른 산에 한 줌 흙.

녹수: (연산의 손을 자기 배로 가져가며) 해도 아기는 태어나고, 무덤에는
　　　꽃은 피고 그래. 우리 아가 이제 그만 하자.
(중략)
연산: 그렇게 좋으냐? 복색이 사람을 만든다고 하더니 이를 보고 하는 소리
　　　구나. 그 도포에 맞는 자리가 있어야지? 니가 희락원 수장, 대봉이
　　　되어라. 내 너를 희락원 대봉에 봉하겠다.
공길: (부복하여 감동의 눈물을 흘리며) 마마! 이놈 분칠하고 싼 웃음이나
　　　파는 천한 놈입니다. 이놈 매품 팔다 피떡이 돼 까무러쳐도 밥 한 끼
　　　던져 주면 그게 좋아 실없이 웃던 놈입니다. 죽지 못해 웃던 놈입니
　　　다. 그런 놈에게 어찌 ······
(중략)
연산: 때론 턱없이 헤헤 웃는구나. 그것이로? 너는 정히 그것이로? (사이)
　　　길아, 이상하지? 돌아서면 이내 니가 사무치니. 길아, 이리 와 나를
　　　안아라.

　　연산은 이제 더이상 절대 권력의 왕이 아니다. 녹수 앞에서는 철없는 아
이요, 공길 앞에서는 사무치게 그리워하는 정인일 따름이다. 연산의 이러한
모습이 있기까지는 무오사화와 갑자사화의 무수한 죽음을 경험했기 때문이
다. 경위야 어찌 되었든, 슬픈 권력자 연산의 모습은 분명 문제적인 인물로
형상화되었다. 녹수가 왕에게 반말을 하는 것이나, 천출 공길이를 희락원
대봉으로 임명하면서 그에게 연정을 품는 것은 정상의 범주에서 벗어난 일
탈적인 인물의 모습 그것이다. 결국 〈이〉는 연산이라는 일탈적인 인물에
초점을 두어 그의 삶의 편린을 더듬어 나가는 방식으로 구축된 희곡이다.
　　이와 같이, 문제적인 인물은 문제적인 상황을 만든다. 그리고 이러한 상
황이 펼쳐지는 가운데 희곡세계는 하나의 중심의미를 수용자에게 넌지시 제
시한다. 연극에 문제적인 인물과 상황이 만들어지지 않으면 연극은 기능을
다하지 못했다고 할 수 있다. 문제성을 지닌 인물을 통해 관객은 인간과 삶
에 대해 새로운 해석을 하게 되고 그럼으로써 그것을 내면화해 관객의 현재
와 미래를 도모한다.

그러면 문제적인 인물을 어떻게 형상화할 것인가. 이것은 창작에서 가장 시급하고 요긴한 문제 가운데 하나다. 이 책을 읽는 독자라면 누구나 성공적인 희곡을 쓰고 싶어 할 것이다. 거듭 강조하거니와, 작품의 성공 여하를 결정적으로 가름하는 건, 다름 아닌 문제적인 인물을 창조하는 데 있다.

다시 일상으로 돌아가 눈을 크게 뜨고 사람들을 보자. 얼핏 보면 비슷비슷하지만 꼼꼼히 보면 사람의 수효만큼 다양한 삶의 방식들이 있음을 발견할 수 있다. 가령, 한 집단의 본질적 특성에 매몰되어 주변인식이 허약한 인물을 생각해 보기로 하자. 인생의 거의 대부분을 군인으로 보낸 아버지, 남편이 가정에서 군대식으로 명령하고 사고하라고 강요한다면, 이는 분명 문제적인 상황을 만들어낼 수 있다. 삶의 패턴이 고정된 인물, 즉 탄력성이 없이 한 틀에 고착된 유형화된 인물은 다양하고 변화무쌍한 인생에서 문제발생을 초래할 가능성이 짙다. 대개 직업병에 걸린 사람들이다. 오랫동안 한 직업에 종사하다 보니 모든 게 그 직업의 틀 안에서 해석되고 만들어진다면 그 인물은 기계적인 경직성으로 말미암아 주변인들과 마찰할 소지가 다분하다.

반면에 본분을 망각하고 행동하는 인물 역시 문제적이다. 도둑이 오히려 주인에게 선심을 베풀며 큰소리치고 있는 장진의 〈서툰 사람들〉에 나오는 도둑처럼, 장 주네의 〈하녀들〉에서 하녀들처럼 자신의 신분과 처지를 망각하고 전도된 행동을 함으로써 극적 상황은 일상과는 다른 새로운 문제를 제기할 수 있다.

한편, 강고한 의지를 지닌 인물도 문제적이다. 왜냐하면 이러한 성격은 주변 환경과 충돌할 가능성이 높기 때문이다. 앞서 예로 들었던 희랍비극 〈안티고네〉에서 안티고네가 이러한 인물이다. 왕명을 거역하고 자신의 소신대로 행동하는 인물. 이러한 인물이 극적 세계를 창조한다. 주변에는 이처럼 극적 세계를 창조할 만한 희곡적인 인물이 무수히 많다. 문제는 그런 인물을 작품으로 끌어와 작품 내적 논리에 맞게끔 창조하는 작가의 역량에 달려 있을 뿐이다. 다시 한번 강조하거니와, 독특한 성격의 문제적인 인물이 희곡을 만든다. 비록 평범한 인물일지라도 극적 상황에 대처하는 방식이 평범치 않는 문제성을 내포하고 있다면 이 역시 문제적인 인물이다. 사람이 만들어내는 삶의 문양에 의해 사람을 평가하고 해석하기 때문이다. 이제 인물 창조와 관련하여 정리하면서 마무리를 짓기로 하겠다. 첫째, 문제적인 인물을 창조하라. 둘째, 극적 상황에 대처하는 인물의 행동을 문제적으로 만들어라. 마지막으로 이러한 인물을 일상의 삶에서 발견하라. 이 같은 방식으로 해서 인물 창조가 일단 성공했다면 희곡 창작의 절반은 이미 수확한 셈이다.

3. 희곡 언어의 특성

시나 소설과 마찬가지로 희곡도 언어예술로서 문학의 하나다. 이는 언어가 희곡세계를 구현하는 1차적 도구라는 말이다. 그런데 시에는 시적인 언어가 있고, 소설도 소설 언어가 있듯이 희곡 역시 희곡 언어가 따로 있다. 일상적인 말처럼 들리지만 무대 위의 배우들에 의해서 발화되는 연극 언어는 작가가 세심하게 고안하고 다듬어 제시한 언어이다. 즉 작가는 작품의 도, 스타일, 분위기, 인물의 특성, 상황의 맥락 등을 고려해서 언어를 만들어 나간다. 또한 희곡은 전진적인 행동, 긴장을 조성하는 상황으로 나아가는 특성이 있기 때문에 순간순간의 희곡 언어는 단순히 정보의 제공이라는 이야기 서술성에 머물지 않고 언어 자체가 극 행동을 유발하고 긴장을 만들어내야 한다. 요컨대 희곡이라는 장르적 특성에 맞춰 구사되어야 희곡 언어라 할 수 있다.

언어의 표현방식은 작품성을 보증하는 중요한 기준이 된다. 내용을 언어로 어떻게 표현하느냐에 따라 글의 양상과 감동은 판이하게 달라지기 때문이다. 특히 연극공연을 전제로 하는 희곡의 특성을 깊이 인식해야 희곡 언어를 창조해 낼 수 있다. 이건 단순히 말하면 희곡은 당연히 희곡적 특성을 십분 살리는 글이 되어야 한다. 흔히 희곡을 쓰고 나서 소설 인물을 입체적으로 나열한 글을 읽는 기분이 든다면, 이는 희곡에 대한 개념 혹은 희곡 언어의 특성에 대한 인식이 부족했기 때문이다. 아무리 훌륭한 사상을 지녔다 해도, 또 기발한 소재를 다뤘다고 하더라도 이를 드러내는 언어의 표현이 적절하지 않다면 성공적인 창작이라고 할 수 없다.

희곡을 이루는 언어는 크게 분절언어, 신체언어, 물질언어로 나눌 수 있다. 이는 희곡이 연극으로 이동되는 특성을 감안한 분류이다. 언어는 의사소통의 매개수단이다. 다시 말해 의미제공과 의미발견이라는 두 축에서 수행되는 게 언어이다. 분절언어는 인물들의 음성화된 소리로서 대사를 말한다. 대사는 두 사람 이상이 주고받는 대화와 홀로 말하는 독백 그리고 희곡에서만 존재하는 방백이 있다. 침묵은 말 없는 언어라고 할 수 있겠는데 이는 신체언어의 범주에 넣겠다. 신체언어는 제스처나 몸짓, 표정, 침묵 등으로 일정하게 의미를 생성하는 모든 비언어적인 요소들을 말한다. 마지막으로 물질언어는 무대상에 제시되는 모든 물질적인 요소들, 가령 대소도구, 무대장치, 소품들, 의상, 음향, 음악, 조명 등을 망라한다. 무대 위의 이러한 물질적 요소들은 극적 의미를 제공하는 일종의 언어적 기능을 수행한다는 점에서 오브제(object)라고 한다. 쉽게 말하면 오브제는 의미화되어 전달되는 도구가 음성이나 몸짓이 아니라 사물을 뜻한다.

상상적이고 거짓 같아 보이는 파타피직스(pataphsics)한 한 편의 희곡세계는 이러한 언어들에 의해 진실세계임을 믿게 한다. 다른 문학 장르와 마찬가지로 희곡도 나타내고자 하는 사상이 중요한 게 아니고 그 사상이 어떤 방식으로 제시되는가가 중요한 문제다. 독자나 관객이 최초로 접하는 희곡 또는 연극세계는 배우들의 입에서 나오는 음성과 그들의 몸짓과 무대를 이루고 있는 시청각적 요소들이다. 그 가운데 가장 주목하는 건 단연 음성이다. 등장인물의 의지와 목표는 언어와 행동을 통해서 드러날 수밖에 없다. 이때 언어는 대사로, 행동은 지시문으로 제시된다. 결국 등장인물의 내면적 특성과 목표를 제대로 반영하기 위해서는 대사와 지시문을 희곡적 특성에 맞추어 작성하는 일이 우선적으로 필요하다.

1) 지시문 쓰기

보통 지문이라고 하는 지시문은 작가가 무대 상황이나 인물의 표정, 행동 등을 지시하는 글을 말한다. 이에 따라 무대지시문(stage direction)과 인물 지시문(character direction)으로 나눈다. 무대지시문은 작품의 맨 처음이나, 각 장면 단위에서 혹은 장면의 중간에 나오기도 한다. 인물의 등 퇴장, 행동이 발생하는 장소와 그 특성, 등장인물과 그들의 감정에 관한 정보 등을 보통 언급하게 된다. 또한 경우에 따라서는 시작 이전의 상황을 서술하는 작품도 있다. 앞서 인용한 〈이영녀〉의 무대지시문이 이에 해당된다. 사실주의 작품에서는 실제적인 장소와 환경을 가급적 그대로 재현하기 위해 더 구체적으로 제시된다. 희곡 역시 제시 형식의 문학이자 연극이기 때문에 단순히 인물의 행동과 대사만으로는 극중 분위기를 온전히 드러내기 어렵다. 언제, 어디서, 무엇을, 어떻게, 왜 했는지에 대한 정보를 독자나 관객에게 전달하기 위해서는 작가가 이에 대한 내용을 서술할 필요가 있다. 뿐만 아니라, 작가가 창조한 세계의 분위기를 효과적으로 제공하고 인물들의 정서와 느낌을 적절하게 표현할 수 있는 행동에 대한 지침이 지시문이다. 그러므로 지시문은 시공간을 비롯한 극중 내용의 정보 전달이라는 한 축과, 인물의 표정과 몸짓, 감정 등을 지시하는 또 다른 축에서 연극적 상황을 제시하는 글이다.

> 화실은 이불 속에서 쿨룩쿨룩 기침을 한다.
> 옥순은 방 문지방에 발끝이 걸려 털썩 주저앉으며 국대접은 떨어져 깨어진다.

앞의 인용문은 김정진의 〈기적 불 때〉에 나오는 지시문 일부이다. 화실과 옥순, 두 인물의 행위를 통해서 불길한 징조를 암시하고 있다. 집안의 생계를 책임지는 복만이가 공장에서 사고를 당하는 비극적 사건이 그것이다. 지시문은 이와 같이 등장인물의 사회적, 심리적 상황과 미래 사건에 대해 암시할 수 있다.

무대지시문은 사실주의 작품처럼 객관세계를 재현하는 형식으로 제시될 수도 있지만 상징적 의미가 강한 경우도 있다. 모더니즘 이후의 작품이 특히 이러한 경향을 보이는데 여기서 사뮈엘 베케트의 〈고도를 기다리며〉의 첫 무대지시문을 통해 작품의 상징성을 알아보기로 하자.

> 시골길. 나무 한 그루
> 해질 무렵
> 나지막한 언덕에 앉아 있는 에스트라공이 장화를 벗으려고 한다. 숨을 헉헉 몰아쉬며 양 손으로 장화를 벗기려 하고 있는 것이다. 그는 단념한다. 지쳐서 쉬다가 다시 한번 시도해 본다. 역시 아까처럼 해 보지만 허사다.
> 블라디미르 들어온다.

무대장치라고는 길과 나무뿐 황량한 배경이다. 대형 무대에서 이처럼 조촐한 배경은 초라한 무대 인상을 줄 수도 있겠지만 작가는 이를 통해 주제의식을 암시하고 있다. 성급하게 말하면, 황량한 인간의 조건을 배경으로 의미화시키는 것이다. 여기에 길과 나무가 있다. 이 두 무대 요소는 매우 중요한 극적 의미를 상징한다. 두 인물이 '고도'라는 대상을 끊임없이 기다리는 작품 전체의 내용과 관련지어 보면, 길이라는 배경은 '고도'를 찾아나서는 길, 즉 진리를 찾아나서는 일종의 순례의 길이라는 의미로 해석될 수 있다. 더군다나 나무의 이미지와 관련시켜 보면, 나무십자가를 연상시키면서 이들이 기다리는 대상 '고도'가 구원자로서 신의 의미를 함유하고 있다고도 볼 수 있다. 무대지시문은 이처럼 작품 전체의 의미를 구현하는 쪽에서 상징적으로 설정될 수 있고, 사실주의 희곡처럼 실제 현실세계를 그대로 옮겨놓은 듯이 묘사할 수도 있다.

지시문은 희곡 독자에게는 극중 상황을 추리하면서 읽을 수 있도록 극중 정보를 제공하는 글인 동시에, 배우에게는 연기에 필요한 정보를 제공한다. 따라서 지시문을 쓸 때는 이러한 점을 충분히 염두에 두면서 작가가 창출하는 작품세계를 효과적으로 드러나도록 해야 한다.

2) 대사란 무엇인가

대사는 등장인물들이 수행하는 모든 언어적 표현을 말한다. 지시문이 인물의 행동에 대한 지침이라면 대사는 인물이 극 상황을 진술하는 구술언어이다. 지시문이 극중 상황과 행동에 대한 여러 정보를 제공하는 외곽적인 희곡 언어라고 한다면, 대사는 희곡내용을 구현하는 본령적인 희곡 언어라고 할 수 있다. 왜냐면, 희곡의 사상과 개념을 판단케 하는 도구이자 모든 극적 의미가 인물들의 대사를 통해서 구현되기 때문이다. 소설이나 영화가 이야기와 스펙터클에 그 묘미가 있다면, 희곡은 매우 정확하게 핵심을 찌르는 대사, 삶의 의미를 통찰한 데서 나오는 감동적인 대사에 있다. 이것이 연극의 매력이다. 한 편의 연극을 감상하고 나서 오랫동안 마음속에 남는 건 대체적으로 특정인물이 구사한 특별한 대사에 있다. 연극은 시간 속에 녹아 없어지지만 인물이 남긴 명대사가 기억 속에 남는 이유를 생각해 보자. 대사는 단순히 인물의 말이 아니다. 희곡에서 대사는 그 자체가 행동의 한 형식이다. 뿐만 아니라, 행동을 수반하거나 행동에 대한 반응을 만들어낸다. 결국 대사는 인물의 감정과 정서를 표현하면서 극의 움직임을 발생시키는 가장 중요한 요소이다. 그래서 대사는 저절로 상상력, 몸짓, 동작, 행동, 생명력을 불러 일으켜야 한다는 게옹은 말은 참고할 만하다.

호라티우스는 그의 저서 〈시학〉에서 귀로 듣는 언어보다 눈으로 보는 언어가 훨씬 설득력이 있다고 강조하였다. 보통의 언어와 달리 희곡 언어는 귀가 아닌 눈의 언어여야 한다는 사실은 희곡의 본질을 이해하면 충분히 납득할 수 있다. 희곡은 '지금 여기'라는 현재성에서 인물들의 행동을 통해 극적 상황을 보여주는 양식이다. 그러므로 인물의 언어가 설명적이거나 생경한 추상적인 목소리라면 설득력이 떨어진다. 연극은 어떤 것을 설명하고 주장하기 위해 존재하는 게 아니다. 연극은 작가가 말하고자 하는 사상이나 주장을 행동으로 풀어내는 작업이지 웅변이나 토론회가 아니기 때문이다. 다시 강조하지만, 희곡의 언어는 눈으로 볼 수 있는, 가시적인 언어 즉 행동을 발생시키는 대사가 되어야 한다. 대사의 이러한 특성은 결국 말하기 형태로 진술되어야 함을 말한다. 흔히 창작한 희곡을 보면, 일상의 말투와는 달리 문자언어를 기술하는 경우가 많다. 대부분의 경우, 집필할 때 어려움을 느끼는 것 가운데 하나가 대사를 효과적으로 만들어내지 못하는데 있다. 실제로 많은 경우, 창작한 희곡을 읽어보면 긴장과 갈등 등 희곡의 특성이나 구조는 어느 정도 나타나는데 반해, 희곡적인 대사가 서툴고 부족한 사실을 종종 발견할 수 있다. 언어표현 면에서 탁월한 기술을 보여준 셰익스피어의 대사를 읽어보면 단순히 문장 진술이 아니라 극적 특성을 강력하게 반영하고 있음을 우리는 어렵지 않게 알 수 있다.

> 줄리엣: 아직도 당신의 말을 채 백 마디도 듣기 전입니다만, 그래도 당신의 말소리는 알겠어요. 몬테규 집안의 로미오가 아니세요?
> 로미오: 당신이 둘 다 싫어하신다면 나는 그중의 아무것도 아닙니다.
> 줄리엣: 이곳에 어떻게 무엇 하러 오셨어요? 담벼락은 높고 오르기가 힘드는데. 게다가 신분 때문에 이곳에서 저희 집 사람에게 발각되면 당신은 죽음을 각오해야 할 텐데요.
> 로미오: 사랑의 가벼운 나래를 타고 이 담벼락을 넘었지요. 돌담이라 한들, 어찌 사랑을 막아낼 수 있겠소. 할 수 있는 일이라면 사랑은 무엇이나 해냅니다. 그러니 당신네집 사람 정도가 어찌 사랑의 길을 막을 수 있겠소.
> 줄리엣: 하지만 발각되면 죽어요.

　연인의 애틋한 사랑, 그러나 두 가문은 대대로 원수지간이다. 사랑의 밀회마저 죽음의 그림자로 어둡다. 로미오와 줄리엣, 두 인물이 주고받는 대사는 작품의 큰 줄거리 즉 두 가문의 충돌, 연인들의 운명 등을 어느 정도 알게 한다. 그러면서도 두 연인이 서로에게 향하는 사랑의 뜨거움은 강력한

파토스를 만들어내기에 충분하다. 셰익스피어의 대사는 그 자체가 이처럼 전체 작품 속에서 나름대로 기능을 수행하는 작은 벽돌들이다. 벽돌들이 모여 한 채의 집을 이루듯 그의 희곡은 절묘한 대사를 마치 벽돌을 찍어내듯이 하나씩 가공해서 희곡세계를 성공적으로 창조하고 있다.

그러면 좋은 대사를 쓰기 위해서 우선 희곡 언어의 기능을 먼저 알아보기로 하자. 앞의 인용문에서 두 집안이 원수지간 처지에 놓여 있어 이들이 연인으로 맺어지기가 쉽지 않으리라는 정보를 대사를 통해 알 수 있었던 것처럼 희곡 언어는 인물의 감정상태와 사상 그리고 극 사건 등의 정보를 전달한다. 둘째, 대사는 인물의 성격을 드러낸다. 정서와 지적 수준, 행동의 동기 등 내면적 특성이 대사에 나타난다. 셋째, 인물 간의 갈등을 유발하고 미래를 예측케 한다. 다섯째, 대사는 작가의 사상이 반영된 가장 중심적인 부분이기 때문에 주제와 직접적인 관련이 있다. 여섯째, 비극, 희극, 멜로드라마 등 작품의 스타일을 결정한다. 연극학자 오스카 브로케트는 여기에다가 리듬과 템포를 추가한다. 대사가 템포와 리듬을 확립한다는 것이다. 그런데 대사가 극의 속도와 리듬을 조성하는 중요 인자라는 브로케트의 지적은 앞서 호라티우스가 말한 희곡 언어는 '눈의 언어'라야 한다는 의미와 맞물려 생각해볼 일이다. 대사가 시각적인 언어이면서 동시에 리듬을 생산해 귀에 호소할 수 있는 청각적인 언어라는 이중적인 의미에 대해서 말이다. 시각적인 언어는 마음의 움직임을 행동으로 제시하는 언어이다. 관념이나 추상화된 표현이 아니라 이미지가 그려져 눈으로 영상이 떠오르는 언어가 시각적인 언어이다. 가령, 〈로미오와 줄리엣〉에서 머큐쇼가 '난 이래뵈도 점잖기의 정화(精華)일세'라고 말한다. '정화'는 마음의 추상화된 상태를 말한다. 따라서 이런 말은 시각적인 언어라 할 수 없다. 이 대사에 이어 로미오는 '아, 꽃 말인가'라고 재차 물으면서 추상화된 어휘를 고쳐 '꽃'이라는 사물로 시각화시켜 제시한다. 이와 같이 대사는 구체적인 사물을 동원해서 눈앞에 영상으로 떠오르도록 제시해야 한다. 이것이 바로 생생한 이미지를 만들어내는 시각적인 대사이다.

193

반면에 대사에서 리듬은 발음할 때 일정한 소리의 질서를 창조해내는 것을 말한다. 희곡이 시의 특성을 지니고 있다고 한다면 이는 희곡 대사가 시처럼 압축과 상징성 그리고 리듬으로 이루어졌기 때문이다. 최초의 희곡이 시로 쓰였다는 점을 상기한다면 희곡 언어가 시처럼 운율감을 보여야 한다는 점은 당위성을 띤다. 희곡은 연극을 전제로 하고 연극은 행동성을 본질로 삼는다. 그래서 희곡의 언어는 '말의 행동성'을 기본으로 삼는다. 그런데 언어를 발음할 때 어느 부분에 강세를 두느냐에 따라 전달되는 의미는 판이하게 달라질 수 있다. 예를 들어보기로 하자. '나는 학교에 간다'라는 문장은 '나', '학교', '가다'라는 세 단어로 구성된 연합체이다. 이때 주어, 목적어, 술어 가운데 어느 한 곳에 유난히 강세를 두면 전달 의도는 전혀 달라진다. 가령, 주어를 강조하면 학교에 가는 주체를 강조하는 것이고, 목적어를 강조하면 '내가 가고자 하는 곳'을 강조하며, 서술어에 비중을 두면 행위를 강조한다. 이는 희곡 창작과 직접적인 관련이 없는 것처럼 보일지 몰라도 희곡이 말의 행동성을 기본 전제로 삼는다는 점을 인식한다면 작가는 이러한 리듬의식을 충분히 파악하고 있어야 한다. 일상회화에서 '어디 가니?'라고 물으면 '나는 학교에 간다'라고 하지 않고, '학교'라고만 간명하게 답한다. 마찬가지 방식으로 이를 희곡적 대사로 처리하면 의미도 강조되고 대화도 간결해지며 무엇보다도 리듬과 템포에 기여한다. 요컨대 일상적인 회화에 산문적 리듬이 실려 있듯이 희곡 언어도 일상회화와 마찬가지여야 한다.

> 로미오: 아침을 알리는 종달새라오. 나이팅게일이 아니었소. **봐요. 저** 동녘의 하늘. 갈라지는 구름자락을 수놓는 **저** 심술궂은 아침 햇살을 **봐요.** 밤의 등불도 꺼졌어요. 즐거운 아침이 안개 자욱한 산봉우리를 딛고 발돋움하고 있소. 이제 나는 가야 하오. 그래야 살 수 있어요. 여기 머물러 있으면 죽을 수밖에 없소.
> 줄리엣: **저기 저** 빛은 햇살이 아닙니다. **저는, 저**는 알고 있어요. 정말이지. **저** 빛은 태양이 뱉어 놓은 별똥 같은 거예요. 당신을 위해 오늘밤 횃불이 되어 만토바로 가시는 당신의 길목을 낱낱이 비춰줄 것입니

다. 그러니 좀더 계셔요. 지금 떠나실 필요는 없습니다.

굵은 글씨를 주목해 보자. 지시어와 주어의 반복적 사용, 동작어의 반복 서술 등이 일정하게 대사의 리듬감을 드러내고 있다. 반복은 의미를 강조하고 리듬을 생산하면서 상황맥락을 부각시키는데 효과적인 장치이다. 셰익스피어가 창조한 희곡 언어의 탁월성은 감칠맛 나는 비유와 더불어 바로 이같이 리듬감각을 십분 살렸다는 점에 있다.

요컨대, 대사는 시각적이면서 동시에 청각적인 언어라야 한다는 점이다. 바로 이 점으로 말미암아 대사쓰기의 어려움을 느끼게 된다. 그러나 어렵다고 중도에서 포기하면 아니 간만 못하다. 대사쓰기의 문제를 해결하기 위해서는 무엇보다도 좋은 희곡작품을 많이 읽어 대사쓰기의 요령을 터득하면서 스스로 대사를 만들어보고 쓴 대사를 직접 발음해 봄으로써 수정해 나가는 것이 좋은 방법이 된다. 아울러 자신이 쓴 대사를 일상회화에 비추어 본다든지, 좋은 시를 평소 많이 읽는 것도 대사쓰기 훈련에 많은 도움이 된다.

헤밍웨이는 소설 창작에 대해 언급하면서 다음과 같은 말을 남겼다. '좋은 글은 낱말의 빙산을 창조한다. 다시 말하면, 소수의 낱말만 눈에 보이지만, 그보다 더 많은 낱말들이 표면 밑에 존재한다.' 이는 희곡의 경우에도 마찬가지로 적용된다. 헤밍웨이의 말은 결국 언어의 경제성을 강조하기 때문이다. 대사는 충분히 정서와 의도를 전달한다는 전제에서 가급적 짧고 간결할수록 좋다. 소설처럼 묘사나 설명도 필요하지 않다. 꼭 필요한 말만 골라서 쓰되, 사용한 말을 통해 다른 의미를 내포하고 있는 은유적인 표현이면 더욱 바람직하다. 불필요한 낱말을 지양하며 특정한 의미를 내포하지 않는 낱말들은 과감히 삭제해야 대사가 깔끔해진다. 또한 최소의 표현을 통해 최대의 효과를 살리는 이른바 경제원리에 입각해 대사를 써야 한다. 물론 모든 대사가 다 짧아야 한다는 소리는 아니다. 앞서도 말했듯이 인물의 성격과 행동의미 및 정서를 충분히 전달해야 한다는 점을 감안해야 한다. 그래야 생생한 대사가 된다. 생생한 대사는 대화, 독백, 방백 등 모든 경우에 적용된다. 그러면 구체적으로 대사를 이루고 있는 이들 요소에 대해 알아보면서 대사쓰기를 검토해 보기로 하자.

3) 대화(dialogue)

대화는 두 사람 이상이 주고받는 말을 가리킨다. 글이 곧 사람이라고 하듯이, 말은 내면의 심리적 상황을 드러내는 중요한 표지이다. 언어구사를 통해 인물의 성격적 특성과 심리적 정황을 알 수 있기 때문이다.

효과적인 대화는 간결하게 쓰는데 있다. 강조와 같은 특별한 의도가 없는 한, 한 문장에서 동일한 사물에 대한 언급이 두 번 반복되지 않아야 하며, 수식어와 피수식어의 거리가 지나치게 멀어도 의미가 약해져 의사전달의 효율성이 떨어진다. 그리고 가급적이면 대화를 쓸 때 꼭 필요한 것이 아니면 수식하지 않는 게 좋다. 수식이 많다는 것은 그만큼 문장이 묘사적이라는 말이다. 묘사는 극의 진행을 방해할 뿐만 아니라 극적 행동을 차단한다. 희곡 언어는 이미 강조했다시피, 묘사나 설명에 의존하기보다는 행동적이며 지시적인 동시에 감각적이어야 한다. 도틀어 말하면, 대사는 생동한 표현, 살아 있는 표현이 좋다. 생생한 대사를 써야 연기하는 배우도 감정을 끌어 내기 쉽다. 감정적으로 깊은 슬픔에 젖어 있는 대목인데, 대사가 그러한 감정을 뽑아내기 어려운 것이라면 실패한 글이 되고 만다. 또한, 명료하게 의미를 전달하기 위해서는 복합조사나 이중부정은 되도록 삼가는 게 좋다. 이중부정은 강한 긍정을 말하기 위한 장치이긴 하지만 대화를 역행하므로 억제해야 한다.

희곡 언어는 전진적인 운동성을 지녀야 한다. 과거로 역행하거나 앞으로 나아가는 극의 진행을 억제하는 대사는 극을 정체시켜 지루하게 만들기 때문이다. 지나치게 많은 추상어를 사용하는 것도 바람직하지 않다. 극 내용이 막연해져 공허한 느낌을 주기 때문이다. 앞에서 이미 말했듯이 대사는 구체적이고 가시적인 말이 바람직하다. 리듬과 관련하여 어순(말의 순서)이 같은 문장을 반복적으로 배열하는 것도 지루함을 주기 때문에 삼가야 한다. 간단명료하게 의미의 핵심적인 말만 도드라지게 내세우며 변화 있는 문장으로 운율감을 주어야 한다. 예를 들어, 일상회화의 한 모습을 보기로 하자. 한 아이가 학교에서 집으로 와 엄마에게 '엄마, 배가 고파요. 밥 좀 주세요.'라고 말하는 경우는 일상적으로 드물다. 그냥 대뜸 '엄마, 밥!'이라고 외쳐도 엄마는 그 뜻을 충분히 알아듣는다. 이와 마찬가지로 희곡의 대사도 일상회화와 흡사한 언어를 창조해야 한다. 의미 있는 부분만 도드라지게 하고, 톡톡 튀는 듯한 살아있는 대사를 희곡은 필요로 한다. 마지막으로 대사는 서스펜스를 제공해야 한다. 서스펜스는 미래에 대한 긴장이면서 현재 상황이 이끌고 가는 미래의 결과에 대한 흥미이다. 서스펜스의 대사는 극을 역동적으로 끌어가면서 극중 흥미를 유도할 수 있다는 점에서 대사를 쓸 때 반드시 마음에 담아두어야 할 사항이다.

희곡이 긴장과 갈등의 연속체라는 점을 감안한다면, 희곡을 구현하는 대사 역시 그러한 성격을 지녀야 함은 당연하다. 두 인물이 주고받는 대화를 통해서 조성되는 팽팽한 갈등은 긴장과 대립을 낳고 이러한 대립이 점차 고조되다가 어떠한 계기로 해소되어가는 국면이 희곡의 전체적인 구조이다. 따라서 대화는 희곡을 희곡답게 하는 가장 중요한 장치이자 표현도구이다. 희곡 전체 대부분을 차지하는 것이 대화이고, 희곡연구의 주력한 대상을 구조와 대화에 두고 있는 것만 보아도 알 수 있다. 여기서 희곡의 대립과 갈등을 보이는 대화의 한 예를 보자.

197

키니: (잠시 후) 그래? 너희들 중 누가 말하겠나?

죠오: (용기를 내어 나서며) 접니다.

키니: (냉엄한 눈초리로 아래위로 훑어보면서) 자네로군. 그럼 용건을 말해봐. 군소리는 말고.

죠오: (선장의 눈초리 앞에 기가 꺾이지 않으려고 그의 눈을 피해) 우리가 계약한 기간이 오늘로 끝났습니다.

키니: (차갑게) 나도 알고 있어.

죠오: 저희가 알기로는 선장님은 아직 고향으로 돌아갈 생각을 안 하고 계십니다.

키니: 그래. 이 배에 고래가 가득 차기 전엔 돌아갈 생각이 없어.

죠오: 앞에 있는 얼음으로 더이상 북쪽으로 가실 수 없어요.

키니: 얼음은 녹고 있어.

죠오: (아주 잠시 나머지 선원들이 화가 나서 서로 투덜대고 난 후) 지금 남아 있는 식량도 썩었습니다.

키니: 너희들에겐 감지덕지야. 너희들보다 잘난 사람도 더 썩어빠진 식량을 먹었어.

선원들이 화가 나서 외치는 함성이 터져 나온다.

죠오: (이런 호응에 용기를 내어) 당신이 배를 돌리지 않으면 우린 더이상 일하지 않겠어요.

키니: (격렬하게) 안하겠다고? 정말이냐?

죠오: 안해요. 법정에서도 우리가 옳다고 판결할 테니까요.

키니: 법정은 무슨 벼락맞을 놈의 법정야. 우린 지금 바다에 있으니 내가 바로 이 배의 법이란 말야. (작살잡이에게 바짝 다가서서) 누구든 명령에 복종하지 않는 놈들은 모조리 쇠고랑을 채운다.

앞서 인용한 글은 유진 오닐의 〈고래〉라는 단막극의 일부이다. 고집 센 선장 키니는 고래를 배 가득히 잡기 전에는 항구로 돌아갈 수 없다고 선언한다. 하지만 선원과 선장의 부인은 선장의 뜻에 맞서며 대립한다. 선원 중 한 사람인 죠오가 선장 키니에게 자신들의 의견을 내보이지만 선장은 아랑곳하지 않고 오히려 위협한다.

이처럼 갈등과 대립으로 인한 긴장감 조성은 대화를 통해서 나타난다. 앞서 전진하는 운동성을 대화가 보여야 한다는 말은 갈등과 대립의 성격으로 대화를 써나가라는 의미다. 이런 성격의 대화가 극 세계를 역동적으로 끌어간다. 때문에 대화는 그 자리에서 머무는 제자리걸음이 아니라 앞을 향해 전향적으로 걸어가는 식으로 써야 한다. 그건 결국 갈등과 대립, 맞섬과 충돌을 반영하는 대화쓰기에서 가능할 일이다.

지금까지 대사쓰기의 중요한 몇 가지를 정리해 보았다. 다음의 인용문은 김광림의 〈홍동지는 살아 있다〉의 일부분이다. 대화를 보면 알겠지만 대체적으로 앞서 지적한 내용들이 잘 드러나고 있다. 특히 간결하면서도 리드미컬한 운율감과 서스펜스를 조장하는 대사가 눈에 띈다.

아이: 우엑 우엑 …… 그럴 수가 있어?
눈물: 하지만 그런 일이 일어났어.
아이: 너무하잖아?
눈물: 그런 일이 일어났다니까 그래?
망치: 그런 일이 일어났다는 거 아냐?
아이: 정말로?
눈물: 그래 정말로, 꿈에서.
아이: 큰일 났다.
망치: 우리가 망친거야.
눈물: 우리는 돕자고 한 일인데 ……
망치: 어떡할래?
아이: 홍동지를 구하자.
망치: 어떻게?
아이: 산으로 돌려보내자.
망치: 어떻게에?
아이: 나도 몰라.
눈물: 그럼 어떡해?
망치: 생각해 봐.
아이: 생각이 안 나.
눈물: 빨리 생각 해!
아이: 생각이 안 난다니까.

이외에도 대사를 쓸 때 유념해야 할 사실들은 많이 있다. 가령, 대화가 상상적으로 꾸며져야 한다거나, 명확한 감각적인 언어를 구사하는 것도 대사쓰기의 요령이다. 특히 상상력을 자극하는 대화는 그 자체의 1차적인 의미만을 내세우는데 만족하지 않고 은유 혹은 상징을 활용, 주제의미를 확대하거나, 표면적 주제와 함께 이면적 주제를 함께 드러내고자 할 때 유효하다.

여기서 은유와 상징으로써 대사를 생각해 보기로 하자. 이 둘은 문학적 장치(literary device)로써 고도의 언어기법 가운데 하나이다. 특히 압축과 절제된 형태인 시는 이러한 언어기법에 크게 의존하고 있다. 르네 웰렉이 일찍이 지적했듯이, 시는 은유와 리듬의 결합체라고 할 만큼 시는 은유의 덩어리라고 할 수 있다.

하지만 이는 시에게만 적용되는 건 아니다. 희곡 역시 이러한 언어기법을 자주 활용한다. 특히 이강백의 희곡은 희곡 전체가 하나의 커다란 은유의 덩어리로 짜여진 작품이 많다. 이를 알레고리(allegory)라고 하는데 이러한 경우는 개별적인 대사의 단어 몇 개가 은유로 제시되는 게 아니라 작품 전체가 하나의 비유적 속성을 띠고 있다. 따라서 은유와 알레고리에 의존한 희곡은 표면적 주제와 이면적 주제를 동시에 포괄한다. 겉 이야기를 통한 1차적인 의미와 은유화된 이야기를 통해서 만들어지는 2차적인 의미가 생성된다. 그런데 낱말의 은유이든 작품의 은유이든 지나치게 은유나 알레고리를 강조하다 보면 작품이 추상화되어 관념의 놀이로 떨어질 위험이 있다. 실제 이강백의 희곡에서 그런 혐의점을 찾을 수가 있다. 그의 희곡은 다소 관념적이어서 행동성이 미약하게 나타나는 단점을 보인다. 희곡은 사상과 관념을 주장하는 것이 아니라, 사상과 관념을 구체적으로 보여주는 '눈'에 호소하는 장르이다. 문예비평가 클리언스 브룩스는 은유가 단어 또는 관념으로 이루어지고, 상징은 사물 또는 행위로써 이루어진다고 했다. 이 말에 따르면, 희곡의 언어는 은유적 표현보다는 상징적 표현이 더 적절하다. 다시 말하면, 추상을 구상화한 상징이 보다 연극적 대사라는 점이다.

눈보다 희고 대리석처럼 매끄러운
너의 치부에 상처를 낼 수 없다.
그러나 너는 죽어야 한다.
살려두면 더 많은 남자들을 배신할 게 아닌가.
먼저 등불을 끄자. 그러고 나서 저 생명의 불을 끄자.
그러나 등불이여, 너의 불을 끄고 나서도 후회하면
다시 켤 수도 있지만, 정교한 자연의 조화인
아름다운 너의 육체의 불은 꺼지면 다시 켤 수 없구나.
너의 불꽃을 다시 켤 수 있는 프로메테우스의 불을 찾아
나는 어디를 헤매야 한단 말인가? 한 번 꺾은 장미는
되살릴 수 없다. 장미는 시든다. 꽃이 있을 때 향기를 맡아보자.
(입을 맞춘다) 아, 달콤한 입김이여, 정의의 칼자루를 꺾게 만드는구나!

인용문은 〈오셀로〉 5막에 나오는 오셀로의 비탄 어린 독백이다. 아내 데스데모나가 부정한 짓을 했다는 소문을 들은 오셀로는 그녀를 죽이려고 한다. 그러나 사랑이 아직 남아있기에 잠자는 아내 앞에서 오셀로는 고통스러워한다. 셰익스피어의 기발한 대사가 여기서도 확인된다. 생명을 없애는 것을 등불을 끄는 행위로 비유하며, 데스데모나를 향기로운 장미로 표현하고 있다. 더군다나 지나친 의심으로 아내를 죽이는 행위가 오셀로의 실수임을 암시하는 대목도 주목할 만하다. 육체의 불을 다시 살리기가 어려움을 말하는 부분은 자신의 실수로 말미암아 비극적 파멸을 맞이하는 결말을 어느 정도 떠올리게 한다. 이러한 표현들은 등불을 끄는 행위나 장미라는 단어가 함유하고 있는 1차적인 의미를 뛰어넘어 행동과 인물에 대해 확장적인 시야를 갖게 해 상상력에 불러 일으킨다.

좋은 대사는 이와 같이 추상적인 것을 구체적인 사물로, 비가시적인 현상을 행동이라는 가시적인 현상으로 표현한다. 연극의 힘은 바로 이 점에 있다. 인생사를 꿰뚫어보는 명쾌한 통찰력이 깃든 대사가 연극을 연극답게 한다. 여기에다가 언어를 통해 상상의 이미지를 만들어내는 대사, 심리적 고

뇌가 스며 있어 시적으로 정제된 상상력의 대사가 연극의 에너지를 뿜어내는 요인이 된다.

4) 독백(monologue)

대화가 두 사람 이상이 서로 주고받는 말이라면 독백이나 방백은 혼자 말하는 것을 의미한다. 일반적으로 심적 상태에 대한 고민을 중얼거리는 형식이 곧 독백이나 방백이다. 그렇다고 해서 중얼거림이 혼자만이 알아듣는 무의미한 행위는 아니다. 관객 그리고 무대 위의 다른 인물들에게 일정한 의미를 전달한다는 점에서 독백이나 방백은 희곡 대사의 하나이다. 관객은 인물들이 나누는 대화를 엿듣고 인물의 성격, 욕망, 의지 등을 파악하면서 극 행동을 관찰한다. 이와 마찬가지로 독백이나 방백도 인물과 극 행동에 대해 일정한 의미를 생산한다는 점에서 대화와 동일한 기능을 갖는 희곡 언어이다.

햄릿의 독백을 연상하면 쉽게 알 수 있듯이, 독백은 인물의 심리상태를 주로 나타낸다. 정확히 말하면, 독백은 인물의 생각을 언어화한 것이라고 할 수 있다. '말로 생각하는 것' 이것이 독백이다. 비유하자면 추리와 추론의 관계이다. 추리가 심리적 행동이라면, 추론은 마음속에 담겨진 추리를 말로 드러내는 것을 말하듯, 독백은 인물의 마음상태를 말로 끌어내는 형식이다. 그러므로 독백은 대화와 마찬가지로 독백 속에 인물의 심리상태가 녹아 있어야 한다.

볼프강 카이서는 그의 저서 『언어예술작품론』에서 독백의 이러한 속성을 다섯 가지로 나누어 설명하고 있다. 그에 따르면 독백은 기교적 독백, 서사적 독백, 서정적 독백, 내성적 독백, 극적 독백으로 나눈다. 이는 독백의 내용적 관점과 무대 기능 면에서 분류한 것이다.

기교적 독백은 작가가 무대의 공백을 메우기 위해 응급수단으로 쓰이는 독백을 말한다. 인물의 등퇴장, 사건의 변화 등 시간적 경과를 무대상으로 표현하는 과정에서 발생할 수 있는 무대 공백을 채우기 위해 사용된다. 이는 극 논리에 의한 독백이 아니라는 점에서 가장 낮은 단계에 머무는 독백 형식이다.

반면에 서사적 독백은 무대 위에서 행동화되지 않는 사건을 관객에게 전달하기 위해 구사되는 대사를 말한다. 서사라는 말이 의미하듯, 서사적 독백은 사건을 진술하는 독백이다. 대체적으로 무대 밖의 상황은 사자(使者)나 보고자(messenger)의 기능을 수행하는 인물에 의해 전달되는 게 일반적이다. 그러나 특정인물, 대개는 주인공이 자신의 극 행동과 관련된 일을 과거사와 연결하여 말하는 형식이 서사적 독백이다. 관객은 이를 통해 무대 밖의 상황과 무대 안의 상황을 견주면서 극적 의미를 파악한다. 서사적 독백은 한 특정인물이 과거의 일이나, 무대 밖에서 발생한 상황을 홀로 말함으로써 과거사나 무대 밖 상황이 독백 인물이나 혹은 극 행동에 어떠한 영향을 주게 된다는 사실을 알려주는 극적 장치이다.

서정적 독백과 내성적 독백은 등장인물이 자기의 심적 정서를 표현한다는 점에서 비슷하다. 다만 내성적 독백은 극적 상황을 인물이 내면화하는 형식의 독백을 말한다. 격렬한 극 행동이 끝나고 이를 경험한 인물이 극 상황을 내면화하는 목소리라 할 수 있다.

마지막으로 극적 독백은 갈등의 처지에 있는 인물이 사건 진행과정에서 중요한 의미를 지니는 결의를 표명하는 독백이다. 따라서 극적 독백은 향후 극 사건을 예고하는 기능이 있다. 그 유명한 햄릿의 독백 장면, 기도하고 있는 클로디어스 왕을 살해하려는 대목에서 나오는 독백이 여기에 해당된다. 갈등, 번뇌, 선택의 기로 등 복잡한 심리상태를 독백으로 드러내 관객들에게 인물의 행동을 주목하게 만든다. 따라서 극적 독백은 대개 강렬한 정서, 즉 파토스(pathos)를 불러 일으킨다.

하나의 독백이 하나의 특성만을 지닌 독백 형식으로 나올 수는 없다. 이를테면 서정적 독백과 극적 독백이 함께 나오기도 하고, 또한 몇 개의 독백 형식이 하나의 독백에 골고루 들어있는 경우가 많다.

갑자기 추워지는데. 꼭 입학시험 전날처럼 전신이 떨려 오는군. 어쨌든 결판을 내야겠어. 너무 생각만 하고, 망설이고, 이상적인 진실한 사랑만을 꿈꾸다가는 아무것도 안돼. 우와, 떨려! 나탈리아는 살림꾼인 데다가 얼굴도 그만이면 그리 못생긴 것도 아니구. 그러면 됐지 뭘 더 바란단 말야. 이젠 너무 초조해서 귀까지 울리는군. 이렇게 총각으로 늙어 죽을 수는 없지. 내 나이 벌써 서른다섯이야. 정말 아슬아슬한 나이지. 무엇보다 나는 정상적인 생활을 해야 해. 심장도 약하고, 땀도 계속 흘리는데다가 과민하고 흥분을 잘하는 체질이라 규칙적인 생활이 절대로 필요하다구. 정말이지 난 혼자서는 도저히 잠을 잘 수가 없다구. 누워서 잠이 들 만하면 옆구리가 쑤셔 오고 왼쪽 어깨가 결리는 데다, 머리 속까지 멍하단 말이야. 그때마다 자리에서 일어나 좀 걸어보다 다시 자리에 누워 보지만 잠이 들만하면 또 옆구리가 쑤셔 온단 말이야. 밤새도록 그 지경이라구!

안톤 체홉의 단막극 〈청혼〉에서 주인공 로모프가 하는 독백이다. 그는 자신이 몇 살이며 건강상태도 좋지 않으니 결혼을 해야 한다고 중얼거린다. 더군다나 처녀는 살림꾼인데다가 얼굴도 무난하니 더욱 결혼에 대해 발심을 하게 된다는 것이다. 이렇게 중얼거리면서 나탈리아를 만나기로 결심하는 장면이다. 카이저 방식에 따르면 앞의 인용 독백은 서사적 독백과 극적 독백이 들어있는 셈이다. 또 하나의 독백의 양상을 보기로 하자.

결국 두 주일 만에 난 파리로 돌아왔습니다. 밤에, 그것도 누구의 마중도 없이 혼자서 돌아왔죠. 그리고 좌절과 절망의 오랜 방황으로부터도 돌아왔음을 알았습니다. 사람이 절망의 밑바닥까지 떨어지면 다시 올라올 수밖에 없다던 랑베르 의사의 말씀이 맞았는지도 모르죠. 난 이제 어디에도 날 도울 손길이 없다는 사실을 알았습니다. 내 스스로 나 자신을 도울 수밖에요. 모리스가 셋방을 얻어 나가버린 저 빈집은 캄캄하고 쓸쓸하게, 마치 죽은 나무처럼 저렇게 서 있군요. 모리스는 돌아올지도 모르고, 정말 끝내 돌아오지 않을지도 모르죠. 그래도 사랑에 모든 것을 쏟았던 지난 날을 후회하지는 않아요. 사람은 결국 옳건 그르건 자기 방식대로 생을 살게 마련이니까요. 나는 아직 마흔네 살이고 저 굳게 닫힌 문 뒤에는 어떤 형태일는지는 모르지만, 그래도 내 미래가 있을 거라는 걸 믿어요. 좀 두렵기는 하지만 …… 결국 내 손으로 저 문을 열고 들어가야 하겠죠. 어쨌든 나한테 주어진 삶이니까요.

보봐르의 〈위기의 여자〉의 마지막 장면이다. 주인공 모니끄는 남편의 바람기 때문에 고통스러워하지만 결국 자신에게 주어진 삶의 길을 걷겠노라고 말한다. 이 독백은 극 상황이 종결되는 마지막 부분에 나오는 독백이기 때문에 아무래도 극적 독백보다는 내성적 독백과 서사적 독백의 형식을 띠어야 한다. 격렬한 극 행동을 경험하고 난 이후에 인물이 인식하는 독백, 아울러 그간의 극 행동을 통해 빚어진 상황에 대한 요약적인 제시가 나와야 하기 때문이다. 인용된 독백에서 모리스가 셋방을 얻어 나간 사실, 랑베르 의사의 말 등이 이에 해당된다.

대화가 발신자와 수신자 사이의 감정과 사상의 교환인 동시에 날카롭게 대립되어 투쟁하면서 극을 진행시키는 특징이 있는 반면, 독백은 극 상황에 대한 자기 점검적인 속성을 띠기 때문에 폭발적인 운동성은 보일 수 없다. 또한 햄릿의 경우에서 보듯, 독백은 대부분의 경우 긴 문장 즉 장광설로 되어 있기 때문에 극 행동의 리듬을 일시적으로 중단시켜 전진적인 속도에 장애를 주기도 한다. 그러나 독백은 인물의 심리상태를 직접적으로 표출하기 때문에 관객이 보다 핍진성 있게 인물에 몰입할 수 있는 희곡 언어이다. 뿐만 아니라, 간교한 계략이나 음모 등을 독백으로 처리하면 앞으로의 극 사건에 관심을 유도하는 효과적인 장치가 될 수 있다.

5) 방백(aside)

상대가 없이 홀로 중얼거린다는 점에서 방백은 독백과 같은 대사 형식이다. 독백은 앞서도 말했듯이 관객 외에 듣는 이가 없이 혼자 중얼거리는 것이지만 방백은 두 사람 이상의 인물이 대화할 때 한 사람이 옆을 보고 혼자

하는 말을 뜻한다. 보통의 경우, 독백은 상대에게는 이해되지 않고 관객에게만 전달되는 경우가 일반적이다. 하지만 방백은 관객과 함께 등장인물 중 어느 특정인에게만 전달되도록 약속된 언어이다. 따라서 희곡 대사 가운데 특히 방백은 연극적 관습(dramatic convention)에 의해 의도적으로 만들어진 대사이다. 무대 위의 다른 인물은 듣지 못하고 특정인물만 듣는다든가, 반대로 특정인만 듣고 그밖의 인물은 듣지 못하는 것으로 관객이 인식하게 하는 것인데, 이 자체가 연극적 약속이다. 이러한 관습은 벌어지고 있는 극 내용을 통해 관객이 알 수 있음은 당연하다.

동　연: 서연이가 다녀갔어.

함이정: 알아요.

동　연: 안다고?

함이정: 네.

동　연: 서연이를 어떻게 생각해?

조승인: 조심하세요. 표정이 심각해요.

함이정: 어떻게 생각하다뇨?

조승인: 어떻게 생각하느냐는 좋으냐 나쁘냐, 그런 질문인가봐요.

함이정: 서연 오빠가 좋으냐, 나쁘냐, 그런 질문이에요?

동　연: 그래. 나하고 비교해 보면 어때?

함이정: 난 동연 오빠도 좋고, 서연 오빠도 좋아요.

동　연: 그건 대답이 아냐!

함이정: 난 둘 다 좋은 걸요.

동　연: 둘 다 좋다니, 구분도 못해?

조승인: 몹시 화났어요. 심한 모욕을 당한 것처럼.

동　연: 서연은 나쁜 놈이야! 얼간이, 게으름뱅이, 허풍만 떠는 건달이라구!

조승인: 하품을 하세요, 어머니 ……

함이정: 하품을?

조승인: 이젠 졸려서 자고 싶다는 하품을요.

함이정, 손으로 입을 가리고 하품을 한다.

위의 인용문은 이강백의 〈느낌, 극락같은〉의 일부분이다. 함이정이 남편 동연과 대화를 나누고 있다. 그런데 조숭인은 동연에게는 보이지 않는 존재다. 이 부분의 바로 전 장면에서 함이정은 조숭인과 대화를 나눈다. 그리고 동연이가 등장해 함이정과 언쟁을 벌인다. 전 장면의 연장선에서 무대는 함이정, 조숭인, 동연 세 인물이 등장한 셈이다. 그런데 동연에게 조숭인은 존재하지 않은 인물이기 때문에 함이정하고만 대화를 한다. 그러나 조숭인은 둘 사이의 대화에 끼어들어 함이정에서 대화 상황을 알려주기도 하고, 어떤 행동을 지시하기도 한다. 이와 같이 방백은 특정인물만 상대로 해서 대화를 나눌 뿐 다른 인물은 듣지 못하는 대사를 말한다.

대체적으로 방백은 계략희극에서 계략을 꾸미는 인물의 심리를 드러내거나, 다른 인물을 조롱할 때 혹은 의도나 생각 그리고 결단을 할 때 주로 사용된다. 앞서 인용문에서 보았듯이, 방백은 연극이 게임이라는 인상을 주는 희곡만의 독자적인 언어표현이다.

바람벽은 늙어갈수록 살이 찐다는 말이 있다. 글쓰기 역시 시간을 두고 자꾸 되풀이해서 써볼수록 풍요로워진다. 집필은 이미 설계된 플롯과 인물 시놉시스에 따라 대사를 써나가는 과정이다. 설령 극적 모티브와 구성이 어느 정도 갖춰졌다고 해서 희곡이 완성되는 것은 결코 아니다. 희곡의 완성은 창조된 인물들의 생동감 있는 대사를 하나하나 필요한 부분에 박아놓는 집필을 통해서 한 단계씩 도달하게 된다.

지금까지 희곡 언어의 특성과 종류 및 대사의 여러 방식을 살펴보았다. 대사는 무엇보다도 희곡이라는 장르의 특성을 충분히 반영한 언어여야 한다. 희곡이 문학의 한 양식인 것은 분명하지만 무대 위의 상연을 전제로 한 연극의 1차 텍스트라는 점을 분명히 인식하고 있어야 한다. 따라서 무대 위 배우들의 행동에서 진실성이 우러나올 수 있는 대사를 써야 한다. 이런 의미에서 집필의 순간순간은 대사와 씨름하는 과정이다. 한마디로 절묘한 대사, 꼭 필요한 말을 고루고 또 골라 문학적, 연극적 맛이 우러나는 대사를 쓰는 작업이 집필과정에서 최고의 임무가 되어야 한다.

비록 희곡이 허구의 세계를 그린다 해도, 그 가짜의 세계에서 진실성이 드러나야 작품적인 가치가 있는 법이다. 작품이 사실에 기초하냐 아니하냐가 중요한 게 아니라 진실성을 담고 있어야 작품으로서 존재가치가 있다. 이때 진실성은 다름 아닌 대사에서 우러나온다. 인물이 처해 있는 상황을 핍진하게 표현하는 대사가 진실성을 만들어낸다. 그렇다면 어떤 대사가 진실성을 만들어내는가.

첫째, 대사는 목소리여야 한다. 흔히 대사를 문장으로 진술하는 경우가 허다한데 이는 절대 잘못되었다. 설령 희곡이 서재에서 읽히는 독서용 텍스트일지라도 희곡이라는 장르를 선택한 이상 희곡적인 특성을 지닌 대사라야 마땅하다. 다시 강조하거니와, 구술성(orality)의 대사가 살아있는 언어이다. 구술성의 대사란 말 그 자체의 대사이며 추상적이 아닌, 상황의존적인 대사이다. 그리고 객관적 거리를 갖는 표현보다는 감정이입적이며 참여적인 성격이 강한 대사이다. 또한 따지고 시비를 거는 논쟁적인 대사가 일상적인 회화의 특성을 닮은 구술적인 대사이다. 일상의 회화적인 목소리로 대사를 만들자. 그래야 인물의 처지와 상황에 딱 들어맞는 살아있는 언어가 되고 그래야 관객은 인물에 몰입할 수 있다.

둘째, 갈등과 긴장을 조성하는 대사가 적합하다. 모든 극의 대사가 반드시 갈등과 긴장을 요구하는 것은 아니지만, 극의 정점을 향해 전진하는 갈등과 점점 강도가 높아가는 긴장을 조성하는 표현은 인물의 행동과 대사 외에는 없다. 갈등과 긴장을 그려내는 대사란 결국 극적인 대사를 말한다. 일상적인 인물이 곧바로 희곡적인 인물이 될 수 없듯이, 일상적인 언어가 극적인 언어로 변화되기 위해서는 갈등과 긴장을 필수적으로 수반해야 한다.

셋째, 짧게 쓰는 대사라야 한다. 희곡은 시간과 공간 그리고 인물과 극사건 등에서 고도로 집약되고 압축된 글이다. 그러기 위해서는 대사 역시 압축된 것이라야 한다. 장황하게 설명하지 않고 의미를 간결하게 압축한 대사는 자연히 짧아지게 마련이다. 톡톡 치고 받는 짧은 대사는 강렬한 인상을 주는 동시에 극의 템포를 강화시킨다.

넷째, 이중의 의미를 갖는 대사가 좋다. 이중의 의미는 첫째 극 사건 자체에 의해서 만들어지는 대사가 있고 둘째 여기에 보태어 은유나 상징을 통해 비유적인 의미로 사용하는 메타포 언어를 말한다. 이는 하나의 예를 들어 설명하는 게 좋을 듯싶다. 햄릿의 대사 가운데 다음과 같은 표현이 있다. '성신이 궤도를 떠나서 움직이지 못하듯 나도 왕비를 떠나서는 살 수가 없구나.' 이 표현은 단순하게 들릴지 몰라도 의미가 자못 깊다. 성신(星辰)은 별자리를 말하고 왕비는 햄릿의 어머니를 가리킨다. 아버지를 죽인 원수 클로디어스 왕의 아내가 된 어머니. 햄릿은 그녀에 대한 증오심으로 처벌하려고 하지만 선뜻 그렇게 하지를 못한다. 햄릿의 말마따나 그러한 행동이 장점인지 화근의 원인인지 알 수 없다. 어찌 되었든, 햄릿이 차마 어머니를 처벌할 수 없다는 것이 이 대사의 1차적인 의미다. 다시 말해 변심한 어머니를 증오하지만 처벌할 수는 없다는 대사는 벌어진 극 사건 자체에 대한 표현이다. 그런데 여기에는 비유적인 의미도 함유되어 있다. 하나하나의 별들이 모여 별자리를 이루듯이, 자식들은 어머니라는 존재의 터에서 만들어진다. 별자리에서 별이 떠날 수 없듯이, 햄릿 역시 모자간이라는 관계의 틀에서 벗어날 수 없음을 말하는 것인데 인생사를 자연현상에 비유하고 있다. 자연이 저러한데 인간이 이러할 수 없다는 시각. 별이 별자리를 떠나고 싶어도 자리라는 관계로 맺어진 이상 떠날 수가 없다. 마찬가지로 어머니를 죽도록 증오해도 어머니와 자식이라는 관계로 맺어진 이상 증오를 증오로 키우지 못하게 한다는 것이다. 이는 복잡하게 얽힌 인생사의 문제를 푸는 진리의 근원을 자연에서 찾으려는 셰익스피어의 태도에서 기인함은 말할 나위가 없다. 이처럼 이중의 의미를 갖는 대사는 작가의 가치관은 물론 작품의 해석에 풍요로움을 가져다줄 수 있다. 도틀어 말해, 작품성은 결국 대사 그리고 인물과 사건의 구조에서 나온다는 사실을 명심하자.

다섯째, 시적으로 고양되고 압축된 대사가 연극성을 띤다. 이러한 대사는 과거 희랍비극이나 셰익스피어 작품 그리고 운문극으로서 시극에서만 적용되는 건 아니다. 물론 이러한 작품들은 고양된 운율적인 대사가 많다. 그러나 이러한

209

대사는 현대극도 마찬가지다. 격조 높은 희곡은 이와 같은 세련된 대사를 보유하고 있다. 일상적 진술이 아닌 고도의 압축되고 상징화된 언어. 부스러기를 다 떼어내고 핵심적인 사항만 추려 만든 정제된 대사가 희곡의 격을 높인다.

지금까지 대사를 쓰는 요령에 대해서 알아보았다. 희곡 창작의 최종 능력은 멋진 대사를 창조해내는 데 있다. 시적으로 정제되고 압축된 대사, 그러면서도 운율감을 주는 대사, 소설과 같이 눈앞에 보이도록 제시하는 대사, 이야기를 끌어가는 힘이 있는 대사. 희곡은 결국 시와 소설의 창작기술을 어느 정도 터득하지 않고서는 탄생하기 어렵다. 그래서 희곡 창작의 어려움을 느낀다. 특히 대사를 만들어갈 때 희곡쓰기의 어려움은 더욱 가중된다.

백 번 듣는 것보다는 눈으로 직접 보는 것이 훨씬 효과적이라고 했다. 아리스토텔레스도 말했고 호라티우스도 말했다. 귀에 호소하는 언어보다는 눈으로 볼 수 있도록 제시하는 언어가 훨씬 설득력이 있다고. 앞에서 제시한 다섯 가지 요령은 귀로 들어간 소리일 테니까 이를 눈으로 확인할 수 있도록 구체적인 대사를 선별해 제시하겠다. 각 항목의 모델이 될 만한 대사를 눈여겨보면서 대사쓰기의 길을 발견했으면 한다.

① 문장 진술이 아닌 목소리의 대사

병춘: 이 새끼 얼굴 비여?
승표: 성님 ……
장정: 승표냐? 머여? 워띤 자식이 이렸어?
병춘: 양동 아들이 떼로 쪼사 뿌렸다는디.
장정: 양동? (이를 악물며) 씨벌새끼들!
병춘: 족 겉어서 못살겄다. 이, 시벌 것들이 뒤루 광주 은태 선배 있다 이
    건디. 한 놈썩 덤비믄 횟감벡이 안될 것들이!
장정: 일이 워뜩기 된 거인디?
승표: 그기 …… 엊저녁, 양동 팔득이 성님이 유지 몇허고 우리 백제로 왔
    는디라 …… 안주가 워뜨다, 대접이 워뜨다 트집 잡둥만, 낭중엔 아

가씨들 앉히서 소릴 지르고, 주물러 댐선, 씨벌, 노는 기 영 드러버
요. 손님들도 슬금슬금 나가 불고라. 사장이 말 좀 해 돌라고 혀서,
아 씨벌 우리가 다찌보는 디서 그럴 수 읎는 거 아닝만요! 성님 체면
도 있고라 …… 긍께 가서, 팔득이 성님, 우리 장정 성님 얼굴 봐서
락도 조용헙시다 …… 근디 막 패부는 거여라.

장정: 새끼들아, 니들은 보고만 있었든 겨?

강일: 왜여라. 막 떼로 딤볐지라. 근디 ……

달수: 고때 큰 성님이 들어오시다가 말깁디다.

장정: …… 지미!

병춘: 큰 성님도 광주 은태 선배 땜시 팔득이헌티 함부러 못 하는 갑더라.

달수: 거시기, 글다 다이너스티도 양동파로 넘어가는 기 아니여라?

병춘: 지미, 씰디읎는 소리 말여.

– 조광화, 〈남자충동〉 –

② 갈등과 긴장을 조성하는 대사

경　재: 쥐구멍에도 햇볕 드는 날이 있다잖아요?

어머니: 그렇지만 아무래도 마음이 안 놓인다 …… 요즈막에 와서는 꿈자리
가 사나운데다가 …… 아침에 네 오빠가 나가던 때 눈을 봤지? 게
다가 방에서 가지고 나간 건 또 뭐였는지 ……

경　재: 방에서 뭘 가지고 나갔어요?

어머니: 뭣인지 하얗게 붕대로 감은 것을 가지고 쏜살같이 나가잖겠니?

경　재: (젓갈을 떨구며) 하얀 붕대로?

경　운: 경재야, 넌 아니?

경　재: (혼자소리로) 그거야! 틀림없어 ……

어머니: 그거라니?

경　재: 어머니! 누나! 왜 말리지 않았어요? 네?

경　운: 아니 그게 뭔데?

경　재: 권총일 거예요!

어머니: 뭣이?

최노인: (안색이 굳어지며) 권총?

경　재: 형이 가지고 있는 걸 봤어요 ……

경　문: 그럼 왜 너는 여태 알리지 않았었니?

경　재: 형이 …… 불쌍했어요! 아니 형이 권총을 가지고 싶은 심정엔 저도
　　　　공감이 갔으니까요!

최노인: 경재야! 자세히 얘기 좀 해라! (경재는 안절부절못하며 좀처럼 말
　　　　을 하려고 하지 않는다)

경　운: 경재야, 언제 봤지? 그 권총 ……

- 차범석, 〈불모지〉 -

③ 짧게 쓰는 대사

상희: 뭘 쓰세요?

유석: (수첩을 접는다) 유서 ……

상희: (웃는다) ……

유석: 쓰고 나니 …… 우습구먼.

상희: 오로라는요?

유석: 뭐라고?

상희: 오로라는 볼 수 없는 거예요?

유석: 하늘이 맘을 열면 보여 주겠지.

상희: 상처가 깊어요, 선생님!

유석: 비행기 안에 위스키가 있을 텐데 ……

상희: 마시겠어요?

유석: 취기가 있어야 진통이 되거든.

상희: 죽지 않은 게 다행이에요, 선생님!

유석: 되려 내가 짐이 되고 말았어.

- 김상열, 〈오로라를 위하여〉 -

④ 이중의 의미를 갖는 대사

> 다: 파수꾼님 ……
>
> 나: 응?
>
> 다: 이리는 정말 없는 거죠?
>
> 나: 오호라, 넌 이리가 무서워서 병난 거구나. 요 겁쟁이, 우리 양철북을 두드리자. 그걸 힘껏 두드리고 있노라면 이리떼가 덜 무서워질 거야.
>
> 다: 양철북을 쳐요?
>
> 나: 그래. 치는 법을 가르쳐 주마.
>
> 다: 소용없어요. 그건, 사실을 말씀드리죠. 오늘 새벽 눈을 뜨고 있던 건 저뿐이었어요. 모두들 잠을 잤구요. 그 틈을 노려 이리떼가 습격해 오면 어쩌나 하구 전 두려웠어요. 그래서요. 저는 망루 위에 올라갔던 거예요. 그 높은 곳에서 저는 이 황야의 전부를 바라보았죠. 아무데도 이리는 없더군요. 보이는 거라고는 저 멀리 하늘가에 흰구름뿐이었어요. 그걸 향해 망루 위의 파수꾼은 '이리떼다!' 외쳤습니다. 세 번이나요. 세 번. 저는 망루 위에서 그걸 제 눈으로 보았어요. 이리떼라곤 없어요. 흰구름뿐이에요.
>
> 나: 애야, 난 네 맘을 안다. 넌 망루 위엘 올라가고 싶었겠지? 이리가 무서웠구. 더구나 어린 너에겐 이 쓸쓸한 곳이 맞질 않는다. 그래서 넌 헛소리를 하는 거야.
>
> 다: 저는 정말 망루 위에 올라갔었어요.
>
> 나: 그럴 리 없어. 넌 아까부터 제정신이 아니더라. 덫으로 어찌 구름을 잡겠느냐고 횡설수설할 때부터 난 걱정스러웠다. 제발, 이리떼가 없다는 소린 하지도 말아라.
>
> 다: 여기 낮은 곳에 있으니까 모르는 거예요. 하지만 저 높은 곳엘 올라가면 이리떼가 없다는 걸 알게 돼요.
>
> 나: 애야, 자꾸만 우기지 말아라. 나는 이 황야에서 평생을 지냈단다. 넌 여기 온 지 겨우 사흘밖엔 안됐구. 그런데 사흘밖에 안 된 네가 평생을 보낸 나보다 뭘 잘 안다구 그러니?
>
> 가: 이리떼다, 이리떼! 이리떼가 몰려온다!

– 이강백, 〈파수꾼〉–

⑤ 시적으로 고양되고 압축된 대사

> 심문자: 반역도당 솟대장이들이 숨은 곳을 대라. 말하지 않으면 처형하겠다. 말하라.
>
> 피의자: 피요.
>
> 심문자: 어디에 숨겼다고?
>
> 피의자: 피
>
> 심문자: (화내며) 그들은 부르면 응답하는 가까운 장소에 숨어 있다. 누구의 집이냐? 말하라.
>
> 변절자: 지킴이는 거짓말을 하지 않소. 맞소 피요. 그들은 핏속에 숨어 있을 거요.
>
> 심문자: 누구의 피냐?
>
> 변절자: 그대의 피 내 피 속에 있소.
>
> 심문자: 숨어서 무엇을 획책하는가?
>
> 피의자: 그대들이 지운 아비를 모셔 오고 그대들이 팔은 터를 찾으려 하지.
>
> 심문자: 시류에 응함은 현자의 도리다. 고여 있는 웅덩이물은 썩기 마련, 낡은 집이 기울면 새집으로 옮김이 옳지 않은가! 시절이 변하는데 내 것만을 고집함은 덕이 아니다. 권력의 도덕성을 의심치 말라.
>
> 피의자: 시절이 산천 위로 왔다가듯 더러움도 생겼다가 지워지는 법. 짐승도 스스로 병을 고치고 강물도 더러움을 흘려보내 제 자신을 맑게 하는 힘이 있거니 어찌 미리 단념하여 굽히겠는가.
>
> 심문자: (객석을 향하여 말한다) 낡은 질서에만 연연하여 상국에 도전함은 왕권에의 도전민족의 반역자이므로 처형한다. 굽히라 굽히지 않으면 처형하리라 (애원하듯) 굽히라.
>
> — 정복근, 〈숨은 물〉—

214

4. 제목, 작품의 얼굴

그물코가 삼천 개라도 벼리가 으뜸이라는 말이 있다. 수많은 그물코를 끌어당기는 벼리가 부실하면 고기잡이가 허사가 되고 말듯이 글에 있어서 제목이 실답게 붙여져야 글이 살아난다. 또한 작품의 의도와 내용이 집약적으로 나타나고 글에 대한 인상을 최초로 주는 게 제목이다. 이런 의미에서 제목은 작품의 얼굴이라고 할 수 있다. 얼굴에서 첫인상을 느끼고 그 사람의 심성이나 내면적 특성을 파악하듯이 글 역시 제목을 통해 내용과 분위기, 성격, 스타일, 주제 등을 유추하게 된다. 아울러 제목은 쓴 글에 대해 아귀를 짓는 말이기 때문에 독자나 관객은 이를 통해 작가 의도를 파악한다. 제목이 분석과 해석의 대상이 되며 제목과 내용의 정합성 여하를 따져 작품의 가치를 평가한다. 한마디로 제목은 쓴 글에 대한 화룡점정(畵龍點睛)이다. 독자와 관객은 제목을 상상의 엔진으로 삼아 글을 읽어나가고 연극을 추론해 간다.

그러면 제목은 어떻게 만들어야 좋을까. 이론적 원칙이 있는 것은 아니지만 제목을 만드는 데는 나름대로 몇 가지 지켜야 할 규칙들이 있다.

첫째, 제목은 작품 전체를 대표하는 말이어야 한다. 이때 말이라 함은 '수전노', '마술가게', '안개섬'처럼 하나의 낱말일 수 있고, '금지된 언어', '사랑의 편지들'처럼 구절로 표현할 수 있다. 또한 '붉은 노을 허수아비로 남아', '심청이는 왜 두 번 인당수에 몸을 던졌는가', '홍동지는 살아 있다', '저승 훨훨 건너가소', '누군들 광대가 아니랴' 등과 같이 문장형으로 나타나기도 한다. 낱말, 구절, 문장 등 어떤 형태이든 제목은 작품의도, 내용, 분위기, 주도적인 인물이나 사건 등 전체성을 표방하는 말이라야 한다.

둘째, 희곡의 제목은 언어 자체의 의미보다는 상상의 이미지를 제공하는 게 바람직하다. 연극무대가 현실이 아닌 상상의 세계를 가공한 한판의 놀이이자 게임이라는 점을 염두에 둔다면 상상력을 작동시키는 제목이야말로 독자와 관객의 호기심을 불러일으킬 수 있다. 이러한 스타일은 '누가 버지니아 울프를 두려워하라', '유리장 안의 사나이', '유리동물원' 등과 같이 제목에서 부터 발생 가능한 어떤 상황을 상상하게 한다.

셋째, 당연한 소리로 들리겠지만 진부한 표현보다는 독창적이고 신선한 제목이 좋다. 글쓰기는 대상에 대한 자기인식의 언어화이다. 특히 문학작품의 경우는 더하다. 작가의 독창적인 시선이 없이 일반적인 이야기를 반복한다면 고심해 가면서 작품을 쓸 필요가 없다. 자기인식이 반영된 세계로서 문학작품이라면 그 작품세계를 집약한 제목도 자기인식에 기초한 독창적인 표현이 되어야 함은 당연하다.

'햄릿', '을지문덕 장군', '홍범도' 등과 같이 보통 주인공의 이름을 제목으로 하는 경우가 많다. 그러나 이름 자체의 고유명사로만 하는 것보다는 이를 극적 상황에 맞춰 제목을 만드는 것이 상상력을 자극하기 때문에 훨씬 효과적이다. 가령, '문제적 인간 연산'이나 '길 떠나는 가족' 같은 제목이 이에 해당된다. 화가 이중섭의 생애를 그린 '길 떠나는 가족'을 예로 든다면, 이 제목은 복합적인 의미를 함유하고 있다. 화가 이중섭 가족의 유랑적인 삶과, 이중섭이 그린 그림의 제목, 화가를 비롯한 예술인들이 정착하지 못하는 시대적, 현실적 환경 등을 포괄적으로 안고 있는 제목이기 때문이다. 기본적인 이야기는 화가 이중섭의 생애사이지만 '길 떠나는 가족'처럼 극적 상황에 맞춘 제목은 작품에 대한 다양한 접근을 가능케 한다.

넷째, 가급적이면 청각적, 시각적 이미지가 나타나는 제목으로 만드는 것이 좋다. 언어는 감각이 아닌 인식행위이지만 인식이 이루어지기 위해서는 감각이라는 과정을 거쳐야 한다. 쉽게 말하면, 꽃이라는 사물의 실재성은 눈으로 살피고 냄새를 맡아보며 손으로 만져 보아야 알 수 있다. 이와 같이 대상에 대한 인식은 감각기관을 통해 경험된 결과로 획득되는 정신작용인 것이다. 이런 맥락에서 인식보다는 감각이 세계와 더 빨리 만나는 경험행위이다. 글의 제목이 언어에 의해 인식화되는 것보다는 눈이나 귀와 같은 감각기관에 호소하는 감각언어로 표현된다면 훨씬 쉽고 빠르게 독자와 관객에게 다가갈 수 있다. '동지섣달 꽃 본 듯이', '징게 맹게 너른 들' 등은 모두 시각적 감각을 강조한 제목들이다.

제목은 극작에 착수하면서 잠정적으로 임시 제목을 붙이고 나서 집필하는 경우가 있고, 아니면 집필하는 과정에서 적절한 제목이 떠올라 확정하기도 하며 집필이 끝나고 나서 숙고를 통해 제목을 결정하기도 한다. 제목을 언제 확정하느냐라는 문제는 글 쓰는 이의 자유다. 그러나 대개는 집필하기 전 착상이나 구상 단계에서 임시 제목을 상정해 놓고, 집필을 해나가는 과정에서 차츰차츰 구체화하다가 집필이 끝난 후 제목을 확정하는 경우가 많다. 그러나 이러한 일반론에 반드시 충실할 필요는 없다. 작가의 글쓰기 습관이나 생리에 따라 얼마든지 자유롭게 할 수 있기 때문이다. 단 멋진 제목을 만들어낸다는 전제하에서 말이다.

적절한 비유가 될지 모르겠지만 제목은 우산과 같은 것이다. 우산을 펼치면 일정한 영역이 형성되어 외부의 비를 피할 수 있다. 마찬가지로 제목을 설정하면 그 제목으로 인해 작품의 범위가 어느 정도 틀 지워진다. 다시 말하면 제목이 환기하는 시간적, 공간적, 환경적, 심리적으로 일정한 범위가 형성되어 집필하면서 어느 정도 일관성을 유지할 수 있다. 만약에 임시 제목도 없이 곧바로 집필을 하게 되면 일정한 범위가 형성되지 않기 때문에 줄거리가 산만해지거나 엉뚱한 내용이 들어와 내용이 좌충우돌이 될 가능성이 있다. 이런 의미에서 집필 전에 임시 제목이라도 잠정적으로 달아두고 글을 써나가는 것이 일정한 방향을 유지하며 줄거리를 일관성 있게 진행하는 데 도움이 된다.

최종적으로 집필을 마감했더라도 제목이 확정되지 않으면 글은 아직 미완성이다. 앞서도 말했다시피 제목은 글의 얼굴이자 표상이다. 얼굴이 사람의 정체성을 드러내듯이 글도 제목으로써 내용이 의미화된다. 이런 점에서 좋은 제목을 얻기 위해 작가는 오랜 시간 동안 공을 들이며 부심하고 또 부심한다.

제목은 다양하게 붙여질 수 있다. 일반적으로 인물 중심의 희곡이라면 주인공의 이름을 제목으로 삼는 경우가 많다. 셰익스피어의 4대 비극작품을 생각하면 되리라. '억척어멈', '어머니', '박첨지' 등처럼 인물 이름이 제목인 경우는 흔하지만 극적 상황이나 정보를 엮어서 제목으로 만드는 쪽이 상상력을 자극한다는 점에서 바람직하다.

그러면 제목을 어떤 식으로 붙이는지 그 사례를 간단히 알아보기로 하자.

소재 - 뼈와 살, 북어대가리, 불타나, 가마, 소

분위기 - 유예된 사람들, 성난 얼굴로 돌아보라

이미지 - 불 지른 남자, 밤으로 가는 긴 여로, 굿 나잇 마더

주인공 특성 - 서툰 사람들, 문제적 인간 연산, 대머리 여가수

주요 극 상황이나 사건 - 코카서스 백묵원의 재판, 대성당에서의 살인, 고도를 기다리며, 딸들 자유연애를 구가하다, 사랑을 찾아서, 산씻김

장소 - 잠수의 땅, 안개섬, 마술가게, 공상도시, 관광지대

사물 - 의자들, 계산기, 곱창칼

의미 - 금지된 언어, 정의의 사람들

유머나 아이러니 - 국물 있사옵니다, 개 같은 날의 오후, 살아 있는 이중생 각하

은유나 상징 - 암소, 코뿔소, 토막, 꽃잎을 먹고 사는 기관차, 욕망이라는 이름의 전차

묘사 - 그대 아직 꿈꾸고 있는가?, 하늘만큼 먼 나라

퇴고, 창작의 마지막 작업 6장

갑작스럽게 일을 처리하고 나서 생각하지 못했던 것을 후회하게 된다.
생각한 뒤에 일을 처리하였더라면 어찌 화가 따르겠는가.
내가 갑자기 말을 하고 나서 재삼 생각하지 못했던 것을 후회하게 된다.
생각한 뒤에 말을 했더라면 어찌 욕이 따르겠는가.
이규보, 〈思箴〉

1. 퇴고란 무엇인가

　어떤 글쓰기이든 집필로 완성되는 것은 없다. 나무나 돌로 조각을 새길 때도 형상을 먼저 어느 정도 다듬은 다음 세부적인 작업을 하고, 인상과 표정을 덧보태면서 조각품을 완성해 나간다. 그리고 나서도 다시 보면 표현의 미흡함이 여기저기서 발견되어 다시 정과 끌로 매만지는 작업을 수없이 반복해야 비로소 원하는 조각품이 탄생된다.

　퇴고는 집필이 완성되고 나서 최종적으로 점검하는 마지막 글쓰기 절차이다. 퇴고라는 용어에는 이런 일화가 전해 내려온다. 당나라 때 가도(賈途)라는 사람이 시를 짓고서 한 글자가 마음에 들지 않아 길거리에서 궁리를 하였다. 때마침 재상이 행차하다가 이를 보고는 그 사연을 묻자 자신이 지은 싯귀가 마음에 들지 않아 고심 중이라고 하였다. 재상은 당송팔대가이자 명문장가였던 한유였다. 가도는 자신의 시 '鳥宿池邊樹 僧敲月下門'을 한유에게 보였다. 가도는 '敲'자가 나은지 '堆'자가 나은지 궁리하고 있다고 하자 한유는 '퇴'보다는 '고'자가 낫다고 일러주었다. 퇴고라는 말은 '퇴자'와 '고자'를 가지고 고민했던 데서 나온 말이다.

　유래에서 알 수 있듯이, 퇴고란 글을 다 쓰고 나서 내용과 형식을 검토하는 것을 말한다. 착상한 생각을 구체화해서 틀을 짜고 이를 기초로 해서 집

필을 꼼꼼하게 한다 해도 글을 다 쓰고 나서는 원래 의도했던 내용과 방향
에서 벗어난 경우가 생긴다. 또한 문장이나 낱말의 사용 등 문장기술과 표
현 면에서 적절치 않은 경우도 나타난다. 한 편의 희곡작품을 완성하기 위
해서는 착상에서부터 집필에 이르기까지 숱하게 공을 들인다. 좀 심하게 말
하면 뼈와 살을 가르는 듯한 고통을 겪으면서 한 편의 작품은 탄생된다. 그
러나 그토록 어렵게 만들어진 글도 다시 검토하면 부실한 구석들이 적지 않
다. 이런 점을 찾아서 수정, 보완하는 과정이 퇴고이다. 따라서 퇴고는 완
성된 초고에 대한 수정작업으로써 작품의 완성도를 위해 최종적으로 손을
보는 창작의 마지막 과정이다.

2. 퇴고의 절차

찬물을 마시는 데도 위아래가 있다고 했다. 모든 일은 순서와 절차가 있
듯이 글을 검토하는 일도 무방향적으로 할 수는 없다. 잘못된 부분을 바로
잡기 위해 쓴 글을 읽어나갈 때 초점화된 생각이 없이 수정할 경우 글의 질
서를 훼손시켜 퇴고의 원래 목적을 상실하고 만다. 집필에 이르기까지의 과
정과 집필하는 과정이 치밀한 계획에 의해 진행되듯이 퇴고도 일정한 기준
을 설정해서 절차를 밟아 진행하는 것이 바람직하다.

퇴고는 쓴 글에 대한 다시읽기와 다시쓰기다. 이러한 목적은 집필한 글을
원숙시키기 위한 것이기 때문에 미숙한 부분, 잘못된 부분을 세세히 발견해
서 이를 수정 보완해야 한다. 뿐만 아니라, 독자나 관객에게 글이 설득력이
있는지, 예술적 효과와 미학을 제공하고 있는지 등 수용자의 입장에서도 충
분한 검토가 이루어져야 한다. 이는 내용과 형식적인 측면으로 나누어 접근
하는 게 일반적이다.

1) 내용면

내용은 말 그대로 집필한 글의 의미를 이루고 있는 요소들, 즉 줄거리, 구조, 인물, 배경, 의미, 사상, 의도, 주제, 분위기, 스타일 등을 포괄한다. 요약하면, 내용의 검토는 '무엇을 말하는가'에 대한 총체적인 접근이라고 할 수 있다. 작가가 애초에 목표한 창작의도가 집필한 글에 제대로 나타났는지, 작품의 내적 논리에 어긋난 부분은 없는지 등이 최종적인 점검대상이 된다.

① 구조에 대한 검토

먼저 애초에 의도했던 방향으로 집필이 잘 되었는지를 검토해야 한다. 방향이 흔들리는 것을 방지하기 위해 집필 전에 플롯을 짜지만 막상 글을 써 나가는 과정에서 플롯의 범위를 벗어날 수 있기 때문이다. 플롯에 맞춰 집필한다 하더라도 막상 집필과정에서는 특정인물의 행동과 대사를 과도하게 확장시킨다든지, 다른 엉뚱한 이야기가 불거져 본래의 방향에서 벗어나곤 한다. 그러므로 방향에 대한 검토는 작품 구조에 대한 접근이라고 할 수 있다. 줄거리가 의도대로 구조화가 되었는가, 인물들의 행동이 의도한 틀 안에서 일목요연하고 일사분란하게 움직이고 있는가 등 작품 전체의 틀을 우선적으로 검토해야 한다. 여기서 검토의 초점은 일관성 있는 이야기 흐름, 구조적인 완성도, 통일된 목소리 등이다.

② 인물에 대한 검토

구조의 점검이 끝나면 다음은 인물로 시선을 옮겨야 한다. 인물을 검토하는 것도 일정한 순서에 따라 진행하는 것이 좋다. 이를 순서대로 정리하면 다음과 같다.

1. 주인공의 성격에 따른 행동은 원만한가.

2. 주인공의 욕망은 적절한 배경과 동기로부터 시작되었는가.

3. 주인공과 반대자의 힘의 균형은 적절한가.

4. 반대자의 욕망은 환경과 유기적 관계가 있는가.

5. 주인공과 반대자는 쉽게 타협하고 있지는 않는가.

6. 중심인물의 액션이 전체 이야기 행동에서 벗어나거나 부족하지는 않는가.

7. 주변인물은 필연적 동기로 설정되었는가.

8. 모든 인물들은 성격과 행동에서 각인각색인가.

인물에 대한 점검은 위와 같은 순서에 따라 이루어진다. 인물 설정의 타당성, 인물 관계의 의도와 적합성, 인물의 성격 형상화 방식의 정합성 등이 주된 검토의 대상이 된다. 성격이 동일하게 유지되고 있는지, 성격이 변화, 발전한다면 동기가 적절한지. 독특한 인물에 의해 희곡의 독자적인 색깔을 형성되고 있는지 등을 고려하면서 인물을 검토해야 한다.

223

③ 주제와 소재의 관계에 대한 검토

주제는 소재를 통해 말하고자 하는 작품의 의미이다. 작가가 작품에 의미를 부여하면 독자(관객)는 부여된 의미(meaning)를 통해 작품의 의의(significance)를 발견한다. 이때 발견은 주제와 소재의 유기적인 연결과 상관관계를 따져봄으로써 가능해진다. 이런 의미에서 소재는 주제를 제시하기 위한 재료이고 주제는 의도적으로 선택한 소재를 질서 있게 배열한 데서 만들어진다. 다시 말하면 주제는 소재의 의미 있는 처리방식이라고 할 수 있다. 이러한 상호관계를 생각할 때, 주제와 소재에 대한 검토는 말하고자 하는 것과 이를 위해 동원되는 재료가 미적 효과를 발생시키고 상호 유기적으로 작용하고 있는지에 대한 점검적인 읽기다.

④ 대사에 대한 검토

대사는 희곡의 대부분을 차지하는 요소이다. 희곡의 의미가 대사를 통해 구현되느니 만큼 이에 대한 검토는 그 어느 것보다도 세심한 관찰을 요구한다. 앞서 언급한 구조와 인물, 주제와 소재에 대한 검토도 대사를 매개로 해야 가능하기 때문이다. 집필이 대사를 구현하는 과정이고 보면, 퇴고의 상당 시간은 대사를 점검하는데 소요될 수밖에 없다. 대사에 대한 검토는 언어의 형식화 문제, 언어의 연극화의 문제에 기본 초점을 맞춰야 한다. 쉽게 말하면, 문학성과 연극성, 이 두 개의 시선에서 접근하는 것이 대사 검토의 요령이다.

대사에 대한 검토는 두 가지 방식이 있다. 첫째는 한 인물만의 대사를 처음부터 끝까지 읽는 방식이다. 이는 성격의 일관성을 점검하고 인물의 변화가 계기에 따라 이루어지고 있는지를 살피는 일이다. 두 번째로 희곡 전체를 읽는 방식이다. 즉 다른 인물과의 관계를 따지면서 읽는다. 이는 긴장과 갈등의 지속 여부, 조화와 통일, 질서와 리듬, 구조를 형성하는데 모난 대사를 찾아 수정하는 과정이다.

대사에 대한 검토는 완성된 원고에 대한 재읽기로써 가장 주력해야 할 부분이다. 문학적, 연극적인 관점에서 대사가 적절하고 유효한지를 따져야 하며, 인물과 사건과 행동 그리고 배경 등이 긴밀하게 조합되어 하나의 틀을 구현하고 있는지에 대한 점검은 대사를 통해서 가능하기 때문이다. 따라서 대사는 여러 번 반복해서 읽어봄이 좋다. 이미 말했듯이 대사쓰기의 요령에 맞춰 간결하고 쉬우며 감각적으로 구사되었는지, 비연극적인 설명적인 어조나 장황한 표현들, 군더더기나 불요불급한 말들은 없는지, 작가가 극 논리에 맞지 않게 생경하게 자기 목소리를 집어넣지는 않았는지, 극 흐름의 리듬과 템포에 대사가 기여를 하고 있는지 등 여러 각도에서 대사를 읽어보고 이상한 점이 있으면 과감하게 수정하는 것이 좋다.

⑤ 공간, 상황, 인물에 대한 검토

지금까지 구조, 인물, 주제와 소재, 대사 등을 살펴보았는데 그밖에 내용적인 측면에서 검토할 대상은 공간과 상황의 관계가 있다. 환경이 종(種)을 결정한다는 찰스 다윈의 명제를 인정한다면, 특정 환경에 소속된 인물은 그 환경의 특성을 지니기 마련이다. 또한 희곡 인물은 대개 환경과 갈등하는 경우가 많다. 예컨대, 환경을 개선하기 위해 투쟁하는 돈키호테와 같은 추상적 이상주의자도 있을 수 있고, 도저히 자기의 능력으로는 환경을 고칠 수 없기에 내면세계로 침잠해 들어가는 환멸적인 인물이 될 수 있다. 어느 경우이든 인물과 환경과의 갈등이다. 환경이 인물을 훼손하기도 하고, 인물이 환경에 종속되어 독특한 캐릭터를 만들어내기도 한다. 넓은 의미에서 공간을 환경으로 본다면 공간과 인물의 역학관계에서 만들어지는 극적 상황은 얼마든지 있을 수 있다. 이런 점에 착안한 게 결국 볼프강 카이저가 말한 공간연극이다. 비록 공간연극을 겨냥하고 집필한 것은 아닐지라도 한 편의 희곡세계는 인물이 처한 공간적, 환경적 배경이 있을 수밖에 없다. 이런 의미에서 공간과 인물과 상황의 적합성 여부를 점검하는 것 역시 다른 요소를 점검하는 것 못지않게 중요하다.

내용적인 점검의 요점을 정리하면 다음과 같다. 전체적인 분위기와 흐름이 자연스러운가. 희곡적 발상이 명쾌한가. 생각한 것들이 그대로 담겨져 있는가. 내용이 평범해 진부하지는 않는가. 설득력이 있는가. 타당한가. 표현에 넘치거나 부족한 점은 없는가. 작품의 넓이와 깊이, 맛 등에서 효과적인가. 마지막으로 주제가 분명하며 사상과 감정은 통일되었는가 등이 내용을 점검하는 중요한 항목들이다.

퇴고를 위해 공을 들이면 들일수록 집필한 글은 빛나기 마련이다. 초고 수정에 이어 재수정, 재재수정을 거듭할수록 집필한 글은 윤기가 돋을 수밖에 없다. 경우에 따라서는 연극배우나 연출가의 도움을 얻어 연극무대적인 시각에서 검토할 필요도 있고, 오랫동안 묵힌 된장이 제 맛이 우러나오듯, 집필한 글을 단박에 수정하는 것보다는 시간을 두고 검토하는 것도 한 요령이 된다. 집필하는 과정에서 몰입했던 감정을 낯설게 하고 난 후에 다시 글을 대하면 어색한 부분이 반드시 나오기 때문이다. 다시 강조하거니와, 초고 그 자체로 완성에 도달하지는 않는다. 거칠고 두루뭉수리하며 투박한 원고를 다듬고 정돈하는 수고로움이 많을수록 당연히 세련되고 정제된 글이

225

된다. 희곡 한 편을 완성하기 위해 우리는 창작의 먼 길을 걸어왔다. 그리고 이제 마지막 여정에 도달했다. 마지막까지 검토와 수정하는 일에 최선을 다한다면 먼 길을 걸어온 가치는 작품 그 자체가 스스로 말해주리라.

2) 형식면

내용에 대한 검토가 마무리되면 이를 드러내는 방식 즉 형식에 대한 검토가 있어야겠다. 형식적인 접근은 글의 표현과 기법을 주된 대상으로 삼아 검토한다. 즉 '말하는 방식'을 주목하면서 검토하는 것을 말한다.

희곡은 주로 대사를 통해 등장인물의 성격과 심리, 극 행동의 진행, 이에 따른 주제가 구현된다. 다시 말해, 희곡은 대사쓰기로 완성되고 의미화된다. 따라서 대사를 중심으로 표현의 문제, 기법의 문제를 시야의 중심에 두고 내용과의 정합성 여부를 따지는 것은 당연한 일이다. 먼저 단어와 문장에 대한 검토다. 꼭 필요한 단어와 문장이 적재적소에서 사용되고 있으며 정확한 의미의 단어와 문장인지 검토한다. 플로베르는 하나의 사물을 나타내는 가장 적절한 단어는 하나밖에 없다고 했다. 이른바 일물일어설(一物一語說)이다. 이는 모든 글쓰기에 적용되는 것이지만 희곡은 특히 중요하다. 예를 들어보기로 하자.

(a) 가: 까짓 거 한 번 죽지 두 번 죽습니까?
나: 허, 새끼가 변죽은 좋아

(b) 아저씨의 '태수야!' 하는 고함소리가 들린다.

위의 인용 (a) '나'의 대사에서 '변죽'은 바르지 않다. 변죽은 사물의 가장자리라는 뜻으로 핵심을 찌르지 못하고 주변적인 것만을 말할 때 '변죽을 울린다'라고 한다. 그런데 대화 문맥을 볼 때 두 번의 죽음도 불사하겠다는

'가'의 대사를 잇기 위해서는 '용기'라는 말이 어울린다. (b)는 지문인데 이역시 희곡적으로 고르게 다듬지 않은 표현이다. 의미를 살리되 좀더 극적인 표현을 쓴다면 피동형 문장보다는 사동문장이 더 효과적이다. '아저씨는 고함치듯 태수를 불렀다'라고 하면 문장도 짧아지고 행동적인 효과를 살려낸다.

표현과 기법은 내용을 전일하게 드러낸다는 전제하에서 간결하면서 참신한 게 좋다. 특히 희곡은 연극성을 지녀야 한다는 점에서 보다 행동적이고 감각적이며 극적인 표현을 만들어내는 데 고심해야 한다. 이런 것은 개별적인 단어와 문장, 어구 등을 통해서, 그리고 앞뒤 대화상황에 따른 표현법을 찬찬히 따져보면서 검토해야 한다. 아울러 문장상의 탈락이나 군더더기, 맞춤법과 구두점, 어렵고 까다로운 표현이나 지나치게 추상화된 표현들이 검토의 대상이 된다.

앞에서도 강조했다시피, 대사 특히 대화가 희곡의 대부분을 차지하기 때문에 이에 대한 검토는 아무리 강조해도 지나치지 않다. 관념적이거나 손에 잡히지 않는 막연한 대화가 아니라 생생히 살아있는 대화인지 몇 번이고 입으로 구연(口演)하면서 다듬어 나가야 한다. 대화는 '지금 여기'라는 현재성으로 나타나야 하며, 인물의 심리상태가 드러나고 이에 따라 다른 인물들의 반응을 유도하는 게 바람직하다. 요컨대 대화는 대화주체인 인물의 머리와 가슴에서 우러나와야 한다. 인물의 처지에서 터지는 대화가 살아있는 대화다. 이러한 대화술을 보여야 극적 설득력이 생긴다. 희곡을 처음 쓰는 사람들이 자칫 범하기 쉬운 것 중에 하나가 설정된 인물은 있되, 살아 움직이는 인물이 없다는 것이다. 이는 작가가 인물을 대신해서 대화를 조성하기 때문에 발생한다. 공기와 습도와 온도라는 환경 속에 투입된 바이러스의 생태학적 변화를 그리듯, 작가는 설정한 환경 속에서 인물이 어떤 행동과 반응을 보이는가를 보여줘야 한다. 이런 인물이 창조적인 인물이다. 그러기 위해서는 인물 스스로가 행하는 대화라야 한다. 완성된 희곡을 수정하는 과정에서 대화의 방식에 눈을 두어 세심히 검토하는 일은 희곡을 이루는 내용과 형식을 아우르는 종합적인 퇴고 작업이다. 그리고 이러한 작업을 재삼재사 반복할 때 희곡은 그에 비례해서 완성도가 높아지는 것이다. 집필의 완성, 창작의 먼 길은 바로 이 같은 퇴고과정을 마칠 때 종결된다.

3. 퇴고의 사례

이제 앞서 말한 여러 가지 퇴고의 절차와 주안점들을 감안하면서 구체적으로 검토해 보기로 하겠다. 검토 대상은 희곡작가를 꿈꾸는 지망생의 희곡작품이다.

― 반대방향으로 (선현원) ―

등장인물

중년남자: 50대 중반. 여자 1의 아버지. 정장을 입었
으나 옷매무새가 흐트러져 있다.
급하고 화를 잘 내지만 딸에게는 약한 아빠.

여자 1: 20대 중반, 중년 남자 딸. 깨끗한 정장을
입었다.
*나이는 먹었지만 아직 철이 덜 들어 자기
밖에 모른다.*

나이에 비해 철이
덜 들었다.
자기중심적이다.

청년: 20대 후반. 말끔한 정장 차림이나 옷이 커
서 어울리지 않는다.
자신만만하고 버릇이 없다.

여자 2: 20대 초반. 청년의 여자친구. 짧은 미니스커
트를 입었다.
허영심과 욕심이 많다.

노숙자: 40대. 청년과 중년남자보다 훨씬 잘 차려
입었다.
게으르고 현실에 안주하고자 한다.

여자 3: 20대 중반. 깔끔한 옷에 흰 앞치마 둘렀다.

1장

거실 양쪽으로 각각 현관
과 안방으로 통하는 문이
있다.

*초저녁. 중년남자의 거실. 거실에 여자 1의 옷이 너저
분하게 널려 있다. 무대 입구 한쪽 배경은 현관문으
로 하고 한쪽은 안방 문으로 꾸민다.*

여자 1, 초조하게 시계와
문을 번갈아 본다.

*여자 1이 자신의 옷을 매만지고 있다. 시계와 문을
번갈아 바라보며 안절부절못해 한다.*

여자 1 (문을 바라보며 신경질적으로) 왜 이렇게
안 오는 거야?

(짜증내며)

*"띵동"하는 현관문 벨소리가 들리고 여자 1은 빠르게
문으로 간다.
중년남자가 넥타이를 풀며 힘겨운 듯 천천히 무대로
들어온다.*

* 짜증난 상태이기 때문에 팔짱을 끼는 건 적절치 않음	**여자 1** (중년남자에게 팔짱끼며) 아빠, 왜 이제 와? **중년남자** (힘없이) 일이 있어서 ……

여자 1의 팔짱을 빼며 윗옷을 벗어 여자 1에게 준다. 여자 1은 윗옷을 받아들고 옷을 한번 보고 고개를 갸우뚱거리다 소파에 던진다.

중년남자 (거실을 둘러보며) 엄마는?
여자 1 약속 있다고 나갔어.

중년남자는 안방으로 들어가려고 한다.

<table>
<tr><td>(지문 생략)
피곤하구나, 나중에 하자.</td><td>

여자 1 (중년남자를 잡아끌며) 할 얘기 있어.
중년남자 (여자 1을 바라보며 피곤에 지친 목소리로 낮게) 중요한 얘기야? 이따 하면 안 될까?
여자 1 (중년남자의 팔을 잡아끌며) 지~금.

</td></tr>
</table>

중년남자는 한숨을 쉬며 발을 돌려 소파에 앉는다. 여자 1은 옆에 앉아 어깨를 주무른다.

(지문 생략)	**여자 1** (안마하다가 중년남자를 바라본다) 우리 오빠 말야. **중년남자** (좀 전보다 힘 있는 목소리로) 오빠라니 …… 무슨 오빠? 니가 오빠가 어딨다고? 아빤 나쁜 짓 한 적 없다. **여자 1** 아이 참. 장난치지 말구. **중년남자** (여자 1을 본다) 니 남자친구가 왜? **여자 1** 울 오빠가 말야. (손으로 브이를 그린다) 어제 취직했어.
(지문 생략)	**중년남자** 취직? 잘 했네. (여자 1의 브이를 잡으며 놀리는 투로) 넌 놀면서 뭐가 그리 좋냐? **여자 1** (잡힌 손을 빼며) 뭐가라니? 당연하잖아. **중년남자** 당연하다니? **여자 1** 약속했었잖아. **중년남자** 약속?
(끄덕이며)	**여자 1** (고개 크게 끄덕이며) 응. 오빠 취직하면 결혼시켜 주기로.

중년남자 고개를 끄덕인다.

여자 1   아빠가 허락 안 해 줘서 여태껏 못 한 거잖아.

중년남자   (다시 낮아진 목소리로) 그런데 말이다. 아빠가 ……

여자 1   (소파에서 벌떡 일어서며) 그런데라니? 분명 약속 했었어.

중년남자   (한숨을 쉬며 고개를 끄덕인다) 그래 …… 했었지.

여자 1   (다시 옆에 앉아 중년남자의 팔짱을 낀다) 그럼 언제 시켜 줄 거야?

중년남자 여자 1을 바라본다.

여자 1   (탁자에 있는 달력을 가져와 앉는다) 올해 안으로는 시켜 주는 거지?

중년남자   (여자 1에게 달력을 건네받아 거꾸로 달력 장수를 두 장 센다) 너무 바쁘지 않겠니? 얼마 안 남았는데.

여자 1   (중년남자가 달력 세는 것을 바라보다 바로 잡아준다) 아빠 아직 2월이야.

중년남자   (달력을 바라보며 끄덕인다) 그래, 2월.

여자 1   식장까지 다 잡았는데 오빠 직장 그만 뒀다고 결혼 못하게 했잖아. 다시 날짜만 잡으면 돼.

중년남자   그거야 그렇지 …… (소파에서 일어난다) 그건 이따 엄마 오시면 ……

여자 1   (*중년남자를 따라 일어나 애교 있는 목소리로*) 엄마는 아빠가 말하면 되잖아.

중년남자   (*자신의 팔에 안겨 있는 여자 1을 바라보며*) 하지만 ……

여자 1   (중년남자의 팔을 더 세게 잡으며) 아빠? 응? 응?

중년남자   (여자 1의 팔을 놓으며) 올해 안으로 꼭 해야겠니?

여자 1 중년남자를 바라보며 고개를 크게 끄덕인다.

중년남자   (하는 수 없다는 듯 고개를 끄덕이며) 올 가을엔 해결되겠지. 그럼 가을에.

* 꼭 필요한 지문만

231

그래, 어떻게 올봄에는 ......

중년남자, 셈을 헤아리듯 손을 꼽아보고는 한숨을 쉰다.

여자 1 (고개를 저으며) 봄에. 5월의 신부 되고 싶단 말야.

중년남자 (한숨을 쉬며) *알겠다. 올봄에 하는 방향으로* ......

여자 1은 중년남자의 말이 끝나기도 전에 중년남자의 볼에 뽀뽀를 한다.

여자 1 (밝게 웃으며) 아빠 땡큐!

여자 1은 문으로 간다.

중년남자 (여자 1을 바라보며) 나가니?

여자 1 (뒤돌아 중년남자를 바라보며) 오빠 어머님 뵙기로 했어. 아빠 밥은 바빠서 못했어. 미안.

여자 1이 급하게 무대를 빠져 나간다. 중년남자, 나가는 여자 1을 바라보다가 소파에서 일어나 널려 있는 여자 1의 옷을 정리한다.

중년남자 올봄이라 ......

중년남자 깊은 한숨을 쉬고는 자신의 옷을 집어 방으로 향한다. 암전

2장

여자 2, 노천카페에서 누군가를 기다린다.
바람소리
여자 2, 옷깃을 여민다.
청년이 뛰어 들어온다.

무대배경으로 카페가 보인다.

여자 2가 카페 앞에서 양 옆을 번갈아 바라보며 추운지 몸을 부르르 떤다. 그때 청년이 한쪽에서 뛰어 들어온다.

청년 (여자 2에게 다가가며) 미안. 늦었지?

(지문 생략)

여자 2 (*청년을 바라보며 입을 삐죽댄다*) 지금 몇 신지 알아?

(으스대며)

청년 (*자신의 옷을 만지며*) 이 오빠가 말야. 좀 바빴단다.

(지문 생략)

여자 2　(*청년을 바라보며*) 이번에는 잘 될 것 같아?
청년　뭐가?
여자 2　뭐긴? 회사 말야. 얼마 전에 면접 본 ……
청년　(*주먹을 쥐어 확신에 찬 표정으로*) 당연하지.
　　　(*자신을 가리키며*) 오빠 아니면 누가 되겠니?
여자 2　(*입 삐죽대며*) 피. 맨날 그 소리
청년　이번엔 아니야. 날 보는 눈빛이 달랐다니깐.
여자 2　(*고개 끄덕이며*)네, 네. 알겠습니다.
청년　그래서 옷도 (*옷을 매만지며*) 하나 장만했잖니.
여자 2　(*청년을 바라본다*) 그러고 보니 새 옷이네. (*옷을 만져주며*) 좀 크지 않아?
청년　크긴? 딱 맞는 걸.
여자 2　(*고개를 갸우뚱거리며*) 약간 커 보이는데 ……
청년　니래두. 보는 순간 (*힘주어*) 딱 내 옷이었어. (*여자를 바라보며*) 보여줄 거 있어.

* 꼭 필요한 지문만

청년은 여자 2의 손을 잡고 무대 앞으로 나간다.

청년　(*객석의 한쪽을 가리키며*) 저기 보이지?
여자 2　(*청년이 가리킨 쪽을 바라보며*) 어디? (*청년이 가리킨 방향을 가리킨다*) 저 빌딩?
청년　(*여자 2를 바라본다*) 저 회사야.
여자 2　(*가리킨 방향을 계속 바라보고 있다*) 저거 회사 맞아? 아파트 같은데.
청년　(*여자 2가 가리킨 방향을 바라본다*) 그건 아파트가 맞아. 거기 말고 (*여자 2의 손의 방향을 제대로 잡아준다*) 저기.
여자 2　(*가리킨 곳을 바라보며*) 진짜? (*청년을 바라본다*) 저기가 면접 본 회사야?

*꼭 필요한 지문만

청년, 크게 고개를 끄덕인다.

여자 2　(*청년의 팔짱을 끼며*) 이번에는 정말 자신 있나봐.
　　　얘가 속고만 살았나? (*여자 2의 머리를 넘겨주며 능글맞은 목소리로*) 오빠 믿으라니깐.

233

여자 2   (*청년의 팔짱을 빼며 청년을 바라본다*) 그 럼 그거 사 줄 수 있는 거야?

청년   (*여자 2를 바라본다*) 그거라니?

여자 2   (*입 삐죽대며*) 백화점에서 봤던 그 옷 말 야.

청년   (*고개 끄덕이며*) 그럼 사 주고말고.

여자 2   (*청년의 팔짱을 끼며*) 진짜?

청년   에이, 그거뿐이겠어? (*여자 2의 머리부터 발끝까지 가리키며*) 옷에 어울리는 백에서 구두까지 풀코스로 이 오빠가 쏜다.

여자 2   (*팔짱을 더 세게 끼며*)오빠 최고!

여자 2와 청년, 커피숍 안으로 들어간다 . 암전

3장

공원벤치가 두 개가 나란히 있다.

하나의 벤치에 노숙자가 신문지 한 장을 덮고 누워 있다.
벤치 밑에는 담배가 떨어져 있다.
'휙'하는 바람소리가 들리고 노숙자가 기침을 하며 일 어나 앉으며 신문을 접어 옆에 둔다.

노숙자   젠장. (*몸을 부르르 떨며*) 추워서 못 자겠네.

노숙자가 벤치에서 일어나 두리번거리다 객석 중 한 명의 관객 앞에 선다.

노숙자   (*객석을 두리번거리다 한 관객 앞에 선다*) 형씨, 신참이지? 여기서 자면 감기 걸려. 따뜻한 곳 있는데 가볼 터? 우리 동료도 많아. (*주머니를 뒤진다. 고개를 갸웃한 다*) 이상하다 분명 넣어두었는데 …… (*관 객을 바라본다*) 손버릇 나쁘네.

노숙자가 돌아가려고 뒤를 돌다 벤치 밑에 떨어진 담 배를 본다.

(치를 가리키며 박수를 친다) 옳지. 저 깄네.

* 꼭 필요한 지문만

* 꼭 필요한 지문만

노숙자는 담배를 집어 먼지를 털 듯 입으로 훅하고 분다. 담배를 옷에도 한번 문지르고 다시 관객 앞에 선다. 담배를 물고 라이터를 찾으나 라이터가 없자 다시 담배를 주머니에 넣고 쭈그려 앉는다.

노숙자   나도 얼마 안됐어. 평생을 일했는데 어떻게

하루아침에 ······

노숙자가 일어서서 무대 중앙으로 움직인다.

노숙자   문자가 온 거야. 한글 공부하는 우리 늦둥이가 큰 목소리로 읽었지 (손으로 한 글자씩 집어내는 식으로 허공을 가리키며 애 목소리로) 귀하는 2005년 2월 7일자로 정리해고 되었습니다.

노숙자는 그때가 생각나는지 몸을 한 번 움찔한다.

235

노숙자   아따 그놈. 어찌나 쩌렁쩌렁한 목소리로 잘도 읽는지. 마누라도, 장모님도 다 들었다니깐. 평상시에는 제대로 읽지도 못하더구만.

노숙자는 이번에는 다른 관객 앞에 쭈그리고 앉는다.

두달째 되니까 쫓아내데?

노숙자   우리 마누라, 처음에는 엄청 잘 해 주더라구. 한 달이 지나고 두 *달째 되니 쫓아내 내.* (여자 목소리로 소리친다) 돈 안 가져올 거면 들어오지도 마. (일어선다) 그래서 나왔지.

노숙자, 벤치에 앉는다. 한숨을 크게 쉰다.

세상에, 그 새
딴 서방을 찼더구먼.
(사이)
그 후엔 이러고 있지, 뭐.

노숙자 그런데 막내둥이가 눈에 밟혀서 안 되겠더라구. (일어서 관객 앞에 쭈그리고 앉아 손을 내민다) 이거 보이지? 공사판서 다쳤어. (일어나 무대 앞으로 나온다) 막내둥이 선물 사서 집에 갔는데 …… 세상에. 그새 딴 살림을 차렸네. 그 후엔 (자신의 옷을 만진다) 이러고 있지. (바닥에 주저앉는다) 의욕도 없어.

노숙자, 일어나 다시 처음의 관객 앞으로 간다.

(지문 생략)

노숙자 어이, 신참. 이거 생각보다 편해. 잘 곳도 많아. 공짜 밥도 많고. 나와 같이 가자구. 어서. (*벤치를 바라보며*) 참 이불!

노숙자가 벤치에 가 접어둔 신문지를 든다.

이때 무대 양쪽에서 청년과 중년남자가 한숨을 쉬며 등장한다.
청년은 벤치에 앉고 중년남자는 노숙자가 있는 벤치로 다가오다 신문지를 집어 드는 노숙자와 부딪힌다.

중년남자 당신 뭐야? 눈에 뵈는 게 없어?

청년과 중년남자,
각각 다른 방향에서 등장
한다. 풀이 죽은 표정들.

노숙자, 중년남자를 위아래로 훑고 무대 퇴장. 중년남자, 기분 나쁘다는 듯 옷을 털고는 벤치에 앉는다. 암전되었다가 조명이 중년남자만을 비춘다. *중년남자 먼산을 바라보듯 허공을 바라보며 손가락으로 날짜를 세고 있다.* 이때 '날 좀 보소'의 휴대폰 벨소리가 들린다.
중년남자는 허리에 찬 휴대폰을 꺼낸다.

* 생략

중년남자 (힘없이 *전화를 받는다*) 여보세요.
(목소리) 여보세요.
중년남자 자네인가, 무슨 일 있어?
(목소리) 일은? 걱정돼서. 집에는 말했어?
중년남자 무슨 말? 대기발령일뿐이야.

* 생략

(목소리) 자네도 참.
중년남자 아니래두.

(목소리) 알겠네. 내일은 뭐 할 건가?

중년남자 (낮아진 목소리) 뭐 하긴? 기다려야지. (강하게) 내일은 올 거야.

(지문 생략)

전화기 끊는 소리인 "띠리링" 소리가 나고 중년남자는 휴대폰을 다시 허리에 찬다.

(혼잣말) 내일은 반드시 올 거라구. 봄에는 딸애 결혼시킬 수 있다구.

중년남자 내일은 올 거야. (*확신에 찬 표정으로 고개를 끄덕인다*) 봄에 결혼시킬 수 있어.

암전되고 이번에는 청년만 조명 비춘다. 청년이 지갑에서 영수증뭉치를 꺼낸다.

청년 (영수증의 장수를 세며) 하나 둘 셋 …… (영수증 하나를 바라본다) 공은 또 얼마나 많은지. (하나하나 짚으며) 하나, 둘, 셋 ……

이때 '내가 최고야 내가 왕이야'라는 가사의 부분이 벨소리로 나온다. (*노래는 DJ. DOC의 꼴통일기*) 청년 주머니에서 휴대폰을 꺼낸다.

청년 여보세요

(목소리) 안녕하세요. 고객님. 삼성카드입니다.

청년 (목소리 낮아진다) 예.

(목소리) 이번 달 결재대금이 아직 안 들어와서요.

청년 죄송합니다. 곧 ……

(목소리) 고객님 저번 달 결재대금도 안 내셨기 때문에 ……

청년 알고 있어요.

(목소리) 이번에도 결재하시지 못하면 저희도 어쩔 수 없이 ……

청년 (신경질적으로) 가불해서 입금할 거예요.

(목소리) 네 그럼 부탁드립니다. 편안한 밤 되시기 바랍니다.

(지문 생략)

청년은 전화를 턱으로 폴더를 덮는다.

청년 편안한 밤은 …… (휴대폰을 바라보며) 대체 하루에 몇 통을 하는 거야?

청년 영수증 뭉치를 다시 바라보고 한숨쉰다. 암전
암전상태에서 청년과 중년남자 휴대폰이 동시에 울린
다. 전체 조명 켜진다.

중년남자 여보세요.
청년 아직 밖이야.
중년남자 **회사 동료** 만났어. 상의할 게 있어서.
청년 출근할러면 준비할 게 많아.
중년남자 들어가야지. 내일 출근하려면.
청년 지금 갈 거야.

"띠리링"소리 들리고 청년과 중년남자는 일어서서 들
어왔던 곳으로 나간다. 암전

4장

아침 출근길. 조명이 꺼진 상태에서 출근하는 사람들
의 웅성거림이 들린다. 이때 "끽" 하는 급브레이크 밟
는 소리가 들리며 무대에 조명이 들어온다.
무대배경으로 카페가 보인다. 무대 중앙에 탁자 한
개와 의자 세 개가 놓여 있다. 의자 두 개는 약간씩
삐뚤게 놓여 있고 나머지 한 개의 의자는 정면을 바
라보게 놓여 있다.

중년남자가 비틀거리며 들어온다.

중년남자 (들어온 곳을 향해 소리친다) 저 자식이
사람 죽이려고 환장했나? 운전 그 따위로
밖에 못해?

중년남자가 무대 중앙 앞쪽에서 객석 한곳을 바라보
다 한숨쉰다.

중년남자 지금 저기 있어야 하는데 ……

중년남자 의자에 앉는다.

중년남자 (손목시계를 보다 무대 앞쪽으로 나간다)
왜 안 오는 거야?
(객석을 바라보며) 굼벵이들 같으니.

중년남자는 허리에 찬 휴대폰을 한번 바라보고는 초조한 듯 무대를 서성거리다 객석을 바라본다.

중년남자 (코웃음 치며) 대기발령이 그만두라는 소리라구? 웃기는군.
(윗옷의 먼지를 털 듯 옷을 건드린다) 천하의 (힘주어) 나라구.

청년 등장. 중년남자 옆에 선다. 중년남자, 청년을 한번 보고는 다시 고개를 돌려 객석을 바라본다. 청년은 중년남자는 무시하고 손에 든 휴대폰을 바라본다.

청년 잊어버린 거 아냐? 바보 놈들.
중년남자 맞아. 바보 놈들. (큰 목소리로) 나를 물먹이겠다고.

청년, 불쾌하다는 표정으로 중년남자를 본다.
의자를 돌려 다른 방향으로 놓고

청년이 기분 나쁘다는 표정으로 중년남자를 한번 보고 다시 객석을 바라본다.

청년 오늘은 와야 하는데.
중년남자 맞아. 오늘은 ……
청년 (중년남자의 어깨를 살짝 건드린다) 아저씨 나 알아요? 왜 남의 말에 토를 달아요?
중년남자 (청년을 바라본다) 뭐라고? 아들뻘 아니 딸 뻘도 안 되보이는 놈이 한다는 소리가 …… (혀 차는 소리)
청년 (따지듯이) 뭐요?
중년남자 (이해할 수 없다는 듯 고개를 흔들며) 내가 참아야지. 아침부터 애랑 싸워 뭐하겠어.

중년남자는 의자로 돌아가 앉는다. 청년은 중년남자를 쫓아가 앞에 선다.

청년   (큰 목소리로 따지듯이) 뭐라고요?

중년남자   (귀찮다는 투로) 비켜봐. 회사가 안 보이 잖아.

청년   (뒤돌아 객석을 바라본다) 맞아. 회사 ⋯⋯

(앞 건물을 보며)
회사라구요?

청년, 중년남자 앞에 앉는다. 중년남자와 함께 객석을 바라본다.

(지문 생략)

청년   (객석을 바라보다 아쉽다는 목소리로) 저 회사 내 꺼인데 말야.

중년남자   (놀라며 청년을 바라본다) 자네 꺼라니? (객석을 가리키며) 저게 말인가?

청년   (가리킨 방향을 바라보고 고개를 끄덕인 다) 제 회사죠.

중년남자   (심호흡을 크게 하고는 조심스럽게) 그러 니깐 저 회사가 자네 회사라는 거지?

청년   (귀찮다는 듯) 그렇다니깐요. 앞으로 제가 다닐 회사예요.

(지문 생략)

중년남자   (당연하다는 표정으로 끄덕인다) 그럼 그렇 지. 난 자네 회사라는 줄 알았네. 자네는 저기서 일 못해.

청년   무슨 소리! (일어서서 옷의 먼지를 털 듯 옷을 만진다) 나 같은 인재를 놓치면 회사 가 손해인데.

(지문 생략)

중년남자   (청년을 쳐다보며 코웃음 치며) 인재는 무 슨 ⋯⋯ 보아하니 떨구지구먼!

청년이 기분 나쁜 표정으로 중년남자를 바라보다 앉 는다. 이때 무대 한쪽에서 노숙자가 들어온다.

청년   아저씨야말로 (강하게) 딱 노숙자네.

청년의 말에 무대 한쪽의 노숙자가 흠칫 놀란다.

(지문 생략)

중년남자   (자리에서 일어나 화를 낸다) 노숙자라니? (옷을 매만진다) 이렇게 잘 차려 입은 노숙 자 봤는가?

노숙자가 자신의 옷을 매만지며 웃는다. 그러고는 3장에서의 그 관객 앞에 선다.

(지문 생략)

노숙자 (관객을 바라보며) 봤지? (자신의 옷을 가리킨다) 옷이 중요하다고 했잖아. 아무도 몰라. 우리가 누군지. (*기다리라는 손짓을 하며*) 이따 밥 먹으러 같이 가자구. (갈려다 말고) 형씨는 사람 잘 만난거야.

청년 아니면 (비꼬는 투로) 지금 일할 시간 아닌가?
중년남자 (당황한 듯 헛기침하며) 그게 …… 내가 (사이) 실은 형사야.

노숙자 중년남자의 말을 듣고 놀라며 다가와 남은 의자에 앉는다. 청년은 중년남자의 말에는 별로 관심 없다는 듯, 핸드폰을 만지작거린다.

(지문 생략)
근데, 여기는 무엇 하러 오셨어요?

노숙자 (중년남자를 보며) 정말 형사요? (*중년남자의 눈치를 보다 겁에 질린 목소리로*) 요즘 형사가 노숙자를 잡아들이거나 하진 않죠?
중년남자 (노숙자를 이상하다는 듯 바라보다가 입으로 둘째손가락을 가져가며 큰 목소리로) 쉿! 조용히. 잠복중이예요.
청년 (두리번거리며) 개미 한 마리도 안 보이는데 (코웃음 치며) 잠복은.
중년남자 (갑자기 생각났다는 듯 큰소리로 힘주어) 그래, 개미!
그 개미란 자식을 잡아야 하거든. 그놈이 아주 무서운 놈이야.

(지문 생략)

노숙자 (*고개를 끄덕이며*) 아 …… 개미.
청년 개미는 개미핥기가 잡지.
중년남자 그래 내 별명이 개미핥기야. (으스대며) 내가 그렇게 유명한가 하하.

그때 중년남자의 휴대폰이 울린다. 중년남자 놀라며 청년과 노숙자를 번갈아 바라보다 무대 한쪽 구석에 가 휴대폰을 받는다. 중년남자가 전화를 하는 동안 노숙자와 청년은 전화를 엿들으려는 듯 자리에서 일어나 중년남자에게 귀 기울인다.

중년남자	(조심스럽게) 여보세요.
목소리 (여자 1)	아빠!
중년남자	(한숨쉬며) 그래.
목소리 (여자 1)	올 봄에 확실히 시켜 주는 거 지?
중년남자	그래.
목소리(여자 1)	*진짜지!?*
중년남자	*그래.*
목소리(여자 1)	알겠어. 끊어. 아빠.

진짜루 진짜지?
그렇대두!

다른 지문과 같은 글자체로   *중년남자 탁자로 돌아온다.*

개미가 잡혔대요?

노숙자   *개미가 어떻게 됐데요?*
중년남자   (힘없이) 아뇨. (휴대폰을 허리에 차고는 앉는다)오라는 전화는 안 오고 ⋯⋯

무대 한쪽에 여자 3 행주 들고 등장. 탁자로 다가와 기분 나쁜 표정으로 탁자를 닦는다.

중년남자   (여자 3을 치며) 아가씨.
여자 3   (밝게 웃으며) 네 손님. 주문하시겠습니까?
중년남자   주문은 됐고. 물 좀 줘.
여자 3   (인상을 찌푸리며) 네. 손님.

* 물 잔은 붙여 쓸 것

여자 3 퇴장했다가 물 세 잔을 가지고 다시 들어온다. 탁자로 가서 물 잔을 소리 나게 한 잔씩 내려놓는다. 물 잔을 놓을 때마다 중년, 청년, 노숙자는 물 잔과 여자 3을 번갈아 바라본다. 여자 3 퇴장. 중년 남자 물을 들이킨다.

청년   (중년을 가리키며) 아저씨는 형사라고 치고 (노숙자를 보며) 아저씨는 여기 왜 있어요?
노숙자   (객석을 가리킨다) 저기 가야 하는데 시간이 ⋯⋯

중년남자와 청년은 노숙자가 가리킨 방향과 노숙자를 번갈아 바라다보고는 갑자기 자세를 바로

242

잡으며 옷매무새를 다듬는다.

중년남자 (객석을 가리키며 점잖은 말투로) 저기 말
　　　　　씀이십니까?

청년　　(공손하게) 무슨 일로 가십니까?

노숙자　그냥 뭐, 좀.

방백 → 독백　　　　　　**중년남자** 〈*방백*〉 저기라면 분명 우리 회사인데. 신
　　　　　입 사장이 왔다고 하던데.

저놈은 개털인 게 분명한데,　　　(청년을 본다) *저놈은 아니어 보였지만* (노
　　　　　숙자를 본다) 이 사람은 달라.
　　　　　(일어서 아부하듯 손을 비빈다) 이거 잘만
　　　　　하면 당장이라도 연락이 ……

방백 → 독백　　　　　　**청년**　　〈*방백*〉 (노숙자를 바라보며) 저 차림새
　　　　　…… 회사간부야.
　　　　　잘만 하면 (비열한 웃음) 백수딱지 벗겠군.

중년남자 요즘 많이 힘드시죠?

세상사는 → 세상 사는..　　**노숙자**　*세상 사는* 게 다 거기서 거기죠. 그냥 이
　　　　　대로 편하게 살면 되는 거죠.

청년　　맞습니다. 편하게 사는 것이 제일이죠.

노숙자　사실 처음엔 막막했죠. 이제는 편해요. 가
　　　　　만히 있어도 다 주잖아요.

중년남자 역시. 능력 있는 분은 ……

노숙자　(손사래 치며) 능력은요.

청년　　겸손도 하셔라. 저라면 엄청 잘난 척 했을
　　　　　텐데요. (박수치며) 역시 틀리십니다.

중년남자 (눈치를 보다 조심스럽게) 날짜가 더 가기
　　　　　전에 결정해야 되지 않습니까?

노숙자　이미 결정했죠. 이대로 하기로. (엄지를 들
　　　　　며) 이게 최고예요.

청년　　벌써요? 너무 급한 것 아닙니까?

중년남자 그럼요. 더 좋은 것이 분명 있을 거예요.

노숙자　그런가요? 더 적당한 게 있을까요?

청년　　적당한 건 (손으로 주변을 가리키다 마지
　　　　　막에 자신을 가리킨다) 원래 주변에 있는
　　　　　법입니다.

중년남자 적당한 건 (헛기침) 가까이 있죠. 그리고
　　　　　구관이 명관이죠.

청년　　요즘은 오래된 것보다는 새로운 것이 좋죠.

243

(지문 생략)	**중년남자** (*청년을 바라보며*) 새로운 것이라니? 지나 갔던 게 더 좋은 법이야.
(지문 생략)	**청년** (*중년남자를 보며*) 지나간 것은 지나간 거 죠. 지나가 버린 건 잡을 수가 없어요.
	노숙자 (*청년을 바라보며 고개를 갸우뚱거리며*) 새 로운 것은 찾기가 ……
	중년남자 맞습니다. 새로운 것은 찾는 것도 힘들지 만 적응시키기가 더 힘들죠.
	청년 무슨 말씀이십니까? 새로운 것일수록 쉬운 법입니다.
	노숙자 글쎄요.
신선하고 발랄하고, 처음 은, 하여튼 무지 좋은 겁 니다.	**청년** 아닙니다. *처음이어도 후회는 안 하실 것입 니다.*
	중년남자 처음은 실수가 많아서 안 좋아요.
	청년 실수는 많을지라도 그만큼 얻는 것도 많죠.
	노숙자 음.. (*사이*) 한번 알아보는 것도 나쁘지는 않겠네요.
딱! 현명하십니다.	**청년** *현명하신 판단이에요.* 역시 시원시원하십니 다.
	노숙자 아무튼 감사합니다. (*자리에서 일어난다*) 그럼 전 이만.
(지문 생략)	**중년남자** (*노숙자를 따라 일어서며*) 늦었지만 같이 식사라도.
	노숙자 아니에요. (*객석을 가리키며*) 저기 가서 하면 되는걸요.
	청년 (*자리에서 일어나며 양손으로 공손하게*) 오늘 같이 가시죠.
	노숙자 (*관객을 가리키며*) 일행이 있어요.

청년과 중년남자가 관객을 바라본다.

	중년남자 좋은 일도 하시네요. (*관객을 가리키며*) 노숙자 같아 보이는데.
	청년 무료급식이라도 하시나 보죠?
매일 점심밥을 공짜로 줍 니다. 헤헤. 우리 같은 노 숙자한테 네, 참말로 고맙 지요, 네.	**노숙자** (*감탄한 목소리로*) 눈치도 빠르셔라. 저 회 사가 매일 저 같은 노숙자에게 공짜 밥을 주죠.

중년남자와 청년 당황한 듯 노숙자를 바라보며 노숙자를 에워싼다.
노숙자는 청년과 중년남자를 번갈아 바라본다.

청년   (*노숙자를 바라보며 소리친다*) 노숙자? 아저씨 노숙자였어?

중년남자   (*노숙자에게 삿대질하며*) 당신 노숙자였어? 뭐, 공짜?
(코웃음 치며) 나 같으면 얻어먹느니 차라리 굶어죽는다.

청년   (노숙자를 위아래로 훑으며) 그 나이 먹도록 뭘 한거야? 직업도 없이.

> 내 말이네, 그 말이.

중년남자   *내 말이.* 어디 할 짓이 없어서 빌어먹고 다니는지.

> 옷만 그럴듯하면
> 노씨가 뭐 (위를 가리키며)
> 노씨 되나?

청년   (노숙자의 옷을 툭툭 치며) *옷만 번지르하게 입었다고 노숙자가 아닌 게 되나?*

중년남자   그러게 말일세. (노숙자를 위아래로 훑으며) 호박에 줄긋는다고 수박되나?

노숙자   (중년남자와 청년을 가리키며) 당신들 꼬락서니를 보라구! 누가 누굴 나무라는 거야?

중년남자   (노숙자의 멱살을 잡으며) 보자보자 하니 뭐가 어째?

노숙자   (중년남자의 팔을 뿌리치며) 이거 놔!

청년   (중년남자를 말리며) 아저씨가 참으세요. 하나라도 나은 우리가 참아야죠.

노숙자   (청년을 바라보며) 뭐라구?

청년   (노숙자를 툭툭 치며) 전 아저씨처럼 안 산다구요.

중년남자   그래. 오죽하면 남자체면에 저러고 살겠어.

> * 당신들이야 말로
> → 당신들이야말로

노숙자   *당신들이야 말로* 할 일 없으니 대낮부터 여기서 노닥거리고 있는 거 아냐?

중년남자   (노숙자를 툭툭 치며) 남 걱정 할 시간 있으면 당신 걱정이나 하라고.

청년   얼마나 능력이 없으면 저러고 살겠어.

노숙자   듣자듣자 하니 뭣도 아니면서 잘난 척들은 (침을 뱉으며) 내가 간다. 내가.

노숙자 무대 뒤로 나간다.

245

청년 (자리에 앉는다) 진정하시고 앉아요.
중년남자 (자리에 앉으며) 정말이지. 어따 대고 감히.
청년 원래 뭐 눈에는 뭐밖에 안 보이는 법이죠.
중년남자 아까 그놈 인상 찌푸리며 가는 거 봤나?
청년 그럼요. 정말 진상이었죠.

가관이드라구.

중년남자 하하 *그래.*

(사이)

청년 아까 그놈 있잖아요.
중년남자 어떤 놈? 노숙자?
청년 **그놈** 전에 놈이요.
중년남자 전에 놈? 누가 또 있었나?
청년 그놈이요. 개미핥기였나?
중년남자 아, 그놈. 그런데 그놈이 개미핥기였나?
청년 개미핥기든 아니든. 그놈 이야기 좀 해 봐요. 어떤 놈이었어요?
중년남자 악질이었지. 정말 나쁜 놈이었어.

그때 청년의 휴대폰이 울린다. 자리에서 일어나 구석으로 가 전화를 받는다.

청년 (조심스럽게) 여보세요.
목소리 고객님 안녕하십니까. 저는 삼성 ……
청년 (화를 내며) 누가 그 돈 떼어먹는데요? 입금해요. 입금!
목소리 저 고객님 ……
청년 (신경질적으로) 오늘까지 입금하면 되는 거죠?
목소리 네 고객님. 그럼 부탁드리겠습니다. 좋은 하루 되세요.
청년 (폴더를 턱으로 닫으며 탁자로 돌아온다) 좋은 하루는 무슨. 자기가 다 망쳐 놓고. *정말이지 허구헛날 쓸데없는 전화만* ……

정말 피를 말려 죽일 작정이고만.
뭔데 그래?

중년남자 *쓸데없는 전화?*
청년 아니요. 전화가 잘못 왔어요.

청년, 놓여 있는 물을 들이킨다.

청년   (카페를 바라보며) 언니!

여자 3 등장해 청년에게 다가간다.

여자 3   (밝게 웃으며) 네 손님 주문하시겠습니까?
청년   (물 잔을 주며) 물이요.
여자 3   (기분 나쁜 표정으로) 네 잠시만요.

여자 3 무대 뒤로 들어가 주전자를 들고 나온다. 주전자를 탁자 위에 놓고 퇴장.

청년   (주전자 물을 잔에 따르다가 중년남자를 바라본다) 그래서 어떻게 됐어요?
중년남자 뭐가?

개미핥기 이야기가 극적 의미를 띨 수 있어야 함

청년   *개미인가, 개미핥기인가 그 자식이요.*
중년남자 아 …… 어디까지 했더라?
청년   악질이었다면서요.
중년남자 (고개 끄덕이며) 사기를 치고 다녔지.

질문을 해 놓고 딴전 피는 청년의 행동은 적절치 않음.

청년, 휴대폰 폴더를 열어 버튼을 누른다. 휴대폰 게임인 맞고 접속 음악이 들린다.

중년남자 그놈처럼 자기가 높은 사람인 체하는 거야.
청년   (오락을 하다 말고 중년남자를 바라다보며) 그놈처럼요? 속을 수밖에 없었겠네.
중년남자 맞아.

그때 핸드폰 오락에서 "쌌다"란 음성이 흘러나온다.

청년   (오락을 계속하며) 이런, 똥 쌌네.
중년남자 (자신의 배를 만지며) 오늘 아침에 똥도 못 싸고 나왔네.
           어쩐지 배가 아프더라니.
청년   (핸드폰폴더를 내리며) 에잇. 기분 다 잡쳤다.
           (중년남자를 바라보며) 그놈은 잡았나요?
중년남자 글쎄? 잡았겠지. 뭣도 아니면서 체하는 놈들은 잡아서 다 집어넣어야 해.
청년   그럼요. 그래야 나 같은 사람도 일을 하지.

중년남자	그러게 말일세. 일을 해야 하는데 연락이 없으니.
청년	(놀라며) 일이라니요? 아저씨 형사라면서요?
중년남자	(당황하며) 그게 ……
청년	(고개 끄덕인다) 어쩐지. 아까 그놈한테 아부하더라니만.

자네야 말로 → 자네야말로

중년남자	아부라니? 그러는 *자네야말로*. 젊은 사람이 어디서 못된 것만 배워서 ……
청년	그래도 아저씨처럼은 안 살아요.
중년남자	나처럼이라니? 나만큼만 살고 나서 말하라구.

여자 3이 쟁반과 행주를 가지고 무대에 등장. 물 잔과 주전자를 치우고 탁자를 닦는다. 중년남자와 청년이 여자 3의 행동을 물끄러미 바라본다.

중년남자	(탁자를 닦는 여자 3의 팔을 잡으며) 아가씨 지금 뭐하는 건가?
청년	그래, 언니. 우리 말하는 중이잖아.
여자 3	정말 죄송합니다. 손님. *아직 겨울이고 날씨도 추워 노천탁자는 일찍 정리합니다.*

248

겨울철에는

청년, 중년남자:	(의자에서 일어서며) 정리라니?
청년	아직 안 왔다고.
중년남자	맞아. 아직 안 왔어.
여자 3	네? 무슨 말씀이신지?
청년	난 갈 수 없어.
중년남자	나도 마찬가지야.
여자 3	하지만 정리를 ……
중년남자	(자리에서 일어나며 소리친다) 아직 갈 수 없다고. 전화가 안 왔단 말야.
청년	(자리에서 일어난다) 맞아. 여기 아니면 대체 어디로 가라는 거야!
중년남자	여기밖에 없어. 아니, 여기여야 해!
청년	여기가 마지막이야. 여기가 아니면 ……
여자 3	(청년과 중년남자를 계속 번갈아 바라보다) 죄송합니다. 오늘은 이만 정리를 ……

(사이)

중년남자 (고개를 끄덕이며) 그래. 오늘은 정리를 ……
청년 　　　 내일은 오겠지.
중년남자 내일은 아마도 ……
청년, 중년남자 　　　 내일은 올 거야.

중년남자와 청년은 점원에게만 짧게 인사를 하고는 서로 반대방향으로 사라진다. 끝

1) 장면별 구성

이 작품은 전 4장으로 구성되었다. 장면별로 공간과 등장인물 그리고 주요 사건을 정리하면 다음과 같다.

1장: 거실. 중년남자와 여자 1(딸)
　　딸이 중년남자에게 올봄에는 반드시 결혼식을 올려 달라고 한다. 중년남자는 심리적 부담을 느끼나 딸의 성화로 마지못해 약속한다.

2장: 노천카페. 청년과 여자 2(애인)
　　청년은 카페 앞 빌딩을 가리키며 면접 본 회사가 여기에 있다고 한다. 여자 2는 취직하면 백화점에서 예전에 본 옷을 사 줄 것이냐고 하자 청년은 백에서 구두까지 풀코스로 사 주겠다며 호언한다.

3장: 공원 벤치. 노숙자, 청년과 중년남자
　　노숙자가 자신이 정리된 후의 생활을 말한다.
　　청년과 중년남자는 각각 전화를 받는다. 청년은 카드회사의 빚 독촉으로, 중년남자는 회사 동료의 안부 전화이다.

4장: 노천카페. 아침 출근길. 청년, 중년남자, 노숙자
　　청년과 중년남자는 각자 전화를 기다린다.
　　중년남자는 청년이 앞의 빌딩이 자기의 회사라는 말에 오해를 해 청년의 환심을 사려고 하지만 청년이 입사 면접을 치른 회사라는 걸 알고 실망한다.
　　청년이 중년남자에게 출근시간에 왜 출근을 하지 않냐고 하자 중년은 자기가 형사라며 둘러대며 개미핥기를 잡기 위해서 잠복중이라고 얼버무린다. 그러는 사이 여자 1(딸)로부터 결혼식 확인 전화를 받는다. 노

숙자가 나타나 회사를 가려는 중이라고 하자, 청년과 중년남자는 새로 부임한 사장인 줄 착각하고 그에게 환심을 보인다. 그러나 노숙자는 회사가 무료로 제공하는 점심을 기다리는 중이라고 한다. 청년은 카드 회사로부터 독촉 전화를 받고, 둘은 실없는 말을 나누면서 청년은 핸드폰 오락게임을 한다. 대화 중에 중년남자가 형사가 아니라는 사실이 탄로난다. 카페 여종업원이 일찍 노천카페를 정리해야 한다며 탁자 위의 물잔을 치운다. 청년과 중년남자는 내일이 올 것이라며 각자 반대 방향으로 나간다.

2) 구조와 사건 설정의 문제점

장면별로 구성된 인물, 공간, 내용을 정리해본 결과, 몇 가지 문제점이 발견된다. 우선 다른 장에 비해 4장에 유달리 비중을 많이 두고 있다는 점이다. 전체를 4개 장면으로 구성했다면 4장은 마지막 장면이 된다. 따라서 이장면에서는 그동안에 발생한 극 행동을 정점으로 끌어가고 전환적인 극적 상황을 통해 마무리를 짓는 부분이어야 한다. 그런데 4장은 극의 중반부에서 다뤄야 할 부분들이 더러 나온다. 결국 이러한 양상은 집필 전에 플롯을 짤 때 충분히 생각하지 못했기 때문이다. 극 행동을 플롯이라는 판에 짜 맞추고 이의 흐름을 질서 있게 안배해야 한다. 이 과정이 부실했기 때문에 장면별 행동의 안배가 이루어지지 못했다.

4개의 장면으로 분할해서 극 행동을 제시할 경우는 3과 4장에서 극 행동의 정점이 나와야 한다. 이를 위해서 1, 2장은 행동의 정점을 향하는 모든 정보들, 행동들, 대사들이 긴밀하게 협조하면서 일사 분란하게 제시되어야 한다. 그리고 4장의 끝 부분에서 모든 극 행동의 귀결되는 상황으로 마무리해야 한다. 이러한 일련의 내적 흐름을 유지해야 극의 개연성이 생기게 된다.

앞의 내용을 살려 다시 플롯으로 짜보면, 1, 2장을 묶어 하나의 장으로 구축하고 이어지는 장면에서는 3장의 내용에다가 새로운 내용을 추가하는 것이 좋을 듯싶다. 여자 1과 여자 2를 동일인으로 설정하는 것이다. 그래서 청년은 여자를 만나 노천카페의 중년남자의 모습을 말하고, 중년남자는 청년이 딸의 결혼상대자라는 사실을 모른 채 딸의 결혼식 문제를 털어놓는다. 청년은 그 당사자가 자신인 줄 까맣게 모른 채 웬 남자가 밥벌이도 못하면서 결혼부터 하냐며 투덜대는 식으로 상황을 꾸미는 것이다. 그리고 개미핥기의 이야기는 전체 의도를 구현하는 데 필연성이 없어 보이므로 주제와 관련된 다른 삽화를 만드는 것이 좋을 듯싶다.

3) 인물 설정과 관계의 문제점

플롯짜기의 문제점이 노출된 이상, 인물 설정과 관계에서도 부적절한 모습이 눈에 많이 띈다. 우선 등장인물 사이에 발생하는 갈등과 긴장이 극히 미미하기 때문에 극적 긴장이 없다. 또한 중년과 청년의 캐릭터상의 차이가 없어 인물 설정이 밋밋하고 단순하다. 아울러 등장인물들의 관계가 필연성을 갖지 못한다. 각자 개별적인 행동만 할 따름이지 인물들이 공통적으로 추구하는 목표에 대한 인물끼리의 상호작용이 발생하지 못하고 있다. 이런 현상이 나오지 않으려면 집필 전에 충분히 인물에 대한 세심한 자료를 만들어놓고 인물별 시놉시스를 작성해야 한다. 작가가 인물에 대해 정통한 지식과 정보를 갖지 않으면 작가, 인물, 상황이 따로 돌아가는 기현상이 발생한다. 이를 방지하기 위해서 인물 시놉시스를 반드시 짜두고 이에 따라 플롯을 만들고 집필해야 한다.

앞의 작품에서 인물 설정의 문제점을 지적해 보았는데 설정된 인물들의 관계도 수정해야 할 듯하다. 앞서 말했다시피 여자 1과 여자 2를 동일인으로 설정하면 재미있는 상황이 만들어질 수 있기 때문이다. 여자가 청년을 만나서 아버지 이야기를 하고, 청년은 여자에게 노천카페에서 자기처럼 전화만을 기다리는 중년의 이야기를 한다고 치자. 그러고 나서 중년남자와 청년이 여자를 매개로 해서 만나게 되면, 이후 어떠한 형식이든 이들

의 행동과 감정이 나타나게 된다. 이것이 결국은 작품이 의도하는 목표가
되어야 한다.

4) 지문과 대화의 문제점

사례로 인용된 작품에서 표 나게 두드러진 특징은 지나치게 지문이 많다
는 점이다. 이는 인물의 행동을 강조하기 위한 것이겠지만 괄호를 풀어서
줄글로 정리하면 소설과 다를 바 없는 인상을 준다. 지문은 작가가 특히 요
구하는 점만 제시하는 게 좋다. 작가는 배우가 작품을 읽고 파악한 인물의
특성을 나름대로 창조적인 상상력으로 연기할 수 있도록 배려하는 마음도
지녀야 한다. 굳이 지문으로 처리하지 않아도 대화의 맥락상 충분히 파악할
수 있는 지문은 과감히 생략하는 것이 좋다. 사례 작품 속에 들어있는 지문
가운데 불필요한 부분은 과감하게 생략하거나 줄이면 보다 깔끔하고 정돈된
인상을 줄 수 있을 것이다.

더욱 중요한 점은 지문의 내용을 대화에 흡수시키는 일이다. 지문의 문장
이 온전히 살아날 수 있도록 대화를 만들어내는 일이 더 중요하다. 대화 속
에 지문의 내용이 녹아 있어야 대화는 생생한 맛을 낼 수 있다. 간결하게
대화를 처리한 점은 돋보이나 어느 부분은 대화보다도 지시문이 더 장황하
게 길어 희곡 읽는 맛을 느끼지 못하게 한다.

대화는 탁구공처럼 치고받는 식이 되어야 한다. 그래야 극 행동이 연계성을
띠게 된다. 그런데 따로 분리되어 대화의 연계성이 적은 대사가 발견되고 극
적으로 다듬어지지 않은 대사도 많다. 연계성 있는 대사는 인물 간의 상호관
계가 보다 주도면밀하게 형성되어야 가능하며 극적으로 다듬어지지 않은 대사
는 상황과 감정에 맞는 살아있는 언어의 구사력이 부족하기 때문에 나타난다.

253

5) 인물, 행동, 소재, 주제 그리고 제목

이 작품은 한마디로 동쪽을 갈망하는 인물들이 주류를 이룬다. 정리 해고된 중년, 면접 후 취직 통보를 기다리는 청년, 그에게 백화점 옷을 사달라고 조르는 여자, 결혼을 꿈꾸며 아빠를 졸라대는 딸, 노숙자 등 정신적으로 건강한 인물들이 아니다. 현실인식이 부족하고 미래에 대한 막연한 낭만적 기대감도 엿보인다. 문제는 이러한 훼손된 인물을 통해 작가가 보여주고자 하는 주제가 무엇이며 이를 위해 소재를 얼마나 적절하게 활용하고 있는가에 있다.

이 작품을 쓴 학생은 부조리극을 염두에 두었다고 했다. 그렇다면 이 작품의 주제는 상황의 지리멸렬한 반복이라고 할 수 있다. 인물이 끊임없이 노력함에도 불구하고 상황은 변화되지 않고 미래에 대한 전망이 어둡다면 부조리극에 어느 정도 부합된다. 그런데 이 작품에서 인물들은 어떠한 극적 행동을 보이지 않는다. 단지 낙관적인 생각으로 '희망'의 전화만을 기다릴 뿐이다. 그래서 훼손된 인물들이라 할 수 있다. 투쟁하는 인물, 의지의 인물이 아니라 막연히 내일만을 기다리는 수동형의 인물이다 보니 이들이 만들어내는 극적 행동도 미약하다. 따라서 작품이 주는 감동은 약할 수밖에 없다.

부조리극이든 사실주의 극이든 어떤 연극 스타일을 막론하고 작품 속에는 인간성과 가치의 확대를 간직하고 있어야 한다. 진실한 삶을 훼손시키는 환경에 맞서거나 혹은 인물이 일방적인 피해를 입었다 해도 환경과 대응하는 쪽으로 소재를 만들어내야 한다.

중년남자는 이런 의미에서 캐릭터가 특히 약하다. 이미 직장생활의 경험이 있기 때문에 청년과는 다른 행동이 나와야 한다. 그런데도 이 둘은 성격상 별반 차이가 없다. 이는 인물에 대한 연구가 부족했기 때문이다. 인물의 행동, 소재, 주제가 하나의 넝쿨로 이어지면서 내적인 견고한 틀을 형성해야 하는데 일차적으로 인물에 대한 정확한 진단과 정리가 미흡했기 때문에 이런 현상이 나온다. 한마디로 인물창조에 성공했다고 볼 수 없다. 그래서 행동이 미약하게 나올 수밖에 없다.

결국, 인물 형상화가 미약하고, 극적 행동이 없을 뿐더러 소재 자체가 극적 의미를 지니지 못하니 주제의식도 허약하게 나온다. 여기서 '반대방향으로'라는 제목을 상기해 보기로 하자. 중년과 청년 두 남자가 서로 다른 길로 퇴장하는 것이 제목의 의미다. 그러나 적극적으로 생각해 보면, 이들의 퇴장은 내일을 맞이하기 위한 것이다. 그렇다면 내일을 맞는 방식이 서로 다르거나, 보다 전향적인 입장에서 내일을 준비해야 하는 쪽으로 나아가야 한다. 그리고 이러한 의미는 극이 진행되는 과정에서 충분히 관객들에게 암시해 줘야 한다. 그러나 부조리극적 순환 반복성만 감지될 뿐 이러한 암시는 없다. 만약 훼손된 인물들이 삶의 진정성을 상실한 채 살아가는 모습을 역설적으로(반대방향) 제시한 것이라면 제목은 일단 긍정적이다. 문제는 동원된 소재에 인물 형상화가 제대로 부합되어야 제목과 주제는 비로소 작품의 의미로 탄생된다는 사실을 깨닫는데 있다.

255

‖ 저 자 약 력 ‖

이 원 희

전북대학교 국어국문학과를 졸업하고 경희대학교 대학원에서 문학
박사학위를 취득하였다. 2005년 문화관광부 전통연희추진위원회의
전통연희 소재 희곡 공모에서 〈아소, 님하〉와, 같은 해 국립극장
장막희곡 현상 공모에서 창극 〈소리를 일으키다〉로 수상하였다.

펴낸 책으로는
『전북연극사』, 『어떻게 읽고 쓸 것인가』,
『북한의 5대 혁명연극』 등과
창작희곡집으로 『유랑』이 있다.

현재는 KCU 한국싸이버대학교 문예창작학부에서 희곡 이론과
창작을 가르치고 있다.

희곡 창작의 길

• 초판 인쇄	2006년 10월 30일
• 초판 발행	2006년 10월 30일
• 지 은 이	이원희
• 펴 낸 이	채종준
• 펴 낸 곳	한국학술정보㈜
	경기도 파주시 교하읍 문발리 526-2
	파주출판문화정보산업단지
	전화 031) 908-3181(대표) · 팩스 031) 908-3189
	홈페이지 http://www.kstudy.com
	e-mail(출판사업팀사업부) publish@kstudy.com
• 등 록	제일산-115호.(2000. 6. 19)
• 가 격	17,000원

ISBN   89-534-5870-6 93810 (Paper Book)
              89-534-5871-4 98810 (e-Book)